岩 波 文 庫

31-181-3

少年探偵団・超人ニコラ

江戸川乱歩作

目　次

少年探偵団・挿画＝梁川剛一
智恵の一太郎ものがたり・挿画＝高嶺登
超人ニコラ・挿画＝吉田郁也

少年探偵団

黒い魔物

そいつは全身墨を塗ったような、恐しく真黒《まっくろ》な奴だということでした。「黒い魔物」の噂は、もう東京中にひろがっていましたけれど、不思議にも、はっきりそいつの正体を見きわめた人は誰もありませんでした。

そいつは暗闇の中へしか姿を現しませんので、何かしら闇の中に、闇と同じ色のものが、もやもやと蠢《うごめ》いていることは分かっても、それがどんな男であるか、あるいは女であるか、大人なのか子供なのかさえ、はっきりとは分からないのだということです。

ある淋《さび》しい屋敷町《やしきまち》の夜番《よばん》の小父《おじ》さんが、長い黒板塀《くろいたべい》の前を、例の拍子木《ひょうしぎ》をたたきながら歩いていますと、その黒板塀の一部分が、ちぎれでもしたように、板塀と全く同じ色をした人間のようなものが、ヒョロヒョロと道の真中《まんなか》へ姿を現し、小父さんの提灯《ちょうちん》の前で、真白な歯をむき出して、ケラケラと笑ったかと思うと、サーッと黒い風のように、どこかへ走り去ってしまったということでした。

夜番の小父さんは、朝になって、みんなにそのことを話して聞かせましたが、そいつの姿があまり真黒なものですから、まるで白い歯ばかりが宙に浮いて笑っているようで、あんな気味の悪いことはなかったと、まだ青い顔をして、さも恐しそうに、ソッとうしろを振向《ふりむ》きながら、話すのでした。

ある闇の晩に、隅田川を下っていた一人《ひとり》の船頭が、自分の舟の側《そば》に妙な波が立っているのに気づきました。

星もない闇夜のことで、川水《かわみず》は墨のように真黒でした。ただ櫓《ろ》が水を切るごとに、薄白い波が立つばかりです。ところが、その櫓の波とは別に、舟ばたに絶えず不思議な白波が立っていたではありませんか。

まるで人が泳いでいるような波でした。しかし、ただそういう形の波が見えるばかりで、人間の姿は少しも目にとまらないのです。

船頭はあまりの不思議さに、ゾーッと背筋へ水を浴びせられたような気がしたといいます。でも、痩我慢《やせがまん》を出して、大きな声で、その姿の見えない泳ぎ手にどなりつけたということです。

「オーイ、そこに泳いでいるのは誰だッ。」

すると、水を掻《か》くような白い波がちょっと止《とま》って、ちょうどその目に見えない奴の顔のある辺に、白いものが現れたといいます。

よく見ると、その白いものは人間の前歯でした。白い前歯だけが、黒い水の上にフワフワと漂って、ケラケラと、例の不気味な声で笑いだしたというのです。

船頭は、あまりの恐しさに、もう無我夢中で、あとをも見ずに舟を漕いで逃げ出したということです。

また、こんなおかしい話もありました。

ある月の美しい晩、上野公園の広っぱに佇《たたず》んで、月を眺めていた一人の大学生が、ふと気がつくと、足元の地面に、自分の影が黒々と映っているのですが、妙なことに、その影が少しも動かないのです。いくら首を振ったり、手を動かしたりしても、影の方はじっとしていて身動《みうごき》もしないのです。

大学生はだんだん気味が悪くなって来ました。影だけが死んでしまって動かないなんて、考えてみれば恐しいことです。もしや自分は気でも違ったのではあるまいかと、もうじっとしていられなくなって、大学生はいきなり歩き始めたといいます。

すると、ああ、どうしたというのでしょう。影はやっぱり動かないのです。大学生がそこから三米《メートル》五米と離れて行っても、影だけは少しも動かず、元の地面に横たわっているのです。

大学生はあまりの不気味さに、立ちすくんでしまいました。そして、いくら見まいとしても、気味が悪ければ悪いほど、かえってその影をじっと見つめないではいられませんでした。

ところが、そうして見つめているうちに、もっと恐しいことが起ったのです。その影の顔の真中が、突然パックリと割れたように白くなって、つまり影が口を開いて白い歯を見せたのですが、そして、例のケラケラという笑声《わらいごえ》が聞えて来たのです。

皆さん、自分の影が歯をむきだして笑ったところを想像してごらんなさい。世の中にこんな気味の悪いことがあるでしょうか。

さすがの大学生も、アッと叫んで、あとをも見ずに逃げだしたということです。それがやっぱり、例の黒い魔物だったのです。あとで考えてみますと、大学生は月に向かっていたのですから、影はうしろにあるはずなのを、目の前に黒々と人の姿が横わっていたものですから、つい我が影と思い誤《あやま》ってしまったのでした。

そういう風にして、黒い魔物の噂は日一日と高くなって行《ゆ》きました。

闇の中から飛び出して来て、通行人の頸《くび》を絞めようとしたとか、夜子供が一人で歩いていると、まるで黒い風呂敷《ふろしき》のように子供を包んで、地面をコロコロ転がって行ってしまうとか、種々様々の噂が伝えられ、怪談は怪談を生んで、若い娘さんや小さい子供などは、もう脅《おび》え上ってしまって、決して夜は外出しないほどになって来ました。

この魔物は、昔の童話にある隠《かく》れ蓑《みの》を持っているのと同じことでした。隠れ蓑というのは、一度その蓑を身に着けますと、人の姿がかき消すように見えなくなって、人中《ひとなか》で何をしようと思うがまま、どんな悪いことをしても捕らえられる気遣《きづかい》がないという、調《ちょう》法《ほう》な魔法なのですが、黒い魔物は、それと同じように、闇の中に溶け込んで人目をくらますことが出来るのでした。

印度《インド》人や南洋の土人の黒さは、本当の黒さではありません。その魔物の体は、どんな濃い墨よりも、もっと黒く、黒さが絶頂に達して、ついに人の目にも見えぬほどになっているのに違いありません。

黒い魔物は、闇の中や、黒い背景の前では、忍術使《にんじゅつつかい》も同様です。どんないたずらも思うがままです。もしそいつが、何か恐しい悪事を企《たくら》んだならどうでしょう。悪いことをしておいて、捕らえられそうになったら、いきなり闇の中へ溶け込んで、姿を消してしまえばいいのですから、こんなやさしいことはありません。また、捕らえる方にしてみれば、こんな困った相手はないのです。

黒い魔物とは果《はた》して何者でしょうか。男でしょうか、女でしょうか、大人でしょうか、子供でしょうか。そしてまた、このえたいの知れぬ黒い影法師《かげぼうし》は、一体何をしようというのでしょう。ただ黒板塀から飛出《とびだ》したり、黒い水の中を泳いだり、人の影になって地面に横たわったりする、無邪気ないたずらをして喜んでいるだけでしょうか。いやいや、そうではありますまい。彼奴《きゃつ》は何かしら途方もない悪事を企んでいるのに違いありません。一体全体、どのような悪事を働こうというのでしょうか。

この悪魔を向こうにまわして闘《たたか》うものは、小林少年を団長とする少年探偵団です。『怪人二十面相』をお読みになった方は、少年探偵団がどのようなものであるかを、よく御承知でしょう。あの十人の勇敢な小学生によって組織せられた少年探偵団、団長は明智《あけち》探偵の名助手として知られた小林芳雄《よしお》少年、その小林少年の先生は、いうまでもなく大探偵明智小五郎《こごろう》です。

日本一の私立名探偵と、その輩下の少年探偵団、相手はお化《ばけ》のような変幻自在の黒怪《こくかい》物《ぶつ》、ああ、この戦いがどのように戦われることでしょう。この黒い怪物は、恐らく二十面相にも劣らぬ大悪魔です。二十面相の場合は、少《すく》なくも相手が若い男であることだけは分かっていました。しかし、今度の奴は、全く正体の知れぬ魔物です。何かしらいやらしい、不気味な生きものです。少年探偵団は決して油断が出来ません。どんな恐しい目にあわされぬとも限らないからです。

怪物追跡

闇と同じ色をした怪物が、東京市のそこここに姿を現して、闇の中で、白い歯をむいてケラケラ笑うという、薄気味の悪い噂が、たちまち東京中に拡《ひろが》り、新聞にも大きくのるようになりました。

年とった人達は、きっと魔性のものがいたずらをしているのだ、お化に違いないと、さも気味悪そうに噂し合いましたが、若い人達は、お化なぞを信じる気にはなれませんでした。それはやっぱり人間にきまっている。どこかの馬鹿な奴が、そんな途方もない真似をして、面白がっているのだろうと考えていました。

ところが、日がたつにつれて、お化にもせよ、人間にもせよ、その黒いやつは、ただ悪戯《いたずら》をしているばかりではない。何かしら恐しい悪事を企んでいるに違いないということが、だんだん分かって来たのです。

あとになって考えてみますと、この黒い怪物の出現は、実に異常な犯罪事件のいとぐちとなったのでした。出来事は東京を中心として起ったのですが、それに関係している人物は、日本人ばかりではなく、いわば国際的な犯罪事件でした。

では、これから、黒い魔物のいたずらが、だんだん犯罪らしい形に変って行《ゆ》く出来事を、順序を追ってお話ししましょう。

読者諸君がよく御承知の、小林少年を団長にいただく少年探偵団の中に、桂正一《かつらしょういち》君という少年がありました。桂君のお家《うち》は、世田谷区の玉川電車の沿線にあって、羽柴壮二《はしばそうじ》君達の学校とは違いましたけれど、正一君と壮二君とは従弟《いとこ》同士だものですから、壮二君に誘われて少年探偵団に加わったのです。

桂君は、自分が探偵団に入っただけでなく、やはり玉川電車の沿線にお家のある、級友の篠崎始《しのざきはじめ》君を誘って、二人《ふたり》で仲間入をしたのです。ですから、この二人は、お家は遠方ですけれど、いつかの帝国博物館前での、二十面相捕縛《ほばく》の時には、他の団員達と一緒に、華々しい働《はたらき》をしたのでした。

ある晩のこと、桂正一君は、電車一《ひと》停留所ほど隔たったところにある、篠崎君のお家を訪ねて、篠崎君の勉強部屋で、一緒に宿題を解いたり、お話をしたりして、八時頃まで遊んでいましたが、それからお家に帰る途中で恐しいものに出会ってしまったのです。

もし臆病な少年でしたら、少し廻《まわ》り道をして電車通りを歩くのですけれど、桂君は、学校では少年相撲《ずもう》の選手をしているほどで、腕に覚《おぼえ》のある豪胆《ごうたん》な少年でしたから、裏通《うらどおり》の近道を、テクテクと歩いて行《ゆ》きました。

両側は長い板塀や、コンクリート塀や、生垣《いけがき》ばかりで、街灯もほの暗く、夜更《よふけ》でもないのに、まったく人通りもない淋しさです。

春のことでしたから、気候はちっとも寒くないのですが、そうして、まるで死絶《しにた》えたような夜の町を歩いていますと、何となく頸筋《くびすじ》のところが、ゾクゾクとうそ寒く感じられます。

一つの曲角《まがりかど》を曲って、ヒョイと前を見ますと、二十米《メートル》ほど向こうの街灯の下を、黒い人影が歩いて行《ゆ》きます。それがおかしいことには、帽子もかぶらず、着物も着ていない、その癖、頭のてっぺんから足の先まで、墨のように真黒な人の姿です。

さすがの桂少年も、この異様な人影を一目見ると、ゾーッとして立ちすくんでしまいました。

「あいつかも知れない。噂の高い黒い魔物かも知れない。」

心臓がドキドキと鳴って来ました。背筋を氷のように冷たいものが、スーッと走りました。桂君はもう少しのことで、一目散にうしろへ逃出《にげだ》すところでした。しかし、逃げなかったのです。やっとのことで踏みとどまったのです。

桂君は、自分が名誉ある少年探偵団の一員であることを、思い出しました。しかも、たった今、篠崎君の家《うち》で、黒い魔物の話をして、

「僕が、もしそいつに出会ったら、正体を見現《みあらわ》してやるんだがなあ。」

と、大きなことをいって来たばかりです。

桂君は少年探偵団のことを考えると、にわかに勇気が出て来ました。

生垣の陰に身を隠して、じっと見ていますと、怪物は、うしろに人がいるとは少しも気のつかぬ様子で、ヒョコヒョコ踊るように歩いて行《ゆ》きます。見違《みちがい》ではありません。確かに全身真黒な、まるで黒猫みたいな人の姿です。

「やっぱりお化や幽霊じゃないんだ。ああして歩いているところを見ると、人間に違いない。」

桂君は、大胆にも、相手に悟られぬよう、ソッとあとをつけてやろうと決心しました。怪物は、まるで地面の影が、フラフラと立上《たちあが》って、そのまま歩き出したような感じで、グングンと遠ざかって行《ゆ》きます。恐しく早い足です。桂君は、物陰へ物陰へと身を隠しながら、相手を追っかけるのがやっとでした。

町を離れ、人家のない広っぱを少し行《ゆ》きますと、大きな寺のお堂が、星空にお化のように聳《そび》えて見えました。養源寺《ようげんじ》という江戸時代からの古いお寺です。

黒い魔物は、その養源寺の生垣に添って、ヒョコヒョコと歩いていましたが、やがて、生垣の破れたところから、お堂の裏手へ入ってしまいました。

桂君はだんだん気味が悪くなって来ましたけれど、今更《いまさら》尾行をよすのは残念ですから、両手を握りしめ、下腹にグッと力を入れて、同じ生垣の破《やぶれ》から、暗闇の寺内《じない》へと忍び込みました。

見ると、そこは一面の墓地でした。古いのや新しいのや、無数の石碑が、ジメジメと苔《こけ》むした地面に、所狭く立並んでいます。空の星と、常夜灯《じょうやとう》のほのかな光に、それらの長方形の石が、薄白く浮かんでいるのです。

桂君は怪談などを信じない現代の少年でしたけれど、そこが無数の死骸を埋《うず》めた墓地であることを知ると、ゾッとしないではいられませんでした。

怪物は、石碑と石碑の間の狭い通路を、右に曲り左に曲り、まるで案内を知った我が家のように、グングンと中へ入って行《ゆ》きます。黒い影が白い石碑を背景にして、一層クッキリと浮上《うきあが》って見えるのです。

桂君は、全身にビッショリ冷汗《ひやあせ》をかきながら、我慢強くその跡を追いました。幸《さいわ》いこちらは背が低いものですから、石碑の陰に身を隠して、チョコチョコと走り、時々背伸《せのび》をして、相手を見失わないようにすればよいのでした。

ところが、桂君が、そうして、何度目かに背伸をした時でした。びっくりしたことには、思いもよらぬ間近に、石碑を二つほど隔てたすぐ向こうに、黒い奴がヌッと立っていたではありませんか。しかも、真正面にこちらを向いているのです。真黒な顔の中に、白い目と白い歯とが見えるからには、こちらを向いているのに相違ありません。

怪物はさいぜんから、ちゃんと尾行を気づいていたのです。そして、わざとこんな淋しい墓地の中へ、おびき寄せて、いよいよ戦いを挑もうとするのかも知れません。

桂少年は、まるで猫の前の鼠《ねずみ》のように、体がすくんでしまって、目をそらすことも出来ず、その真黒な影法師みたいな奴と、じっと顔を見合わせていました。胸の中では、心臓が破れそうに鼓動しています。

今にも、今にも、飛びかかって来るかと、観念をしていますと、突然、怪物の白い歯がグーッと左右に拡って、それがガクンと上下に分かれ、ケラケラケラ……と、怪鳥《かいちょう》のような声で笑い出しました。

桂君は何が何だか、もう無我夢中でした。恐しい夢を見て、夢と知りながら、どうしても目が覚めない時と、同じ気持で、「助けてくれー。」と叫ぼうにも、まるで唖になったように、声が出ないのです。

ところが、怪物の方では、別に飛びかかって来るでもなく、いやな笑声《わらいごえ》を立てたまま、フイと石碑の陰に身を隠してしまいました。

隠れておいて、またバアと現れるのではないかと、立ちすくんだまま、息を殺していても、いつまで待っても、再び現れる様子がありません。といって、その石碑の向こうから立去《たちさ》った気配もないのです。もしその場を動けば、石碑と石碑の間に、チロチロと黒い影が見えなければなりません。

深い海の底のように静まり返った墓地に、たった一人取残《とりのこ》された感じです。どちらを向いても動くものとてはなく、冷たい石ばかり、桂君は、夢に夢見る心地でした。

やっと気を取直して、さいぜんまで怪物が立っていた石碑の向こうへ、オズオズと近寄ってみますと、そこはもう空っぽになって、人のいた気配などありません。念の為に、その辺を隈《くま》なく歩き廻ってみても、どこにも黒い人の姿はないのです。

たとえ地面を這《は》って行ったとしても、その場所を動けば、こちらの目に映らぬはずはないのに、それが少しも見えなかったというのは、不思議で仕方がありません。あの怪物は西洋の悪魔が、パッと煙を出して、姿を消してしまうように、空中に消え失せたとしか考えられません。

「あいつは、やっぱりお化だったのかしら。」

ふと、そう思うと、桂君は我慢に我慢をしていた恐怖心が、腹の底からこみ上げて来て、何かえたいの知れぬことをわめきながら、無我夢中で墓地を飛び出すと、息も絶え絶えに、明るい街の方へ駈出《かけだ》しました。

桂少年は、怪物は墓地の中で、煙のように消えてしまったということを、後々《のちのち》までも固く信じていました。しかし、そんなことがあるものでしょうか。もし黒い魔物が人間だとすれば、空気の中へ溶込《とけこ》んでしまうなんて、まったく考えられないことではありませんか。

人《ひと》攫《さらい》

墓地の出来事があってから二日の後《のち》、やっぱり夜の八時頃、篠崎始君のお家の立派な御門から、三十歳位の上品な婦人と、五つ位の可愛らしい洋装の女の子とが、出て来ました。婦人は始君の叔母《おば》さん、女の子は小さい従妹《いとこ》ですが、二人は夕方から篠崎君のお家へ遊びに来ていて、今帰るところなのです。

叔母さんは、大通《おおどおり》へ出て自動車を拾うつもりで、女の子の手を引いて、薄暗い屋敷町を、急足《いそぎあし》に歩いて行《ゆ》きました。

すると、またしても、二人のうしろから、例の黒い影が現れたのです。

怪物は塀から塀へと伝わって、足音もなく、少しずつ、少しずつ、二人に近づいて行《ゆ》き、一米《メートル》ばかりの近さになったかと思うと、いきなり可愛らしい女の子に飛びかかって、小脇に抱えてしまいました。

「アレ、なにをなさるんです。」

婦人はびっくりして、相手に縋《すが》りつこうとしましたが、黒い影は、すばやく片足を上げて、婦人を蹴倒《けりたお》し、その上にのしかかるようにして、あの白い歯をむき出し、ケラケラケラ……と笑いました。

婦人は倒れながら、始めて相手の姿を見ました。そして、噂に聞く黒い魔物だということが分かると、あまりの恐しさに、アッと叫んだまま、地面に俯伏《うつぶ》してしまいました。その間《ま》に、怪物は女の子を連れて、どこかへ走り去ってしまったのですが、では、黒い魔物は恐しい人攫だったのかといいますと、別にそうでもなかったことが、その夜更になって分かりました。

もう十一時頃でしたが、篠崎君のお家から一粁《キロ》ほども離れた、やっぱり玉川電車添《ぞい》の、ある淋しい屋敷町を、一人のお巡《まわり》さんが、コツコツと巡回していますと、人通りもない道の真中に、五つ位の女の子が、シクシク泣きながら佇《たたず》んでいるのに出会いました。それがさいぜん黒い怪物に攫《さら》われた、篠崎君の小さい従妹だったのです。

まだ幼い子供ですから、お巡さんがいろいろ訊《たず》ねても、何一つはっきり答えることは出来ませんでしたが、片言《かたこと》まじりの言葉をつなぎ合わせて判断してみますと、黒い怪物は子供を攫って、どこか淋しい広っぱへ連れて行《ゆ》き、お菓子などを与えて、御機嫌を取りながら、名前を訊ねたらしいのですが、「木村サチ子。」と、お母さんに教えられている通り答えますと、怪物は急に荒々しくなって、サチ子さんをそこへ捨て置いたまま、どこかへ行ってしまったというのでした。

どうも、前後の様子から、怪物は人違《ひとちがい》をしたとしか考えられません。誰でもいいから、子供を攫おうというのではなくて、あるきまった人を狙って、つい人違をしたらしく思われるのです。では、一体誰と人違をしたのでしょう。

その翌日には、矢つぎ早に、またしてもこんな騒《さわぎ》が起りました。

場所はやっぱり篠崎君のお家の前でした。今度は夜ではなくて、真昼間のことですが、丁度《ちょうど》門の前で、近所の四つか五つ位の女の子が、たった一人で遊んでいる所へ、チンドン屋の行列が通りかかりました。

丹下左膳《たんげさぜん》の扮装《ふんそう》をして、大きな太鼓を胸にぶら下げた男を先頭に、若い洋装の女の三味線弾《しゃみせんひき》、シルク・ハットに燕尾服《えんびふく》のビラ配り、法被姿《はっぴすがた》の旗持などが、一列に並んで、音楽に合わせて、お尻をふりながら歩いて来ます。

その行列の一番うしろから、白と赤とのだんだら染《ぞめ》のダブダブの道化服《どうけふく》を着て、先に鈴のついたとんがり帽子をかぶり、顔には西洋人みたいな道化の面をつけた男が、フラフラとついて来ましたが、篠崎家の門前の女の子を見ますと、おどけた調子で、手まねきをして見せました。

女の子は快活な性質と見えて、招かれるままに、ニコニコしながら、道化服の男の側《そば》へ駈寄《かけよ》りました。

すると、道化服は、

「これ、あげましょう。」

といいながら、手に持っていた美しい飴《あめ》ん棒《ぼう》を、女の子の手に握らせました。

「もっと、どっさり上げますから、こちらへいらっしゃい。」

道化服は、そんなことをいいながら、女の子の手を引いてグングン歩いて行《ゆ》きます。子供は、美しいお菓子の欲しさにつられて、手を引かれるままに、ついて行《ゆ》くのです。

ところが、そうして百　米《メートル》ほども歩いた時、道化服の男は、突然、チンドン屋の列を離れて、女の子を連れたまま、淋しい横町《よこちょう》へ曲ってしまいました。チンドン屋の人達は、別にそれを怪しむ様子もなく、真直《まっすぐ》に歩いて行《ゆ》くのです。

道化服は、横町へ曲ると、グングン足を早めて、女の子を近くの神社の森の中に連れ込みました。

「おじちゃん、どこ行くの？」

女の子は、人影もない森の中を見廻しながら、まだそれとも気づかず、無邪気にたずねるのです。

「いいところです。お菓子や、お人形のどっさりある、いいところです。」

道化服の男は、東京の人ではないらしく、妙に癖のある訛《なまり》で、一《ひと》こと一こと句切《くぎ》りながら、いいにくそうにいいました。

「お嬢さん、名前いってごらんなさい。なんという名前ですか。」

「あたち、タアちゃんよ。」

女の子はあどけなく答えます。

「もっと本当の名前は？　お父さまの名は？」

「ミヤモトっていうの。」

「宮本？　本当ですか。篠崎ではないのですか。」

「違うわ。ミヤモトよ。」

「では、さっき遊んでいた家《うち》、お嬢さんの家《うち》ではないのですか。」

「エエ、違うわ。あたちのうち、もっと小さいの。」

それだけ聞くと、道化服の男は、いきなりタアちゃんの手を離して、お面の中で「チェッ。」と舌打をしました。そして、もう一ことも物をいわないで、女の子を森の中へおいてけ堀《ぼり》にして、サッサとどこかへ立去ってしまいました。

やがて、その奇妙な出来事は、タアちゃんという女の子が、泣きながら帰って来て、母親に告げましたので、町中の噂となり、警察の耳にも入りました。幼い女の子の報告ですから、森の中での問答がくわしく分かったわけではありませんが、道化服のチンドン屋が、タアちゃんを連れ去ろうとして、中途でよしてしまったらしいことだけは、おぼろげながら分かりました。前夜の黒い魔物と同じやり方です。いよいよ、誰かしら五つ位の女の子が狙われていることが、はっきりして来ました。

五つ位の女の子といえば、篠崎始君にも、丁度その年頃の可愛らしい妹があるのです。もしや怪物が狙っているのは、その篠崎家の女の子ではありますまいか。前後の事情を考え合わせると、どうもそうらしく思われるではありませんか。

隅田川だとか、上野の森だとか、東京中のどこにでも、あの無気味な姿を現して、いたずらをしていた黒い影は、だんだんその現れる場所を狭めて来ました。

桂正一君が出会った場所といい、篠崎君の小さい従妹が攫われた場所といい、今度はまた、タアちゃんが連れ去られようとした場所といい、みんな篠崎君のお家を中心としているのです。

怪物の目的が何であるかが、少しずつ分かって来ました。しかし、ただ子供を攫ったり、その子を人質にしてお金を強請《ゆす》ったりするのでしたら、何も黒い影なんかに化けて、人を脅《おど》かすことはありません。これには何かもっともっと深い企みがあるのに違いないのです。

呪《のろい》の宝石

さて、門の前に遊んでいた女の子が攫《さら》われた、その夜《よ》のことです。篠崎始君のお父さまは、非常に心配そうな御様子で、顔色も青ざめて、お母さまと始君とを、ソッと、奥の座敷へお呼びになりました。

始君はお父さまのこんなうち沈まれた御様子を、あとにも先にも見たことがありませんでした。

「一体どうなすったのだろう。何事が起ったのだろう。」

と、お母さまも始君も、気がかりで胸がドキドキする程でした。

お父さまは座敷の床の間《とこのま》の前に、腕組をして坐《すわ》っておいでになります。その床の間には、いつも花瓶のおいてある紫檀《したん》の台の上に、今夜は妙なものがおいてあるのです。内側を紫色の天鵞絨《ビロード》で張りつめた四角な函《はこ》の中に、恐しいほどピカピカ光る、直径一糎《センチ》程の玉が入っています。

始君はこんな美しい宝石が、お家にあることを、今まで少しも知りませんでした。

「わたしはまだお前達にこの宝石に纏《まつわ》る恐しい呪の話をしたことがなかったね。わたしはそんな話を信じていなかった。つまらない話を聞かせてお前達を心配させることはないと思って、今日まで黙っていたのだ。

けれども、もうお前達に隠しておくことが出来なくなった。昨夜《ゆうべ》からの少女誘拐騒《さわぎ》は、どうもただ事ではないように思う。わたしたちは、用心しなければならぬのだ。」

お父さまはうち沈んだ声で、何か非常に重大なことを、お話しになろうとする様子でした。

「では、この宝石と、昨夜からの事件との間に、何か関係があるとでもおっしゃるのでございますか。」

お母さまも、お父さまと同じように青ざめてしまって、息を殺すようにしてお尋ねになりました。

「そうだよ。この宝石には恐しい呪がつき纏《まと》っているのだ。その話が出鱈目《でたらめ》でないことが分かって来たのだ。

お前も知っているように、この宝石は、一昨年支那へ行った時、上海《シャンハイ》であるイギリス人から買取ったものだが、その値段がひどく廉《やす》かった。時価の十分の一にも足らない一万七千円という値段であった。

わたしは大変な掘出しものをしたと思って、喜んでいたのだが、あとになって、別のイギリス人がソッとわたしに教えてくれたところによると、この石には、妙な因縁《いんねん》話があって、その事情を知っているものは、誰も買おうとしないものだから、それでこんな廉い値段で、手離すことになったのだろうというのだ。

その因縁話というのはね……。」

お父さまは、ちょっと言葉を切って、二人にもっと側へ寄るようにと、手まねきをなさいました。

始君は、少しお父さまの方へ膝を進めましたが、何だか恐しい怪談を聞くような気がして、背中の方がウソ寒くなって来ました。気のせいか、いつも明るい電灯が、今夜は妙に薄暗く感じられます。

「この宝石はもとは、印度《インド》の奥地にある、ある古いお寺の御本尊の、大きな仏像の額《ひたい》にはめ込んであったものだそうだ。始《はじめ》は学校で教わったことがあるだろう、白毫《びゃくごう》というものだ。

今から六、七十年も前の話だが、ある時そのお寺の附近の印度人が、暴動を起した。そこでイギリスの印度駐屯軍が、それを取りしずめる為に派遣されたのだが、そのイギリス軍の一人の士官が、戦《たたかい》のどさくさまぎれに、かねてから目をつけていた仏像の白毫を、奪い取ってしまった。それが廻り廻ってわしの手に入ったこの宝石なのだ。

イギリス士官は白毫を奪い取った外《ほか》に、まだ一つ罪なことをしている。そのお寺の部落の殿様というような、まあ非常に尊敬されている人の、小さい女の子を殺してしまったのだ。無論わざとしたのではない。暴動を鎮圧しようと戦っている時、士官の撃った丸《たま》が、誤ってその少女に当ってしまったのだ。

部落の印度人達はこの二つの悲しい出来事を、いつまでも忘れなかった。仏像の命ともいうべき白毫を奪い返さなければならない。殿様の仇《かたき》を討たなければならない。その二つのことが一つに結びついて、この宝石につき纏う呪となったのだ。

それは印度中でも一番信仰の厚い部落で、部落中のものが、その仏像を気狂のように信じ敬《うやま》っていたということだ。仏さまの為にはどんな艱難辛苦《かんなんしんく》もいとわない、命なんかいつでも捨てるという気風なんだ。

そこで、大切な仏像を汚《けが》し、殿様の娘の命を奪ったイギリス人を、仏さまになり変って罰することが決議され、部落を代表して、恐しい魔術を使う命知らずの二人の印度人が、遥々《はるばる》イギリスへ送られ、執念深い復讐《ふくしゅう》が始った。

その二人が病死すれば、また別の若い男が派遣される。そして、何十年でも、何百年でも、宝石を元の仏像の額に戻すまでは、この呪はとけないというのだ。

それ以来、この宝石を持っているものは、絶えず真黒な奴に狙われている。殊《こと》にその家《うち》に幼い女の子がある時は、殿様の仇討《あだうち》だというので、先《ま》ず女の子をさらって行って、人知れず殺してしまう。その屍体《したい》はどんなに警察が探しても、発見することが出来ないということだ。

　わしが別のイギリス人から聞いた因縁話というのは、まあこんな風なことだったがね、無論わたしは信用しなかった。そんな馬鹿なことがあるものか、これはきっと、このイギリス人も宝石を欲しがっていたのに、わしが先に買ってしまったので、根もない怪談を話して聞かせ、わしから宝石を元値で買い取る気に違いないと思った。そして、わしは、つい近頃まで、そんな話はすっかり忘れてしまっていた。

　ところが、昨夜《ゆうべ》も今日も、わたしたちの家《うち》を中心として、幼い女の子がさらわれたのを見ると、また、そのさらった奴が真黒な怪物だったということを思い合わせると、わたしはどうやら気味が悪くなって来た。例のイギリス人の聞かせてくれた因縁話と、ぴったり一致しているのだからね。」

「では、うちの緑《みどり》ちゃんがさらわれるかも知れないとおっしゃるのですか。」

　お母さまは、もうびっくりしてしまって、今にも、緑ちゃんを守る為に立ち上ろうとなすった位です。緑ちゃんというのは、今年五歳の始君の妹なのです。

「ウン、そうなのだよ。しかし、今は心配しなくてもいい。わたしたちがここにいれば、緑は安全なのだからね。ただ、これから後《のち》は緑を外へ遊びに出さぬよう、家《うち》の中でも常に目を離さないようにしていてほしいのだよ。」

いかにもお父さまのおっしゃる通り、緑ちゃんの遊んでいる部屋へは、この座敷を通らないでは行《ゆ》けないのです。それに、緑ちゃんの側には婆や女中がついている筈《はず》です。

「でも、お父さん、おかしいですね、その印度人は初めに罪を犯したイギリスの士官にだけ復讐すればいいじゃありませんか。それを今頃になって、僕たちに仇《あだ》を返すなんて。」

始君はどうも腑《ふ》に落ちませんでした。

「ところが、そうではないのだよ。実際手を下した罪人《つみびと》であろうとなかろうと、現在宝石を持っているものに、呪がかかるので、その為にイギリスでも幾人《いくにん》も迷惑を蒙《こうむ》った人があるというのだよ。恐しさの余り病気になったり、気が違ったりしたものもあるということだ。」

「そうですか、印度人って、分からない奴だなあ。……アア、いいことがある。お父さん、僕少年探偵団に入っているでしょう。だから……。」

始君が声をはずませていいますと、お父さまはお笑いになって、

「ハハハ……、お前達の手にはおえないよ。相手は印度の魔法使《まほうつかい》だからねえ。お前知っているだろう。印度の魔術というものは世界の謎になっている程だよ。一本の縄を空

中に投げて、その投げた縄を伝って、まるで木登でもするように、子供が空へ登って行《ゆ》くというのだからねえ。

それから、地面に深い穴を掘って、その中へ埋《うず》められた奴が、一月《ひとつき》も二月《ふたつき》もたってから、土を掘ってみると、ちゃんと生きているという、恐しい魔法さえある。奴らは、今地面に種を播《ま》いたかと思うと、見る見る、それが芽を出し、茎が延び、葉が生え、花が咲くというようなことは、朝飯前にやってのける人種だからねえ。」

「じゃ、僕らでいけなければ、明智先生に御相談してはどうでしょうか。明智先生は、やっぱり魔法使みたいなあの二十面相を、易々《やすやす》と逮捕なすった方ですからねえ。」

始君はさも自慢らしくいいました。明智探偵なれば、いくら相手が印度の魔法使だって、決して負けやしないと、かたく信じているのです。

「ウン、明智先生なら、うまいお考えがあるかも知れないねえ。明日《あす》にでも、御相談してみることにしようか。」

お父さまも、明智探偵を持出《もちだ》されては、兜《かぶと》を脱がないわけにはいきませんでした。

しかし、黒い魔物は明日まで猶予を与えてくれるでしょうか。始君達の話を、奴はもう、障子《しょうじ》の外から、ちゃんと立聞きしていたのではありますまいか。

黒い手

その時、始君は何を見たのか、アッと小さい叫声《さけびごえ》を立てて、お父さまのうしろの床の間を見つめたまま、化石したようになってしまいました。その始君の顔といったらありませんでした。真青《まっさお》になってしまって、目が飛出すように大きく開いて、口をポカンとあけて、まるで気味の悪い生人形《いきにんぎょう》のようでした。

お父さまもお母さまも、始君の様子にギョッとなすって、急いで床の間の方を御覧になりましたが、するとお二人の顔も、始君と同じような、恐しい表情に変ってしまいました。

ごらんなさい。

床の間の傍《わき》の書院窓が、音もなく細目に開《あ》いたではありませんか。そして、その隙間から、一本の黒い手が、ニューッと突き出されたではありませんか。

「アッ、いけない。」

と思う間《ま》もあらせず、その手は、花台《はなだい》の上の宝石函を鷲掴《わしづか》みにしました。そして、黒い手は静かに、また元の障子の隙間から消えて行ってしまいました。黒い魔物は、大胆不敵にも三人の目の前で、呪いの宝石を奪い去ったのです。

お父さまも、始君も、あまりの不意打《ふいうち》に、すっかり度胆《どぎも》を抜かれてしまって、黒い手に飛びかかるのはおろか、座を立つことすら忘れて、呆然としていましたが、黒い手が引込《ひっこ》んでしまうと、やっと正気を取戻《とりもど》したように、先《ま》ずお父さまが、

「今井君、今井君、曲者《くせもの》だ、早く来てくれ……。」

と、大きな声で書生《しょせい》をお呼びになりました。

「あなた、緑ちゃんに、もしものことがあっては……。」

お母さまの、うわずったお声です。

「ウン、お前もおいで。」

お父さまは、すぐさま襖《ふすま》を開いて、お母さまと一緒に、緑ちゃんのいる部屋へ駈け込んで行《ゆ》かれましたが、幸い緑ちゃんには何事もありませんでした。

一方、お父さまの声に、急いで駈けつけた書生の今井と、始君とは、廊下のガラス戸が一枚開《あ》いたままになっていましたので、そこから庭へ飛び降りて、曲者を追跡しました。

黒い魔物は、つい目の前を走っています。

暗い庭の中で、真黒な奴を追うのですから、なかなか骨が折れましたが、幸い庭のまわりは、とても乗り越せないような、高いコンクリート塀で、グルッと取り囲まれてい

ますので、曲者を塀際まで追いつめてしまえば、もうこっちのものなのです。

案《あん》の定《じょう》、曲者は塀に行当《ゆきあた》って当惑したらしく、方向を変えて、塀の内側に沿って走り出しました。

塀際には、背の高い青桐《あおぎり》だとか、低く茂っているつつじだとか、色々な木が植えてあります。曲者はその木立《こだち》を縫って、低い茂みは飛び越えて、風のように走って行《ゆ》きます。

ところが、そうして少し走っている間に、実に不思議なことが起りました。曲者の黒い姿が、一つの低い茂みを飛び越したかと思うと、まるで忍術のように、消え失せてしまったのです。

始君達は、きっと茂みの陰に、しゃがんで隠れているのだろうと思って、用心しながら近づいて行《ゆ》きましたが、そこには誰もいないことが分かりました。曲者は蒸発してしまったとしか考えられません。

しばらくすると、電話の知らせで、二人のお巡さんがやって来ましたが、そのお巡さんと、家中のものが手分《てわけ》をして、懐中電灯の光で、庭の隅々まで探したのですけれど、やっぱり怪しい人影は発見出来ませんでした。無論宝石を取戻すことも出来なかったのです。

これが印度人の魔法なのでしょうか。魔法ででもなければ、こんなに見事に消え失せてしまうことは出来ますまい。

読者諸君は、いつかの晩、篠崎始君の友達の桂正一君が、養源寺の墓地の中で、黒い魔物を見失ったことを記憶せられるでしょう。今度もあの折と全く同じだったのです。曲者は追手の目の前で、易々と姿を消してしまったのです。

アア、印度人の魔法。印度人は、始君のお父さまがおっしゃったように、本当にそんな魔術が使えるのでしょうか。もしかしたら、このあまりに手際のよい消失には、何かしら思いもよらない手品の種があったのではないでしょうか。

二人の印度人

騒《さわぎ》の中《うち》に一夜《いちや》が過ぎて、その翌日は、篠崎家の内外に、蟻《あり》も通さぬ厳重な警戒が敷かれました。

緑ちゃんは、奥の一間《ひとま》にとじこめられ、障子をしめ切って、お父さまお母さまは勿論《もちろん》、二人の書生、婆やさん、二人の女中などが、その部屋の内と外とをかためました。十幾つの目が、寸時《すんじ》も傍見《わきみ》をしないで、じっと小さい緑ちゃんに注がれていたのです。

家の外では、所轄警察署の私服刑事が数名、門前や塀のまわりを見張っています。十分すぎる程の警戒でした。

しかし、お父さまもお母さまも、まだ安心が出来ないのです。昨夜《ゆうべ》の手並でも分かるように、曲者は忍術使のような奴ですから、いくら警戒しても無駄ではないかとさえ感じられるのです。非常な不安の中に時がたって、やがて午後三時を少し過ぎた頃、学校へ行っていた始君が勢《いきおい》よく帰《うち》って来ました。

「お父さん、唯今《ただいま》。緑ちゃん大丈夫でしたか。」

「ウン、こうして機嫌よく遊んでいるよ。だがお前は、いつもよりひどくおそかったじゃないか。」

お父さまが不審らしくお尋ねになりました。

「エエ、それには訳があるんです。僕学校が引けてから、明智先生のところへ行って来たんです。」

「アア、そうだったか。で、先生にお会い出来たかい。」

「それが駄目なんですよ。先生は旅行していらっしゃるんです。どっか遠方の事件なんですって。でね、小林さんに相談したんですよ。するとね、あの人やっぱり頭がいいや。うまいことを考え出してくれましたよ。お父さん、どんな考えだと思います。」

始君は大得意でした。

「サア、お父さんには分からないね。話してごらん。」

「じゃ、話しますからね、お父さん耳を貸して下さい。」

そんなことはあるまいけれど、もし曲者に聞かれたら大変だというので、始君はお父さまの耳に口をよせて、囁《ささや》くのでした。

「あのね、小林さんはね、緑ちゃんを変装させなさいというのですよ。」

「エ、なんだって、こんな小さな子供にかい？」

お父さまも、思わず囁声《ささやきごえ》になって、お尋ねになりました。

「エエ、こうなんですよ。小林さんがいうのにはね、どこかに緑ちゃんのよくなついている小母《おば》さんか何かがないかっていうんです。でね、僕、そういう小母さんなら、品川区に一人あるっていったんです。ホラ、緑ちゃんの大好きな野村の叔母さんね。僕、あの人のことをいったんですよ。

すると、小林さんは、それじゃ、緑ちゃんをコッソリその叔母さんちへ連れて行って、しばらく預かって貰《もら》った方がいいっていうんです。ね、そうすれば、あいつはここの家《うち》ばかり狙っていて、無駄骨折りをするわけでしょう。

でも、連れて行《ゆ》く時に見つかる心配があるから、そこに手だてがいるんだっていうんですよ。それはね、まず小林さんが、近所の五つ位の男の子を、男の子ですよ、それをつれて、僕んちへ遊びに来るんです。そしてね、コッソリ緑ちゃんにその男の子の服を着せちゃって、そして、小林さんは帰りには、男の子に変装した緑ちゃんをつれて、何喰わぬ顔で家《うち》を出るんです。ね、分かったでしょう。

でも、用心の上にも用心をしなければいけないから、いつも呼びつけの自動車を呼んで、うちの書生の今井さんが助手席に乗って、そして、品川の叔母さんちまで、無事に送りとどけるっていうんです。ね、うまい考えでしょう。これなら大丈夫でしょう。」

「ウーン、なるほどね。さすがはお前達の隊長の小林君だね。うまい考えだ。お父さんは賛成だよ。実はお父さんも、緑をどっかへ預けた方がいいとは思っていたんだ。しかしその道が危いので、決心がつかないでいたんだよ。」

お父さまは、小林君の名案にすっかり感心なすって、お母さまに御相談なさいました。お母さまも、反対する程の理由がないものですから、仕方なく賛成なさいましたが、

「でも、その連れて来た男の子をどうしますの？　よそのお子さんに、もしものことがあったら困るじゃありませんか。」

と、やっぱり囁声でおっしゃるのです。

「それは大丈夫ですよ。あの黒い奴は緑ちゃんの外《ほか》の子は見向きもしないんですもの。たとえさらわれたって、危険はないんだし、それにすぐあとから、また小林さんが迎《むか》いに来るっていうんです。そしてね、もう一着似たような男の子供服を用意しておいてね、

それを着せて連れて帰るんだっていいますから、同じような男の子が二度門を出るわけですね。面白いでしょう。悪者は面喰《めんくら》うでしょうね。」

この始君の説明で、お母さまもやっと納得なさいましたので、始君は早速《さっそく》明智事務所へ電話をかけて、予《あらかじ》め打合わせておいた暗号で、小林少年にこのことを伝えました。

さて小林君が、緑ちゃん位の背恰好《せかっこう》の可愛らしい男の子をつれて、篠崎家へやって来たのは、もう日の暮《く》れ暮《ぐ》れ時分《じぶん》でした。

すぐさま奥まった一間《ひとま》を閉め切って、緑ちゃんの変装が行われました。可愛らしい水兵服を着て、おかっぱの髪の毛は水兵帽の中へ隠して、忽《たちま》ち勇ましい男の子が出来上りました。

まだ五つの緑ちゃんは、何も訳が分からないものですから、生まれてから一度も着たことのない水兵服を着て、大喜びです。

すっかり支度《したく》が出来ますと、緑ちゃんには品川の叔母さんのところへ行《ゆ》くんだからと、よくいい聞かせた上、小林君は篠崎君のお父さまから叔母さんに宛てた依頼状を、大切にポケットに入れて、緑ちゃんの手を引いて、わざと人目に触れるように、門の外へ出て行《ゆ》きました。

門の外には、もうちゃんと自動車が待っています。小林君は緑ちゃんを抱いて、書生の今井君が開けてくれたドアの中へ入り、客席に腰かけました。つづいて、今井君も助手席につき、車はエンジンの音も静かに出発しました。

もう外はほとんど暗くなっていました。道行く人もおぼろげです。自動車はしばらく電車道《みち》を通っていましたが、やがて、淋しい横町に折れ、非常な速力で走っています。見ていると、両側の人家がだんだんまばらになり、ひどく淋しい場所へさしかかりました。

「運転手さん、方向が違やしないかい。」

小林君は妙に思って声をかけました。

しかし運転手はまるで聾のように、何の返事もしないのです。

「オイ、運転手さん、聞えないのか。」

小林君は思わず大声で呶鳴《どな》りつけて、運転手の肩を叩きました。すると、

「よく聞えています。」

という返事と一緒に、運転手と書生の今井君とが、ヒョイとうしろを振向きました。

アア、その顔！　運転手も今井君も、まるで煙突の中から這《は》い出したように、真黒な顔をしていたではありませんか。そして、二人は、申し合わせでもしたように、同時に真白な歯をむき出して、あのゾッと総毛立つような笑《わらい》を、ケラケラケラケラと笑いました。

読者諸君それは二人の印度人だったのです。

しかし、運転手は兎《と》も角《かく》として、書生の今井君までが、ついさき程自動車のドアを開けてくれた今井君までが、いつの間にか黒い魔物に変ってしまったのです。全く不可能なことです。これも、あの印度人だけが知っている、摩訶《まか》不思議の妖術なのでしょうか。

銀色のメダル

小林君はまるで狐《きつね》につままれたような気持でした。さい前《ぜん》篠崎家の門前で、自動車に乗る時には、書生も運転手も、たしかに白い日本人の顔でした。いくら何でも、運転手が印度人と分かれば、小林君がそんな車に乗り込むわけがありません。

それが、十分も走るか走らないうちに、今まで日本人であった二人が、突然、まるで早変りでもしたように、真黒な印度人に化けてしまったのです。これは一体どうしたというのでしょう。印度には世界の謎といわれる不思議な魔術があるそうですが、これもその魔術の一種なのでしょうか。

しかし、今はそんなことを考えている場合ではありません。緑ちゃんを守らなければならないのです。どうかして自動車を飛び出し、敵の手から逃れなければなりません。

小林君は、やにわに緑ちゃんを小脇に抱えると、扉《ドア》を開いて、走っている自動車から飛び降りようと身構えました。

「ヒヒヒ……、駄目、駄目、逃げると撃ち殺すよ。」

黒い運転手が、片言のような怪しげな日本語で怒鳴《どな》ったかと思うと、二人の印度人の手が、ニューッとうしろに伸びて、二挺《ちょう》のピストルの筒口《つつぐち》が、小林君と緑ちゃんの胸を狙いました。

「畜生！」

小林君は、歯ぎしりをしてくやしがりました。自分一人なら、どうにでもして逃げるのですが、緑ちゃんに怪我《けが》をさせまいとすれば、残念ながら、相手の言うままになる外はありません。

小林君がひるむ様子を見ると、印度人は車をとめて、書生の服装をした方が、運転台を降り、客席の扉《ドア》を開いて、まず緑ちゃんを、次に小林君を、細引《ほそびき》でうしろ手に縛り上げ、その上、用意の手拭《てぬぐい》で、二人の口に猿轡《さるぐつわ》をかませてしまいました。

その仕事の間中、席に残った運転手は、じっと二人にピストルをさし向けていたのですから、抵抗することなど、思いも及びません。

しかし、二人の印度人は、それを少しも気附きませんでしたけれど、小林君は、相手のなすがままに任せながら、ちょっとの隙をみて、妙なことをしました。

それは、書生に化けた印度人が、緑ちゃんを縛っている時でしたが、小林君は素早く右手をポケットに突込《つっこ》むと、何かキラキラ光る銀貨のようなものを、一つかみ取り出して、それを、相手に悟られぬよう、ソッと扉《ドア》の外の踏台《ステップ》の隅に置きました。印度人の足に踏まれぬよう、ずっと隅の方へ置いたのです。

ちょっと見ると五十銭銀貨のようですが、無論銀貨ではありません。何か銀色をした鉛製のメダルのようなものです。数は凡《およ》そ三十枚もあったでしょうか。

印度人は幸いそれには少しも気がつかず、二人に猿轡をしてしまうと、扉《ドア》を閉めて、元の運転席に戻りました。そして、車はまたもや、人家も見えぬ淋しい広っぱを、どこともなく走り出したのです。

すると、疾走する自動車の外側の、幅の広い踏台《ステップ》の上に、妙なことが起りました。さい前小林君が置いた五十銭銀貨のようなものが、車の動揺につれて、ジリジリと動き出し、端の方から一つずつ、地面に振り落されて行《ゆ》くのです。踏台《ステップ》にはゴム板《いた》が置いてあるものですから、その摩擦で、一度に落ちるようなことはありません。

そして、三十箇程のメダルが、すっかり落ちてしまうのに、七、八分もかかったのですが、自動車は、そのメダルがなくなってしまうと間もなく、とある淋しい町に、ピッタリと停車しました。

あとで分かったところによれば、それは同じ世田谷区内の、篠崎君のお家とは反対の端にある、まだ人家の建ち揃わない、淋しい住宅地だったのです。

車が停《とま》ると、小林君と緑ちゃんとは、二人の印度人の為に、有無を言わせず、客席から引き出されて、そこに建っていた一軒の小さい西洋館の中へ連れ込まれました。

ところが、その西洋館の門を入る時、小林君はまたしても、妙なことをしたのです。小林君はその時まで、うしろに縛られた右手を、ギュッと握りしめていましたが、それを、印度人たちに気づかれぬよう、歩きながら少しずつ開いていったのです。

すると、小林君の右手の中から、例の銀色のメダルが、一枚ずつ、柔らかい地面の上へ、音も立てず落ち始め、自動車の停ったところから、門内までに、都合五枚のメダルが、二米《メートル》ほどずつ間を隔てて、地面にばら撒《ま》かれました。

読者諸君、この銀貨のようなメダルは一体何でしょうか。小林君は、どうしてそんな沢山のメダルを持っていたのでしょうか。また、それを色々な仕方で、自動車の通った道路や、西洋館の門前に、撒きちらしたのには、どういう意味があったのでしょうか。その訳を一つ想像してごらん下さい。

印度人たちは、緑ちゃんを引抱《ひっかか》え、小林君を突き飛ばすようにして、西洋館に入《い》り、狭い廊下伝いに、二人を奥まった部屋へ連れ込みましたが、見ると、その部屋の隅の床

板に、ポッカリと四角な黒い穴があいているのです。地下室への入口です。

「この中へ入りなさい。」

印度人が恐しい顔つきで命じました。

小林君は両手を縛られて、全く抵抗力を奪われているのですから、どうすることも出来ません。言われるままに、そこに立てかけてある粗末な梯子《はしご》を、危っかしく、地底の穴蔵《あなぐら》へ降りて行《ゆ》く外《ほか》はありませんでした。

小林君が、殆《ほとん》ど辷《すべ》り落ちるようにして、真暗《まっくら》な穴蔵の底に横たわると、印度人の一人が、梯子の中段まで降りて、そこから緑ちゃんの小さい体を、小林君の倒れている上へ、投げ落しました。

やがて、梯子がスルスルと天井に引上《ひきあ》げられ、穴蔵の入口は密閉され、地下室は真の闇になってしまいました。

その闇の中に、体の自由を奪われた緑ちゃんと小林君とが、折り重なって倒れているのです。緑ちゃんは顔中《かおじゅう》を涙にぬらして泣き入《い》っているのですが、猿轡《さるぐつわ》にさまたげられて、ウウウ……という、悲しげなうめき声が漏れるばかりです。

アア、可哀《かわい》そうな二人は、これからどうなって行《ゆ》くことでしょうか。

少年捜索隊

丁度その頃、篠崎君のお家の近くの、養源寺の門前を、六人の小学校上級生が、何か話しながら歩いていていました。

先頭に立っているのは、篠崎君の親友のよく肥《ふと》った桂正一君です。桂君は、学校で篠崎君から今度の事件のことを聞いたものですから、まず従弟《いとこ》の羽柴壮二君に電話をかけ、羽柴君から少年探偵団員に伝えて貰って、一同桂君のところに勢揃《せいぞろい》をした上、篠崎家を訪問することになったのです。団員のうち三人は差支《さしつかえ》があって、集ったのは六人だけでした。

少年探偵団員達は、仲間のうちに何か不幸があれば、必ず助け合うという固い約束を結んでいました。今、団員篠崎始君のお家は、恐しい悪魔に襲われています。しかも、それがこの間から東京中を騒がせている「黒い怪物」なのですから、少年探偵団はもうじっとしている訳にはいきませんでした。殊《こと》に彼等の団長の小林少年が、篠崎君の乞《こい》に応じて、出動したことが分かっているものですから、一同いよいよ勇み立ったのです。「黒い怪物」は是非我々の手でとらえて、少年探偵団の手並を見せようではないかと、団員はもうはりきっているのです。

桂正一君は養源寺の門前まで来ると、そこに立止《たちどま》って、いつかの晩の冒険について、一同に語り聞かせました。読者諸君は、その時、黒い怪物が養源寺の墓地の中で、消え失せるように姿を隠してしまったことを記憶されるでしょう。

「本当にかき消すように見えなくなってしまったんだよ。僕はお化《ばけ》なんか信じないけれど、墓地の中だろう、それに真暗な夜だろう、さすがの僕もゾーッと震え上って、やにわに逃げ出してしまったのさ。その墓地っていうのは、この本堂の裏手にあるんだよ。」

桂君はそう言いながら、お寺の門内に入って、本堂の裏手を指さしました。少年達も桂君と一緒にゾロゾロと門内に入り、たそがれ時の、物淋しい境内《けいだい》を、あちこちと見廻していましたが、最年少の羽柴壮二君が、何を発見したのか、びっくりしたように、桂君の腕をとらえました。

「正一君、あれ、あれ、あすこを見給《みたま》え。何だかいるぜ。」

殆ど震声《ふるえごえ》になって、壮二君が指さすところを見ますと、いかにも、門の横の生垣の側の低い樹木の茂みの中に、何かモコモコと蠢《うごめ》いているものがあります。それが、どうやら人間の足らしいのです。人間の足が茂みの中からニューッと現れて、まるで芋虫みたいに、動いているのです。

一同それに気づくと、いくら探偵団などと威張っていても、やっぱり子供のことですから、ゾッとして立ちすくんでしまいました。お互《たがい》に顔見合わせて、今にも逃げ出しそうな様子です。

無理もありません。物の姿のおぼろに見える夕暮時、淋しいお寺の境内で、しかも桂君の怪談を聞かされたばかりのところへ、薄暗い茂みの間から、不意に人間の足が現れたのですからね。大人だって脅えないではいられなかったでしょう。

「よし、僕が見届けてやろう。」

さすがは角力《すもう》の選手です。桂正一君は脅える一同をその場に残して、ただ一人茂みの方へ近づいて行《ゆ》きました。

「誰だッ、そこに隠れているのは誰だッ。」

大声に怒鳴ってみても、相手は少しも返事をしません。と言って逃げ出す訳でもなく、芋虫のような足が、益々烈《ますますはげ》しく動くばかりです。

桂君はまた二、三歩前進して、茂みの陰を覗《のぞ》きました。そして、何を見たのか、ギョッとしたように立直《たちなお》りましたが、いきなりうしろを振向くと、一同を手招きするのです。

「早く来給え、人が縛られているんだよ。二人の人が、グルグル捲《まき》に縛られて、転がっているんだよ。」

お化ではないと分かると、団員達は俄《にわ》かに勢《いきお》づいて、その場へ駈け出しました。

見ると、いかにも、その茂みの陰に、二人の大人が、手と足を滅茶苦茶に縛られ、猿轡まではめられて、横たわっていました。そのうちの一人は着物をはぎ取られたと見えて、シャツとズボン下《した》ばかりの、みじめな姿です。

「オヤ、これは篠崎君とこの書生さんだぜ。」

桂少年はそのシャツ一枚の青年を指さして叫びました。

それから、六人がかりで、縄を解《と》き、猿轡をはずしてやりますと、二人の大人はやっと口が利けるようになって、事の次第を説明しました。

縛られていたのは、シャツ一枚の方が篠崎家の書生今井君、もう一人の洋服男は、篠崎家お出入の自動車運転手でした。

二人の説明を聞くまでもなく、もう読者諸君にはお分かりでしょうが、書生の今井君が主人の言いつけで自動車を呼びに行《ゆ》き、気心の知れた運転手を選んで、同乗して篠崎家へ引返《ひっかえ》す途中、この養源寺の門前にさしかかると、突然二人の覆面をした怪漢に呼びとめられ、ピストルをつきつけられて、有無を言わせず縛り上げられてしまったというのです。

そして、その怪漢の一人が、今井君の洋服をはぎとって、今井君に変装をして、二人は奪い取った自動車に飛びのると、そのまま運転をして、どこかへ走り去ってしまったのだそうです。

団員達は二人の大人と一緒に、直《ただ》ちに篠崎家に駈けつけ、事の次第を報告しました。それをお聞きになった篠崎君のお父さまお母さまは、もう真青になっておしまいになりました。

二人がこんな目に会わされたからには、さい前の自動車は印度人が変装して運転していたのに違いない。すると、緑ちゃんも小林君も、今頃は彼等の巣窟《そうくつ》に連れ込まれて、どんなひどい目に会っているか分からないのです。

すぐさま警察へ電話がかけられる。間《ま》もあらせず、所轄警察署からは勿論《もちろん》、警視庁からも、捜査係長その他が自動車を飛ばせて来る、篠崎家は上を下への大騒《おおさわぎ》になりました。

幸い、自動車の番号が分かっているものですから、たちまち全市の警察へ、その番号の自動車を探すように手配が行われましたが、しかし、犯人の方でも、まさかあの自動車を、そのまま西洋館の門前にとめて置く筈はなく、恐らくどこか遠い所へ運転して行って、道端に捨て去ったに違いありませんから、たとえ自動車が発見されたとしても、賊の巣窟をつきとめることは、むずかしそうに思われます。

一方篠崎始君を加えた七人の少年探偵団員は、なるべく大人達の邪魔をしないように、門の前に勢揃をして、色々と相談していましたが、僕達も手をつかねてながめていることはない。警察とは別に、出来るだけ働いてみようではないかということになり、七人が手分をして、自動車の走り去った方角を、広く歩き廻り、例の聞込《ききこみ》捜査を始めることに一決《いっけつ》しました。

賊の自動車が、玉川電車の線路を、どちらへ曲って行ったかということだけは分かっていましたので、七人は肩を並べて、その方角へ歩いて行《ゆ》きましたが、四辻《よつつじ》に出くわす度《たび》に、二人または三人ずつの組になって、枝道へ入って行《ゆ》き、煙草《たばこ》屋の店番をして居る小母さんだとか、その辺を歩いている御用聞《ごようきき》などに、こういう自動車を見なかったかと、丹念に聞込をやり、何の手掛りもない場合は、また元の電車道に引返《ひきかえ》して、次の四辻を探すという風に、なかなか組織的な捜査方法を採って、いつまでも飽きることなく、歩き廻るのでした。

地下室

お話変って、地下室に投げ込まれた小林君と緑ちゃんとは、真暗闇の中で、しばらくは身動《みうごき》をする勇気もなく、グッタリとしていましたが、やがて目が暗闇に慣れるに従って、うっすらとあたりの様子が分かって来ました。

それは、畳六畳敷ほどの、ごく狭いコンクリートの穴蔵《あなぐら》でした。普通の住宅にこんな妙な地下室がある筈はありませんから、印度人達がこの西洋館を買い入れて、悪事を働く為に、こっそりこんなものを造らせたのに違いありません。壁や床のコンクリートも、気のせいか、まだ乾いたばかりのように新しく感じられます。

小林君はやっと元気を取戻して、闇の中に立上っていましたが、ただジメジメしたコンクリートの臭《におい》がするばかりで、どこに一つ隙間もなく、逃げ出す見込《みこみ》など、全くないことが分かりました。

思い出されるのは、いつか戸山ケ原《とやまがはら》の二十面相の巣窟に乗り込んで行って、地下室へとじこめられた時のことです。あの時は天井に都合のよい窓がありました。その上七つ道具や鳩《はと》のピッポちゃんを用意していましたので、うまく逃れることが出来たのですが、今度はそんな窓もなく、まさか敵の巣窟にとらわれようとは、夢にも思いませんので、七つ道具の用意さえありません。こんな時、万年筆型の懐中電灯でもあったらと思うのですが、それも持っていませんでした。

しかし、たとえ逃げ出す見込はなくとも、万一の場合の用意に、体の自由だけは得て置かねばなりません。

そこで、小林君は、緑ちゃんの側《そば》へうしろ向に横たわり、少しばかり動く手先を利用して、緑ちゃんの括《くく》られている縄の結目《むすびめ》を解こうとしました。

暗闇の中の、不自由な手先だけの仕事ですから、その苦心は一通りでなく、長い時を費しましたけれど、それでもやっと、目的を果して、緑ちゃんの両手を自由にすることが出来ました。

すると、たった五つの幼児ですが、非常にかしこい緑ちゃんは、すぐ小林君の気持を察して、まず自分の猿轡をはずしてから、泣きじゃくりながらも、小林君のうしろに廻り、手さぐりで、その縄の結目を解いてくれるのでした。

それにもまた長いことかかりましたけれど、結局小林君も自由の身となり、猿轡を取って、ホッと息をつくことが出来ました。

「緑ちゃん、有難《ありがと》う。かしこいねえ。泣くんじゃないよ。今にね、警察の小父さんが助けに来て下さるから、心配しなくてもいいんだよ。サア、もっとこっちへいらっしゃい。」

小林君はそういって、可愛い緑ちゃんを引き寄せ、両手でギュッと抱きしめてやるのでした。

しばらくの間、そうしているうちに、突然、天井に荒々しい靴音がして、丁度地下室への入口の辺《あたり》で立止ると、コトコトと妙な物音がしはじめました。

目をこらして、暗い天井を見上げていますと、はっきりは分かりませんけれど、天井に小さな穴が開《あ》いて、そこから何か太い管《くだ》のようなものが、さしこまれている様子です。直径二糎《センチ》もある太い管です。

オヤ、変なことするな。一体あれは何だろうと、油断なく身構《みがまえ》をして、なおもそこを見つめているうちに、ガガガ……というような音がしたかと思うと、突如として、その太い管の口から、白いものが、しぶきを立てて、滝のように落ちはじめました。水です。水です。

アア、読者諸君、この時の小林君の驚きはどんなでしたろう。

黒い怪物は、むごたらしくも、緑ちゃんと小林君とを、水攻《みずぜめ》にしようとしているのです。あの烈しさで落ちる水は、程もなく、たった六畳程の地下室に、すき間もなく満ち溢《あふ》れてしまうに違いありません。やがて二人は、その水の中で溺死しなければならないのです。

そういううちにも、水は地下室の床一面に、洪水のように流れはじめました。もう坐《すわ》っている訳にはゆきません。小林君は緑ちゃんを抱いて、水しぶきのかからぬ隅の方へ、身を避けました。

水は、そうして立っている小林君の足を浸し、踝《くるぶし》を浸し、やがて徐々に徐々に、ふくらはぎの方へ、這《は》い上って来るのです。

×　　×

丁度その頃、少年捜索隊の篠崎君と桂君との一組は、やっとのこと、印度人の自動車が通った淋しい広っぱの近くへ、さしかかっていました。

この道は今までのうちで一番淋しいから、念入りに調べてみなければならないというので、別段の聞込もありませんでしたけれど、諦めないで歩いていますと、夕闇の広っぱへ入ろうとする少し手前のところで、駄菓子屋の店明りの前を、七、八歳の男の子が向こうからやって来るのに出会いました。

「オイ、篠崎君、あの子供の胸に光っている徽章《きしょう》を見給え、何だか僕らのB・D徽章《ビー・ディーバッジ》に似ているじゃないか。」

桂君の言葉に、二人が子供に近づいてみますと、その胸にかけているのは、まがうかたもなく、少年探偵団のB・D徽章《バッジ》でした。

B・Dバッジというのは、小林君の発案で、ついこの間出来上ったばかりの探偵団員徽章《きしょう》でした。B《ビー》・D《ディー》というのは「少年」と「探偵」に相当する英語の頭字《かしらじ》を取って、そのBとDとを模様のように組み合わせて、徽章の図案にしたことから名づけられたのです。

「その徽章どこにあったの？　どっかで拾やしなかったの？」

子供をとらえて訊ねてみますと、子供は取上《とりあ》げられはしないかと、警戒する風で、

「ウン、あすこに落ちていたんだよ。僕んだよ。僕が拾ったから、僕んだよ。」

と白い目で二人を睨《にら》みました。

子供が、あすこで拾ったと指ざしたのは、広っぱの方です。

「じゃ、小林さんが態《わざ》と落して行ったのかも知れないぜ。」

「ウン、そうらしいね。重大な手掛りだ。」

二人は勇み立って叫びました。

小林少年が考案したB・Dバッジには、ただ団員の徽章という外に、色々な用途があるのでした。まず第一は、重い鉛で出来ているので、平常《ふだん》からそれを沢山ポケットの中へ入れて置けば、いざという時の石つぶての代りになる。第二には敵にとらえられた場合などに、徽章の裏の柔らかい鉛の面へ、ナイフで文字を書いて、窓や塀の外へ投げて、通信をすることが出来る。第三には、裏面《りめん》の針に紐《ひも》を結んで、水の深さを計《はか》ったり、物

の距離を測定することが出来る。第四には、敵に誘拐された場合などに、道にこれを幾つも落して置けば、方角を知らせる目印になる。というように、小林君が並べ立てたB・Dバッジの効能は十箇条程もあったのです。

団員達は、丁度アメリカの刑事のように、このバッジを学生服の胸の内側につけて、何かの時には、そこを開いてみせて、僕はこういうものだなどと、探偵気取りで自慢していたのですが、その胸の徽章の外《ほか》に、銘々《めいめい》のポケットには、同じ徽章が二十箇から三十箇位《ぐらい》ずつ、ちゃんと用意してあったのです。

桂君と篠崎君とは、男の子がそのB・Dバッジを広っぱの道路で拾ったと聞くと、忽《たちま》ち今いった第四の用途を思い出し、小林少年が捜索隊の道しるべとして、落して行ったものと悟りました。

読者諸君は、もうとっくにお分かりでしょう。小林君が自動車の中で、印度人に縛られる時、ソッとポケットから摑《つか》み出して、踏台《ステップ》の上に置いた、五十銭銀貨のようなものは、このB・Dバッジに外ならなかったのです。そして、その小林君の目的は、今見事に達せられたのです。

篠崎、桂の二少年は、用意の万年筆型懐中電灯を取り出すと、男の子に教えられた地点へ走って行って、暗い地面を照らしながら、もう外《ほか》に徽章は落ちていないかと、熱心に探しはじめました。

「アア、あった、あった。ここにも一つ落ちている。」

懐中電灯の光の中に、新しい鉛の徽章がキラキラと輝いているのです。

「敵の自動車はこの道を通ったに違いない。君、呼笛《よぶこ》を吹いて、みんなを集めよう。」

二人はポケットの七つ道具の中から、呼笛を取出《とりだ》して、息を限りに吹き立てました。

夜の空に、烈しい笛の音《ね》が響き渡りますと、まださほど遠くへ行っていなかった残りの五人の少年が、彼等も呼笛で答えながら、どこからともなく、その場へ集って来ました。

「オイ、みんな、この道にB・Dバッジが二つも落ちていたんだ。小林さんが落して行ったものに違いない。もっと探せばまだ見つかるかも知れない。みんな探してくれ給え。そして、落ちているバッジをたどって行《ゆ》けば、犯人の巣窟をつきとめることが出来るんだ。」

桂少年の指図《さしず》に従って、五人の少年もそれぞれ万年筆型懐中電灯を取出して、一《いっ》せいに地面を探しはじめました。その様は、まるで七匹の蛍が、闇の中を飛び交わしているようです。

「あった、あった。こんなところに泥まみれになっている。」

一人の少年が、少し先のところで、また一つバッジを拾い上げて叫びました。これで三つです。

「うまい、うまい。もっと先へ進もう。僕らは、こうして、段々黒い怪物の方へ近づいているんだぜ。さすがに小林さんは、うまいことを考えたなあ。」

そして、七匹の蛍は、闇の広っぱの中を、見る見る、向こうの方へ遠ざかって行《ゆ》くのでした。

×　　×

地下室では、もう水が一米《メートル》程の深さになっていました。

緑ちゃんを抱いた小林君は、立っているのがやっとでした。水は胸の上まで、ヒタヒタと押し寄せているのです。

天井の管からの滝は、少しも変らぬ烈しさで、不気味な音を立てて、降り注いでいます。

緑ちゃんは、この地獄のような恐怖に、さい前から泣き叫んで、もう声も出ない程です。

「怖くはない、怖くはない。兄ちゃんがついているから、大丈夫だよ。僕はね、泳《およ》ぎがうまいんだから、こんな水なんてちっとも怖くはないんだよ。そして、今にお巡《まわり》さんが、助けにいらっしゃるからね。いい子だから、僕にしっかりつかまっているんだよ。」

しかし、そういううちにも、水嵩《みずかさ》は刻一刻と増すばかり、小林君自身が、もう不安に耐えられなくなって来ました。それに、春とはいっても、水の中は身も凍る程の冷たさです。

アア、僕は緑ちゃんと一緒に、この誰も知らない地下室で、溺れ死んでしまうのかしら。道へ探偵団のバッジを落して置いたけれど、もし団員があすこを通りかからなかったら、何にもなりゃしないのだ。明智先生はどうしていらっしゃるかしら。こんな時に先生が東京にいて下さったら、まるで奇蹟《きせき》のように現れて、僕らを救い出して下さるに違いないのだがなあ。

そんなことを考えているうちにも、水はもう喉《のど》の辺まで迫って来ました。身体《からだ》が水の中でフラフラして、立っているのも困難なのです。

小林君は、緑ちゃんを背中に廻して、しっかり抱きついているように言いふくめ、いよいよ冷たい水の中を泳ぎはじめました。せめて手足を動かすことによって、寒さを忘れようとしたのです。

でも、こんなことが、いつまで続くものでしょう。緑ちゃんという重い荷物を背負った小林君は、やがて力尽きて、溺れてしまうのではないでしょうか。イヤ、それよりも、もっと水嵩が増して、天井一杯になってしまったら、どうするつもりでしょう。そうなれば、泳ごうにも泳げはしないのです。息をする隙間もなくなってしまうのです。

アア、少年探偵団員達は、折角《せっかく》自動車の通り道を発見しながら、この危急に間に合わないようなことはないでしょうか。

水面は膝から腰、腰から腹、腹から胸へと高まって、小林君と緑ちゃんとは、もう立っていることも出来なくなってしまいました。

小林君は、泣き叫ぶ緑ちゃんを背中に負《おぶ》って、真暗な地下室の中で、泳ぎ始めたのです。しかし、いつまで泳ぎつづけられるものでしょう。やがては、疲れはてて溺れるか、イヤそれよりも早く、水が天井一杯になって、水面から首を出していることさえ出来なくなってしまうのではありますまいか。

消える印度人

ちょうどその頃、篠崎始君や、角力《すもう》選手の桂正一君や、怪人二十面相の事件でおなじみの羽柴壮二君などで組織された、七人の少年捜索隊は、早くも印度人の逃走した道筋を発見していました。

それは小林君が、印度人に拐《かどわか》される道々、自動車の上から落して行った、少年探偵団の徽章《バッジ》が目印となったのです。七人の捜索隊員は、夜道に落ち散っている銀色のバッジを探しながら、いつしか、例の怪しげな西洋館の門前まで、辿《たど》りついていました。

「オイ、この家《うち》が怪しいぜ。ごらん、門の中にもバッジが落ちているじゃないか。ホラ、あすこにさ。」

目ざとくそれを見つけた羽柴少年が、桂正一君に囁《ささや》きました。

「ウン、ほんとだ。よし、調べて見よう。みんな伏せるんだ。」

桂君が手真似をしながら、囁き声で一同に指図しますと、忽ち七人の少年の姿が消えてしまいました。イヤ、消えたといっても魔法を使ったわけではありません。号令一下、みんなが一斉に、暗闇の地面の上に腹這《はらばい》になって、伏せの形をとったのです。団員一同、一糸乱れぬ見事な統制ぶりです。

そして、まるで黒い蛇が這《は》うようにして、七人が西洋館の門の中へ入り、地面を調べて見ますと、門から西洋館のポーチまでの間に、五つのバッジが落ちているのを発見しました。

「オイ、やっぱり、ここらしいぜ。」

「ウン、小林団長と緑ちゃんとは、この家《うち》のどっかにとじこめられているに違いない。」

「早く助け出さなけりゃ。」

少年達は伏せの姿勢のままで、口々に囁き交《か》わしました。

七人の内で一番身軽な羽柴少年は、ソッとポーチに這い上って、ドアの隙間から覗いて見ましたが、中は真暗で、人の気配もありません。

「裏の方へ廻って、窓から覗いて見よう。」

羽柴君は、みんなにそう囁いておいて、建物の裏手の方へ這って行きました。一同そのあとに続きます。

裏手へ廻って見ますと、案の定、二階の一室に電灯がついていて、窓が明るく光っています。しかし、二階では覗くことが出来ません。

「縄梯子《なわばしご》を掛けようか。」

一人の少年が、ポケットを探りながら、囁きました。少年探偵団の七つ道具の中《うち》には、絹紐《きぬひも》で作った手軽な縄梯子があるのです。丸めてしまえば一握《ひとにぎり》程に小さくなってしまうのです。

「イヤ、縄梯子を投げて、音がするといけない。それよりも、肩車にしよう。サア僕の上へ順に乗りたまえ。羽柴君は軽いから一番上だよ。」

桂正一少年は、そういったかと思うと、西洋館の壁に両手をついて、ウンと足をふんばりました。よく肥《ふと》った角力選手の桂君は、肩車の踏台には持ってこいです。

次には、中位の体格の一少年が、桂君の背中によじ登って、その肩の上に足をかけ、壁に手をついて身構えますと、今度は身軽な羽柴君が、猿《ましら》のように二人の肩を登り、二番目の少年の肩へ両足をかけました。

頃を計って、今まで背をかがめていた桂君と、二番目の少年とが、グッと身体を伸ばしました。すると、一番上の羽柴君の顔が、ちょうど二階の窓の下の隅に届くのです。まるで軽業《かるわざ》のような芸当ですが、探偵団員達は、日頃から、いざという時の用意に、こういうことまで練習しておいたのです。

羽柴君は窓枠に手をかけて、ソッと部屋の中を覗きました。窓にはカーテンが下っていましたけれど、大きな隙間が出来ていて、部屋の様子は手にとるように眺められました。

そこには一体何があったのでしょう。かねて予期しなかったのではありませんが、部屋の中の不思議な光景に、羽柴君は危《あや》うくアッと声を立てるところでした。

部屋の真中に、二人の恐しい顔をした印度人が坐《すわ》っていました。墨のように黒い皮膚の色、不気味に白く光る目、厚ぼったい真赤《まっか》な唇、服装も写真で見る印度人そのままで、頭にはターバンというのでしょう、白い布をグルグルと帽子のように巻いて、着物といえば、大きな風呂敷みたいな白い布を肩から下げているのです。

印度人の前の壁には、何だか魔物みたいな恐しい仏像の絵が掛《かか》って、その前の台の上には、大きな香炉《こうろ》が紫色の煙を吐いています。

二人の印度人は、坐ったまま、壁の仏像に向かって、しきりと礼拝《らいはい》しているのです。ひょっとしたら、小林少年と緑ちゃんとを、魔法の力で祈り殺そうとしているのかも知れません。

見ている中《うち》に、背中がゾーッと寒くなって来ました。これが東京の出来事なのかしら、もしや恐しい魔法の国へでも迷い込んだのじゃないかしら。羽柴君は余りの気味悪さに、もう覗いている気がしませんでした。

急いで合図をすると、下の二人にしゃがんで貰って、地面に降り立ちました。そして、闇の中で顔を寄せてくる六人の少年達に、囁き声で、室内の様子を報告しました。

「いよいよそうだ。あんなにバッジが落ちていた上に、二人の印度人がいるとすれば、ここが奴等の巣窟にきまっている。」

「じゃ、僕達でここの家《うち》へ踏み込んで、印度人の奴を捕らえようじゃないか。」

「イヤ、それよりも、小林団長と緑ちゃんを助け出さなくっちゃ。」

「待ちたまえ、早まってはいけない。」

口々に囁く少年達を押さえて、桂正一君が重々しくいいました。

「いくら大勢でも、僕達だけの力で、あの魔法使みたいな印度人を捕らえることは出来ないよ。もししくじったら大変だからね。だからね、みんな僕の指図に従って部署についてくれ給え。」

桂君はそういって、誰は表門、誰は裏門、誰と誰は庭のどこというように、建物を取り巻いて、少年達で見張《みはり》を勤めるように指図しました。

「もし印度人がコッソリ逃げ出すのを見たら、すぐ呼笛《よぶこ》を吹くんだよ。いいかい。それからね、篠崎君、君はランニングが得意だから、伝令の役を勤めてくれないか。この近くの電話のあるところまで走って行ってね、君の家《うち》へ電話をかけるんだ。犯人の巣窟を発見しましたから、すぐ来て下さいっていってね。その間《あいだ》、僕等はここに見張をしていて、決して奴等を逃がしゃしないから。」

団長代りの桂君は、テキパキと抜目なく指令を与えました。

篠崎君が、「よしッ。」と答えて、やっぱり地面を這うようにしながら、立去るのを待って、残る六人はそれぞれの部署に分かれ、四方から西洋館を監視することになりました。

しかし、そんなことをしている間に、小林君が溺れてしまうようなことはないでしょうか。水が地下室の天井まで一杯になってしまうようなことはないでしょうか。ひょっとすると間に合わないかも知れません。アア、早く、早く。お巡さん達、早く駈けつけて下さい。

それから、篠崎君のしらせによって、ちょうど篠崎家に居合わした、警視庁の中村捜査係長が、数名の部下を引きつれ、自動車を飛ばして、西洋館に駈けつけるまでに、凡《およ》そ二十分の時間が過ぎました。アア、その待遠《まちどお》しかったこと。

でも、少年捜索隊が最初バッジを拾ってから、もうたっぷり一時間はたっています。つまり小林君が緑ちゃんを負《おぶ》って泳ぎ出してから、それだけの時が過ぎ去ったのです。アア、二人はまだ無事でいるでしょうか。折角お巡さん達が駈けつけた時には、もう遅かったのではないのでしょうか。

警官達が到着したのを知ると、桂少年は、闇の中から駈け出して行って、中村係長に、「犯人はまだ建物の中にいるに違いない。誰も逃げ出したものはなかった。」ということを報告しました。

中村係長は桂君達の手柄を褒めておいて、部下の二人を建物の裏に廻し、自分は二人の制服警官を従えて、ポーチに上ると、いきなり呼鈴《よびりん》の釦《ボタン》を押すのでした。

二度三度釦《ボタン》を押していると、内部にパッと電灯がともり、人の足音がして、ドアの把手《ハンドル》が動きました。

アア、さすがの印度人も、とうとう運の尽《つき》です。訪問者が恐しい警官とも知らず、ノコノコ出迎えにやって来るとは。

中村警部は、建物の中にいるのは二人の印度人だけと聞いているものですから、ドアが開かれると同時に、躍《おど》りこんで、犯人を引っ捕らえようと、捕縄《ほじょう》を握りしめて待ち構えていました。

ところが、ドアがパッと開いてそこに立っていたのは、意外にも、黒い印度人ではなくて、見るからにスマートな日本人の紳士でした。

年の頃は三十歳位《ぐらい》でしょうか。引きしまった色白の顔に、細く刈り込んだ口髭《くちひげ》の美しい紳士が、折目のついた恰好《かっこう》のいい背広服を着て、ニコニコ笑いながらこちらを見ているのです。

「あなたは?」

中村係長は面喰《めんくら》って妙なことを訊ねました。

「僕はここの主人の春木というものですが、よくお出《い》で下さいました。実は僕の方からお電話でもしようかと考えていたところです。」

益々《ますます》意外な言葉です。さすがの警部も狐にでもつままれたような顔をして、

「この家に二人の印度人がいる筈ですが……。」

と、口ごもらないではいられませんでした。

「アア、あなた方はもう印度人のことまで御承知なのですか。僕はあいつらが、こんな悪人とは知らないで、部屋を貸していたのですが……。」

「すると、二人の印度人は、お宅の部屋借人《へやがりにん》だったのですか。」

「そうなんです。しかし、マアこちらへお入り下さい。くわしいお話をいたしましょう。」

紳士はそう言いながら、先に立って奥の方へ入って行《ゆ》きますので、中村係長と二人の警官とは、不審ながらも、兎《と》も角《かく》そのあとに従いました。

「ここです。二人とも無事に救うことが出来ましたよ。僕がもう一足おそかったら、可哀そうに命のないところでした。」

紳士はまたもや訳の分からぬことを言って、とある部屋のドアを開くと、警官達を招き入れるのでした。

中村係長は紳士のあとについて、一歩部屋の中に踏み込んだかと思うと、意外の光景にハッと驚かないではいられませんでした。

ごらんなさい。部屋の隅のベッドの中には、拐《かどわか》された緑ちゃんがスヤスヤと眠っているではありませんか。その枕許《まくらもと》の椅子には、小林少年が大人のナイト・ガウンを着せられて、妙な恰好で腰かけているではありませんか。

「これは一体どうしたというのです。」

中村係長はあっけにとられて叫びました。

「こういう訳ですよ。」

紳士は係長に椅子を勧めて、事の次第を語り始めました。

「僕は今傭人《やといにん》のコックと二人きりで、独身生活をしているのですが、今日は朝から外出していて、つい今しがた帰って見ますと、家の中に誰もいないのです。二階の部屋を貸してある印度人達もいなければ、コックの姿も見えません。

どうしたんだろうと、不審に思って、家中《うちじゅう》を探して見ますと、やっと台所の隅でコックを見つけることが出来ましたが、それが驚いたことには、手足を縛られた上に、猿轡《さるぐつわ》まではめられているのです。

縄を解いてやって、様子を訊ねますと、二階の印度人が、どこかから帰って来て、いきなりこんな目に会わせたのだというのです。イヤそればかりではありません。コックの言いますには、印度人は何だか小さい子供を連れて帰ったらしい。そして、その子供を地下室へ抛《ほう》りこんだのではないかと思う。今しがたまで微《かす》かに子供の泣声が聞えてい

た と申すのです。

僕は驚いて、すぐさま地下室へ行って見ますと、なんということでしょう、地下室はまるでタンクみたいに水が一杯になっていて、その中を、この小林君という少年が、小さい嬢さんを負って泳いでいるじゃありませんか。もう力が尽きて、今にも溺れそうな様子です。

僕は無論すぐ二人を救い上げましたが、小さい嬢さんの方は、ひどく熱を出しているものですから、こうしてベッドに寝かしてあるのです。

それから、この小林君の話で、一切の事情が分かりましたので、僕は嬢さんのお宅と警察とへ電話をかけようとしているところへ、ちょうどあなた方がお出で下さったという訳です。」

聞き終った中村係長はホッと溜息《ためいき》をついて、

「そうでしたか。イヤ、お蔭さまで、二人の命を救うことが出来て、何よりでした。……しかし、印度人は確かにいないのでしょうね。十分お探しになりましたか。」

「十分探したつもりですが、なお念のために、あなた方のお力で捜索して頂いた方がいいと思いますが。」

「では、もう一度調べて見ましょう。」

そこで係長は裏口へ廻しておいた二人の警官も呼び入れて、五人が手分をして、押入と言わず、天井と言わず、床下《ゆかした》までも、残るところもなく捜索しましたが、印度人の姿はどこにも発見されませんでした。

実に不思議という外はありません。羽柴少年が二階の窓を覗いてから、警官が着くまでの、僅か二十数分の間に、二人の印度人は、まるで煙のように消えうせてしまったのです。

建物の外には六人の少年団員が、注意深く見張をしていました。印度人はどうしてその目を逃れることが出来たのでしょう。

イヤイヤ、奴等は神変《しんぺん》不可思議の魔法使です。建物の外へ出るまでもなく、あの二階の部屋の中で、何かの呪文を唱えながら、スーッと消えうせてしまったのかも知れません。

読者諸君は、黒い魔物が、養源寺の墓地の中で、それからもう一度は、篠崎家の庭園で、かき消すように姿を隠してしまったことを御記憶でしょう。今度もそれと同じ奇蹟が行われたのです。この二人の印度人に限っては、物理学の原理があてはまらないのかも知れません。

無論、中村係長は直《ただ》ちに、このことを警視庁に報告し、東京全市の警察署、派出所に印度人逮捕の手配をしましたが、一日たち二日たっても、怪印度人はどこにも姿を現しませんでした。奴等は姿を消したばかりではなく、飛行の術かなんかで、海を渡って、とっくに本国へ帰ってしまったのではないでしょうか。

四つの謎

世田谷の西洋館で印度人が消えうせた翌々日、探偵事件のために東北地方へ出張していた明智名探偵は、首尾よく事件を解決して、東京の事務所へ帰って来ました。帰るとすぐ、探偵は旅の疲《つかれ》を休めようともしないで、書斎に助手の小林少年を呼んで、留守中の報告を聞くのでした。

小林君はもうすっかり元気を回復していました。聞けば、緑ちゃんもあの翌日から熱もとれて、お父さまお母さまの側で、機嫌よく遊んでいるということです。

小林君は明智先生の顔を見ると、待ち兼ねていたように、怪印度人事件のことを、くわしく報告しました。

「先生、僕には何が何だかさっぱり分からないのです。でも、みんなの言うように、あの印度人が魔法を使ったなんて信じられません。何かしら、僕達の智恵では及ばないような秘密があるのじゃないでしょうか。先生、教えて下さい。僕は早く先生のお考えが聞きたくてウズウズしていたんですよ。」

小林君は、明智先生をまるで全能の神様かなんぞのように思っているのです。この世の中に、先生に分からないことなんてあり得ないと信じているのです。

「ウン、僕も旅先で新聞を読んで、いくらか考えていたこともあるがね、そう君のようにせき立てても、すぐに返事が出来るものではないよ。」

明智探偵は笑いながら、安楽椅子にグッと凭《もた》れこんで、長い足を組み合わせ、好きなエジプト煙草をふかし始めました。

これは明智探偵が深く物を考える時の癖なのです。一本、二本、三本、煙草は見る見る灰になって、紫色の煙とエジプト煙草の薫《かおり》とが、部屋一杯に漂いました。

「アア、そうだ。君、ちょっとここへ来たまえ。」

突然、探偵は椅子から立ち上って、部屋の一方の壁に貼りつけてある東京地図のところへ行《ゆ》き、小林少年を手招きしました。

「養源寺というのは、どの辺にあるんだね。」

小林君は地図に近づいて、正確にその場所を指し示しました。

「それから、篠崎君の家《うち》は？」

小林君はまたその場所を示しました。

「やっぱり僕の想像した通りだ。小林君、これがどういう意味か分かるかね。ホラ、養源寺と篠崎家とは、町の名も違うし、ひどく離れているように感じられるが、裏ではくっついているんだよ。この地図の様子では、間に二、三軒家があるかも知れないが百米《メートル》とは隔たっていないよ。」

探偵は何か意味ありげに微笑して、小林君を眺めました。

「アア、そうですね。僕もうっかりしていました。表側ではまるで別の町だものですから、ずっと離れているように思っていたのです。でも、先生、それが何を意味しているんだか僕にはよく分かりませんが。」

「何でもないことだよ。マア考えてごらん。宿題にしておこう。」

探偵はそういいながら、元の安楽椅子に戻って、また深々と凭れこみました。

「ところで、小林君、この事件には常識では説明の出来ないような点が色々あるね。それを一つ数え挙げて見ようじゃないか、これが探偵学の第一課なんだよ。先《ま》ず事件の中から奇妙な点を拾い出して、それに色々の解釈を与えて見るというのがね。

この事件では、先ず第一に黒い魔物が、東京中の方々へ姿を現して、みんなを怖がらせたね。犯人は一体何の必要があって、あんな馬鹿な真似をしたんだろう。

今度の犯罪の目的は、篠崎家の宝石を盗み出すことと、緑ちゃんという女の子を拐《かどわか》すことなんだが、黒い魔物が方々に現れて新聞に書かれたりすれば、私はこんな真黒な人種ですよ、御用心なさいと、まるで相手に警戒させるようなものじゃないか。

それから、まだあるよ。黒い魔物はだんだん篠崎家に近づいて来て、そこでも色々と見せびらかすような真似をしている。そして、人違《ひとちがい》をして、二人までよその女の子を拐しかけている。

宝石が篠崎家にあるということを、ちゃんと見通して、態々《わざわざ》印度から出かけて来る程の、用意周到な犯人に、そんな手抜かりがあるものだろうか。緑ちゃんという女の子が、どんな顔をしているか位、前もって調《しらべ》がついていそうなものじゃないか。

小林君、君は、こういうような点が、何となく変だとは思わないかね。辻褄《つじつま》が合わないとは思わぬかね。」

「エエ、僕は今までそんなこと少しも考えてませんでしたけれど、本当に変ですね。あいつは、私はこういう印度人です、こういう人攫《ひとさらい》をしますといって、自分を広告していたようなものですね。」

小林君は始めてそこへ気がついて、びっくりしたような顔をして、先生を見上げました。

「そうだろう。犯人は普通ならば、出来るだけ隠すべき事柄を、これ見よがしに広告していいるじゃないか。小林君、この意味が分かるかね。」

探偵はそう言って、妙な微笑を浮かべましたが、小林君には、先生の考えていらっしゃることが、少しも分からぬものですから、その微笑が何となく薄気味悪くさえ感じられました。

「第二には、印度人が忍術使のように消え失せたという不思議だ。一度は養源寺の墓地で、一度は篠崎家の庭で、それからもう一度は世田谷の西洋館で。これはもう、君もよく知っていることだね。あの晩西洋館のまわりには、六人の少年探偵団の子供が見張っていたというが、その見張は確かだったのだろうね。ウッカリ見逃すようなことはなかったのだろうね。」

「それは桂君が、決して手抜かりはなかったと言っています。みんな小学生ですけれど、なかなかしっかりした人達ですから、僕も信用していいと思います。」

「表門の見張をしたのは、何という子供だったの?」

「桂君ともう一人小原《おはら》君っていうのです。」

「二人もいたんだね。それで、その二人は、春木という西洋館の主人が帰って来るのを見たと言っていたかね。」

「先生、それです。僕不思議でたまらないのです。二人は春木さんの帰って来るのを見なかったと言うのですよ。みんなは、まだ印度人が二階にいる間に、それぞれ見張の部署についたのですから、春木さんが帰って来たのは、それよりあとに違いありません。だから、どうしても桂君達の目の前を通らなければならなかったのです。まさか主人が裏口から帰る筈はありませんからね。しかも、その裏口を見張っていた団員も、誰も通らなかったと言っているのです。」

「フーン、段々面白くなって来るね。君はその不思議を、どう解釈しているの？　警察の人に話さなかったの？」

「それは桂君が中村さんに話したのだそうです。でも、中村さんは信用しないのですよ。二人の印度人が逃げ出すのさえ見逃したのだから、春木さんの入って来るのを気附かなかったのは無理もないって。子供達の言うことなんか当《あて》にならないと思っているのですよ。」

小林君は少し憤慨《ふんがい》の面持《おももち》で言うのでした。

「ハハハ……、それは面白いね。二人の印度人が出て行ったのも気づかない程だから、春木さんの入って来るのも見逃したんだろうって？　ハハハ……。」

明智探偵は、なぜかひどく面白そうに笑いました。

「ところでね、君は春木さんに地下室から助け出されたんだね。無論春木さんをよく見ただろうね。まさか印度人が変装していたんじゃあるまいね。」

「エエ、無論そんなことはありません。しんから日本人の皮膚の色でした。白粉《おしろい》やなんかであんな風になるものじゃありません。長い間一緒の部屋にいたんですから、僕、それは断言してもいいんです。」

「警察でも、その後《ご》春木さんの身柄を調べただろうね。」

「エエ、調べたそうです。そして、別に疑いのないことが分かりました。春木さんはあの西洋館にもう三月《みつき》も住んでいて、近所の交番のお巡さんとも顔なじみなんですって。」

「ホウ、お巡さんともね。それは益々《ますます》面白い。」

明智探偵はなにかしら愉快でたまらないという顔つきです。

「サア、その次は第三の疑問だ。それはね、君が篠崎家の門前で、緑ちゃんをつれて自動車に乗ろうとした時、書生の今井というのがドアを開けてくれたんだね。その時、君は今井君の顔をハッキリ見たのかね。」

「アア、そうだった。僕、先生にいわれるまで、うっかりしていましたよ。そうです、そうです。僕、今井君の顔をハッキリ見たんです。確かに、今井君でした。それが、自動車が動き出すと間もなく、あんな黒ん坊になってしまうなんて、変だなあ。僕、なによりもそれが一番不思議ですよ。」

「ところが、一方では、その今井君が、養源寺の墓地に縛られていたんだね。とすると、今井君が二人になった訳じゃないか。イヤ、三人と言った方がいいかも知れない。墓地に転がっていた今井君と、自動車のドアを開けて、それから助手席に乗り込んだ今井君と、自動車の走っている間に黒ん坊になった印度人と、合わせて三人だからね。」

「エエ、そうです。僕さっぱり訳が分かりません。なんだか夢を見ているようです。」

小林君には、そうして明智探偵と話している中《うち》に、この事件の不思議さが、段々ハッキリ分かって来ました。もう魔法をけなす元気もありません。小林君自身が、えたいの知れない魔法にかかっているような気持でした。

「小林君、思い出してごらん。その自動車の中でね、君は二人の印度人の頸筋《くびすじ》を見なかったかね。向こうを向いている運転手と助手の頸筋を見なかったかね。」

探偵がまた妙なことを訊ねました。

「頸筋って、ここのところですか。」

小林君は自分の耳のうしろを押さえて見せました。

「そうだよ。その辺の皮膚の色を見なかったかね。」

「サア、僕、それは気がつきませんでした。アア、そうそう、二人とも鳥打帽《とりうちぼう》をひどくあみだに冠《かぶ》っていて、耳のうしろなんかちっとも見えませんでした。」

「うまい、うまい。君はなかなかよく注意していたね。それでいいんだよ。サア次は第四の疑問だ。それはね、犯人は緑ちゃんをなぜ殺さなかったかということだよ。」

「エ、なんですって。奴等は無論殺すつもりだったのですよ。僕まで一緒に溺れさせてしまうつもりだったのですよ。」

「ところが、そうじゃなかったのさ。」

探偵はまた意味ありげにニコニコと笑って見せました。

「よく考えてごらん。印度人達はコックを縛ったけれど、主人の春木さんに対しては何の用意もしなかったじゃないか。春木さんは外出していて、いつ帰るか分からないのだよ。そして、帰って来ればコックの報告を聞いて、地下室の君達を助け出すかも知れないのだよ。もし助け出されたら、折角の苦心が水の泡じゃないか。それをまるで気にもしないで、緑ちゃんの最期も見届けないで、逃げ出してしまうなんて、あの執念深さと比べて考えて見ると、おかしいほど大きな手落《ておち》じゃないか。現にこうして君も緑ちゃんも助《たすか》っているんだからね。印度人達は何のために、あれだけの苦労をしたのか、まるで訳が分からなくなるじゃないか。

小林君、分かるかね、この意味が。犯人はね、緑ちゃんを殺す気なんて、少しもありゃしなかったのだよ。ハハハ……、面白いじゃないか。みんなお芝居だったのだよ。」

探偵はまたさも愉快らしく笑い出しましたが、小林君にはその意味が少しも分からないのです。一体全体先生は何を考えていらっしゃるのだろう。それを思うと、何だか怖くなるようでした。

「サア、小林君、この四つの疑問を解いてごらん。これを四つとも間違いなく解いてしまえば、今度の事件の秘密が分かるのだよ。僕もそれを完全に解いた訳じゃない。これから確かめてみなければならないことが色々あるんだよ。しかし、僕には今、この事件の裏に隠れて、クスクス笑っているお化《ばけ》の正体が、ボンヤリ見えているんだよ。

僕はこんなにニコニコしているけれど、本当はそのお化の正体にギョッとしているんだ。もし僕の想像が当っていたらと思うと、脂汗《あぶらあせ》がにじみ出すほど怖いのだよ。」

明智探偵は非常に真面目な顔になって、声さえ低くして、さも恐しそうに言うのでした。

その顔を見ますと、小林君はゾーッと背筋が寒くなって来ました。何だかそのお化が、うしろからバアと言って、飛び出して来るような気さえするのです。

「ところでね、小林君、もう一つ思い出して貰《もら》いたいことがあるんだが、君はさっき、春木さんの顔をよく見たと言ったね。その時、もしや君は……。」

探偵はそこまで言うと、いきなり小林君の耳に口をよせて、何事かヒソヒソと囁《ささや》きました。

「エッ、なんですって?」

それを聞くと、小林少年の顔が真青になってしまいました。

「まさか、まさか、そんなことが……。」

小林君は本当にお化でも見たように、そのお化が襲いかかって来るのを防ぎでもするように、両手を前に拡げて、あとじさりをしました。

「イヤ、そんなに怖がらなくってもいい。これは僕の気のせいかも知れないのだよ。ただね、今挙げた四つの疑問をよく考えて見るとね、みんなその一点を指さしているように思えるのだよ。だが、確かめて見るまではなんともいえない。僕は今日の中《うち》に、一度春木さんと会って見るつもりだよ。春木さんの電話は何番だったかしら。」

それから、明智探偵は電話帳を調べて、春木氏に電話をかけるのでした。

読者諸君、名探偵が小林君の耳に囁いた言葉は一体どんな事柄だったのでしょう。それを聞いた小林君は、なぜあれ程の恐怖を示したのでしょう。

明智探偵は四つの疑問を解いて行《ゆ》けば、自然その恐しい結論に達するのだと言いました。諸君は試みにその謎を解いてごらんなさるのも一興でしょう。しかし、今度の謎は随分複雑ですし、その答が余りに意外なので、そんなに易々《やすやす》とは解けないだろうと思います。次の章はその謎の解けて行《ゆ》く場面です。そして、ゾッとするようなお化が正体を現す場面です。

逆《さか》さの首

明智探偵は、二人の印度人に部屋を貸していた西洋館の主人春木氏に、一度会って色々きいてみたいというので、早速同氏に電話をかけて、都合をたずねますと、昼間は少し差支《さしつかえ》があるから、夜七時頃おいで下さいという返事でした。

探偵は電話の約束をすませますと、すぐさま事務所を出かけました。春木氏に会うまでに、ほかに色々調べておきたいことがあるからということでした。

小林少年は、ぜひ一緒に連れて行って下さい、と頼みましたが、君はまだ疲《つかれ》が治っていないだろうからと、留守番を命じられてしまいました。

それから明智探偵が、どこへ行って、何をしたか、それは間もなく読者諸君に分かる時が来ますから、ここには記しません。その夜《よ》の七時に、探偵が春木氏の西洋館をたずねたところから、お話をつづけましょう。

青年紳士春木氏は、自分で玄関へ出迎えて、明智探偵の顔を見ますと、ニコニコとさ

も嬉しそうにしながら、

「よくおいで下さいました。御高名はかねて伺っております。いつか一度お目にかかってお話が承りたいものだと存じておりましたが、わざわざおたずね下さるなんて、こんな嬉しいことはありません。サア、どうか。」

と、二階の立派な応接室に案内しました。

二人は、テーブルをはさんで、椅子にかけましたが、初対面の挨拶をしているところへ、三十歳位《ぐらい》の白い詰襟《つめえり》の上衣《うわぎ》を着た召使《めしつかい》が、紅茶を運んで来ました。

「わたくしは、妻をなくしまして、一人ぼっちなんです。家族といっては、このコックと二人きりで、家が広すぎるものですから、あんな印度人なんかに部屋を貸したりして、とんだ目にあいました。でも、確かな紹介状を持って来たものですから、つい信用してしまいましてね。」

春木氏は、立去るコックのうしろ姿を、目で追いながら、いいわけするようにいうのでした。

それをきっかけに、明智探偵は、いよいよ用件に入りました。

「実は、あの夜《よ》のことを、あなた御自身のお口からよく伺いたいと思ってやって来たのですが、どうも腑《ふ》に落ちないのは、二人の印度人が、僅かの間に消え失せてしまったことです。

もう御承知でしょうが、子供たちが無邪気な探偵団を作っていましてね。昨夜中村係長たちが、ここへ駈けつける二十分ほど前に、その子供たちが、どの部屋ですか、ここの二階に二人の印度人がいることを、ちゃんと確かめておいたのです。それが、警官たちよりも早くあなたがお帰りになった時に、もう家の中にいなくなっていたというのは、実に不思議じゃありませんか。

その間中、六人の子供たちが、お宅のまわりに、厳重な見張をつづけていたのです。表門はもちろん、裏門からでも、或《あるい》は塀を乗り越えてでも、印度人が逃出したとすれば、子供たちの目をのがれることは出来なかったはずです。」

すると、春木氏はうなずいて、

「エエ、私も、その点が実に不思議で仕方がないのです。あいつらは、何か我々には想像も出来ない、妖術のようなものでも心得ていたのではないでしょうか。」

と、いかにも気味悪そうな表情をして見せました。

「ところが、もう一つ妙なことがあるのですよ。あなたがお帰りになったのは、子供たちが印度人がいることを確かめてから、警官が来るまでの間でしたね。すると、その時はもう、子供たちはちゃんと見張の部署についていたはずなのですが、……あなたはむろん表門からお入りになったのでしょうね。」

「エエ、表門から入りました。」

「その時表門には二人の子供が番をしていたのですよ。その子供たちをごらんになりましたか。門柱《もんちゅう》のところに、番兵《ばんぺい》のように立っていたっていうのですが。」

「ホウ、そうですか。私はちっとも気がつきませんでしたよ。ちょうどその時、子供たちがわきへ行っていたのかも知れませんね。厳重な見張といったところで、なにしろ年端《としは》も行かない小学生のことですから、当《あて》にはなりませんでしょう。」

「ところが、子供というものは馬鹿になりませんよ。何かに一心になると、大人のように外《ほか》のことは考えませんからね。僕はこういう場合には、大人よりも子供の方が信用がおけると思います。

僕は今日、ここへおたずねする前に、色々な用件をすませて来たのですが、その門番を勧めた子供に会ってみるのも、用件の一つでした。そして、よく聞きただしてみますと、その子供は決して持場を離れなかったし、わきみさえしなかったといい張るのです。子供は嘘《うそ》をつきませんからね。」

「で、その子供は私の姿を見たといいましたか。」

「イイエ、見なかったというのです。門を入ったものも、出たものも、一人もなかったと断言するのです。」

明智探偵は、そういって、じっと春木氏の美しい顔を見つめました。

「オヤオヤ、すると、私までが、何だか魔法でも使ったようですね。これは面白い。ハハハ……。」

春木氏は何となくぎこちない笑い方をしました。

「ハハハ……。」

明智探偵も、さもおかしそうに、声を揃えて笑いましたが、その声には何か鋭いとげのようなものが含まれていました。

「二を引き去って、二を加える。エ、この意味がお分かりですか。すると元々通りになりますね。簡単な引き算と足し算です。」

探偵は何か謎のようなことをいったまま、また別の話に移りました。

「ところで、僕は今日、養源寺の墓地と篠崎家の裏庭で、面白いものを発見しましたよ。何だと思います。その間をつなぐ狭い地下の抜穴《ぬけあな》なんですよ。

養源寺と篠崎家とは、町名も違っているし、表門はひどく離れていますが、裏では十米《メートル》ほどの空地《あきち》を隔てて、まるでくっついているといってもいいのです。

印度人の奴は、この、ちょっと考えると非常に遠いという、人間の思違《おもいちがい》を利用したのですよ。そして、そこに訳もなく地下道を作って、あの煙のように消え失せるという魔法を使って見せたのです。

養源寺の墓地には、古い石塔《せきとう》の台石《だいいし》を持ちあげると、その下にポッカリ地下道の入口が開《あ》いていましたし、篠崎さんの庭の方は、穴の上に厚い板をのせて、その板の上に一面に草の生えた土がおいてありました。ちょっと見たのでは、他の地面と少しも違《ちがい》がないのです。穴のある近所は色々な木が茂っていて、うす暗いのですからね。なんとうまいカムフラージュじゃありませんか。

印度人は、墓地の中で消え失せた時には、この地下道から篠崎家へ逃げこみ、篠崎家の宝石を盗んだ時には、やっぱりこの道を通って、養源寺の方へ抜けてしまったのです。その両方の地面は、表側ではまるで違う町なんですからね、分かりっこありませんよ。ハハハハ……、これが印度人の魔術の種あかしです。」

聞いている中《うち》に、春木氏の顔に、非常な驚きの色が浮かんで来ました。でも、強《し》いてそれをおし隠すようにして、

「しかし、宝石を盗むだけのために、どうしてそんな手数《てすう》のかかる仕掛《しかけ》をしたんでしょうね。もっと手軽な手段がありそうなものじゃありませんか。」

と、なじるように訊き返しました。

「そうです。おっしゃる通り賊は無駄な手数をかけているのです。しかし、無駄といえば、外《ほか》にもっともっと大きな無駄があるのですよ。春木さん、そこがこの事件の奇妙な点です。また、実に面白い点なのです。」

明智探偵は、それを説明するのが惜しいというように、言葉を切って、相手の顔を眺めました。

「もっと大きな無駄といいますと？」

「それはね、印度人が真っぱだかになって、隅田川を泳いで見せたり、東京中の町々をうろついて見せたりして、世間を騒がせたことですよ。それからまた、篠崎さんの嬢ちゃんと同じ年頃の子供を、二度も、わざと間違えて攫《さら》ったことですよ。

一体なんのために、そんな無駄なことをやって見せたのでしょう。エ、春木さん、あなたはどうお考えになります？」

「サア、私には分かりませんねえ。」

春木氏は青ざめた顔で、少しそわそわしながら答えました。

「お分かりになりませんか。じゃ、僕の考えを申しましょう。それはね、賊は広告をしたかったのですよ。私はこんな真黒な印度人ですよ、私は篠崎家の嬢ちゃんを攫おう

としていますよ。と、世間に向かって、いや世間というよりも、篠崎の御主人に向かって、これでもかこれでもかと、告げ知らせたかったのです。そして、篠崎さんが、さては印度人が本国から、呪《のろい》の宝石を取戻しにやって来たんだなと、信じこむように仕向けたのです。

なぜでしょう。なぜそんな馬鹿馬鹿しい広告をしたのでしょう。もし本当の印度人が復讐のためにやって来たのなら、広告するどころか、出来るだけ姿を見られないように、世間に知られないように骨を折るはずじゃありませんか。つまり、まるであべこべなのです。すると、その答はやっぱりあべこべでなければなりません。」

「エ、あべこべといいますと。」

春木氏がびっくりしたように訊き返しました。

ちょうどその時でした。二人の会話の中のあべこべという言葉が、そのまま形となって、部屋の一方の窓の外に現れたではありませんか。

ガラス窓の一番上の隅に、ひょいと人間の顔が現れたのです。それがまるで空からぶら下ったように、真逆《まっさか》さまなのです。つまりあべこべなのです。

その男は、ガラス窓の外の闇の中から、髪の毛をダランと下にたらし、真赤にのぼせた顔で、逆さまの目で、部屋の中の様子をジロジロと眺めています。

一体どうして、人の顔が空から下《さが》って来たりしたのでしょう。実に不思議ではありませんか。

イヤ、それよりも妙なのは、春木氏がそのガラスの外の逆さまの顔を見ても、少しも驚かなかったことです。そして、その顔に何か目くばせのようなことをしました。

すると、逆さまの顔は、それに答えるように合図の瞬《まばた》きをして、そのまま空の方へスーッと消え

てしまいました。

一体あれは何者でしょう。なんだかついさい前見たばかりのような顔です。アア、そうです、そうです。外《ほか》でもない春木氏の傭《やと》っているコックなのです。さっき紅茶を運んで来た召使なのです。

それにしても、なんという変てこなことでしょう。コックが家の外の空中からぶら下って来て、窓を覗くなんて、話に聞いたこともないではありませんか。

でも、その窓はちょうど明智探偵の真うしろにあったものですから、探偵はそんな奇妙な人の顔が現れたことなど少しも知りませんでした。

皆さん、なんだか気がかりではありませんか。明智探偵は大丈夫なのでしょうか。もしやこの家には、何か恐しい陰謀が企まれているのではありますまいか。

屋上の怪人

明智探偵は何も知らず話しつづけました。

「あべこべといいますのはね、この事件の犯人は、彼が見せかけようとしたり、広告したりしたのとは、まるで反対なものではないかということです。

つまり、犯人は黒い印度人ではなくて、その反対の白い日本人であった。篠崎さんの嬢ちゃんを攫《さら》ったのも、いかにも宝石につきまとう呪《のろい》のように見せかける手段で、決して命をとろうなどという考えはなかったということです。

それが証拠に、緑ちゃんも小林君も、ちゃんと助っているじゃありませんか。もし本当に殺すつもりだったら、あれほど苦心して攫っておきながら、最後も見とどけないで立去ってしまうわけがないのです。

すべては世間の目を、別の方面にそらすための手段にすぎなかったのですよ。それほどまでの苦労をしなければならなかったのを見ると、この犯人はよほど世間に知れわたっている奴に違いありません。ネ、そうじゃありませんか。」

「では、あなたは、犯人は印度人じゃないとおっしゃるのですか。」

春木氏が妙にしわがれた声でたずねました。

「そうです。犯人は日本人に違いないと思うのです。」

探偵は微笑を浮かべながら、じっと春木氏の顔を見つめました。

「でも、確かに印度人がいたじゃありませんか。私が部屋を貸したことは、仮に信用して頂けないとしても、ここの二階にいたのを、子供たちが見たということですし、聞けば、小林君と嬢さんとが乗った車の運転手と助手が、いつの間にか黒ん坊に変っていて、二人はそれを確かに見たといっていましたが。」

「ハハハ……、春木さん、それがみんな嘘だったとしたら、どうでしょう。小林君のいうところによりますと、最初あの自動車に乗ったとき、助手席にいたのは、確かに篠崎家の書生の今井君だったそうです。それがどうして、突然黒ん坊に変ったのでしょう。イヤ、そればかりではありません。ちょうどその頃、本物の今井君は、養源寺の境内に、手足を縛られて転がっていたのですよ。一人の今井君が、同時に二箇所に現れるなんて、全く不可能なことじゃありませんか。春木さん、この点を僕は実に面白く思うのです。今度の事件の謎をとく、一番大切な鍵がここにあると思うのですよ。」

それを聞くと、春木氏はニヤニヤと妙な微笑を浮かべて、さも感心したようにいうのでした。

「アア、さすがは名探偵だ。あなたはそこまでお考えになっていたのですか。そして、その不思議はとけましたか。」

「エエ、とけましたよ。」

「本当ですか。」

「本当ですとも。」

そして、二人はしばらくの間、黙りこんだまま、非常に真剣な表情になって、睨《にら》み合っていました。まるで、お互《たがい》の心の底の底を見すかそうとでもしているようです。

「説明して下さい。」

春木氏は青ざめた顔に、一ぱい汗の玉を浮かべて、溜息をつくようにいいました。

「自動車の中で、二人のものが、突然黒ん坊に変ったのは、子供だましのような簡単な方法です。外《ほか》でもありません。車が走っている間に、うしろの客席から見えないように、ソッとうつむいて、用意の絵の具――多分煤《すす》のようなものでしょう――それで顔と手を真黒に染めたのです。

実にわけのない話です。変装の内で、黒ん坊に化けるほどたやすいことはありませんからね。僕は念のために、小林君に、うしろから見える頸筋《くびすじ》の辺《あたり》の色はどうだったとたずねてみましたが、そこは洋服の襟《えり》と鳥打帽《とりうちぼう》とで、少しも皮膚が見えないように、用心深く隠してあったということです。」

「で、今井という書生が、同時に二箇所に現れた謎は？」

春木氏は、まるで果合《はたしあい》でもするような、恐しく力のこもった声でたずねました。

「大変気がかりとみえますね、ハハハ……、それは、犯人が今井君を縛って、その服を着こみ、顔まで今井君に化けたと考える外に、方法はありません。

しかし、犯人が今井君とソックリの顔になれるものでしょうか。ほとんど不可能なことです。でも、広い日本に、たった一人だけ、その不可能なことの出来る人物があります。」

「それは?」

「二十面相です。」

探偵は実に意外な名前を、ズバリといって、じっと相手の目の中を覗《のぞ》きこみました。息づまるような睨合《にらみあい》が、三十秒ほどもつづきました。

「二十面相」とは誰でしょう。むろん読者諸君は御存じのことと思います。二十の違った顔を持つといわれた、あの変装の大名人です。今は獄中につながれているはずの、稀代《きだい》の宝石泥棒です。

「オイ、二十面相君、しばらくだったなあ。」

明智探偵がおだやかな調子でいって、ポンと春木氏の肩を叩きました。

「な、なにをいっているんです。私が、二十面相ですって?」

「ハハ……、白ばくれたって、もう駄目だよ。僕は今しがた刑務所へ行って調べて来たんだ。そして、あそこにいるのは偽者の二十面相だということが分かったのだ。君は、さい前から、僕がなぜ、あんな話をクドクドとしていたと思うのだい。それはね、話をしながら君の顔を読むためだったんだよ。つまり君を試験していたというわけさ。

するとが君は、僕の話が進むにつれて、段々青ざめて来た。そわそわし出した。見たまえ一杯脂汗が出ているじゃないか。それが何よりの自白というものだ。

二を引いて二を足すと元々通りだったねえ。つまり、君と君のコックとが、今井君と運転手に化けた上、少年探偵団の子供たちをだますために、二人の印度人になって、妙なお禱《いの》りまでして見せた。

その印度人が、そのまま元の君とコックに戻ればよかったのだから、いくら見張っていても、印度人も逃げ出さなければ、君も外から入って来なかったというわけさ。もともと四人ではなくて、二人きりのお芝居だったんだからね。

だが、二十面相が人殺しをしないという主義をかえないのは感心だ。むろん君は最初から小林君と緑ちゃんは、助けるつもりだったのだろうね。」

探偵がいいおわるかおわらぬに、部屋中に途方もない笑声《わらいごえ》が響きわたりました。

「ワハハハ……、偉い、君はさすが明智小五郎だよ。よくそこまで考えたねえ。その骨折《ほねおり》に免じて白状してやろう。いかにも俺は君の怖がっている二十面相だよ。

だがねえ、明智君、これは君の大失敗を、君自身で証拠立てたようなものなんだぜ。

分かるかい。

君はいつか、博物館で俺を逮捕したつもりで、大いばりだったねえ。世間もやんやと喝采《かっさい》したっけねえ。

ところが、あれはみんな嘘だったということになるじゃないか。エ、探偵さん、君もとんだ藪蛇《やぶへび》をしたもんだねえ。

つまらないせんさくだてをしないで、俺を見のがしておけば、君はいつまでも英雄でいられたんだぜ。それを、こんなことにしてしまっちゃ、君の名折《なおれ》じゃないか。博物館で捕らえたのは、あれは二十面相でもなんでもない、ただのへっぽこ野郎だったということを、世間に広告するようなもんじゃないか。

ハハハ……、愉快愉快、俺が一体あんなへまをする男だとでも思っているのかい。白《しろ》髭《ひげ》の博物館長さんが、実は怪盗二十面相だったなんて、いかにも明智先生好みの思いつきだ。つまり、俺は君の飛びつきそうな御馳走をこしらえて、お待ち申していたのさ。すると案の定、君は罠《わな》にかかってしまった。博物館長に化けていた俺の部下を、二十面相と思いこんでしまった。俺の方で、そう思いこませるように仕向けたのさ。

無理もないよ。俺にはきまった顔というものがないんだからね。俺自身でさえ、本当の自分がどんな顔なのか、忘れてしまったほどだからねえ。

だが、博物館の前で、チョコチョコと逃げ出して、子供たちに組伏せられるなんて、二十面相ともあろうものが、あんなへまをするとでも思っていたのかい。あれが二十面相の最後では、ちっとばかり可哀そうというもんだよ。」

二十面相はまくし立てるようにしゃべりつづけて、またしてもわれるように笑うのでした。

「大変な勢いだねえ。だが、昔のことは兎《と》も角《かく》として、結局勝利は僕のものだったじゃないか。折角の印度人の大芝居もとうとう見破られてしまったじゃないか。」

明智探偵は少しも騒がず、ニコニコと微笑しながら答えました。

「印度人の大芝居か。面白かったねえ。俺はね、篠崎氏がある所で、宝石の因縁話をしているのを、すっかり聞いてしまったんだよ。そして、むやみにあの宝石が欲しくなったのさ。そこで、宝石を手に入れた上、世間をアッといわせてやろうと、あの大芝居を思いついたのだよ。

印度人が犯人だとすれば、まさか二十面相を疑う奴はないからね。ただ宝石だけ盗んだのじゃあ、何しろ金目のものだから、警察の捜索がうるさいのでねえ。

ところで、君は俺をどうしようというのだい。たった一人で、二十面相の本拠へ飛びこんで来るなんて、少し無謀だったねえ。気の毒だけれど、返討《かえりうち》だぜ、君はもうこの部屋から一歩だって出しゃしないぜ。」

二十面相は、追いつめられたけだもののような、物狂《ものぐる》わしい形相で、明智探偵に摑《つか》みかからんばかりです。

「ハハハ……、オイ、二十面相君、僕が一人ぼっちかどうか、ちょっとうしろを向いてごらん。」

探偵の言葉に、二十面相はギョッとして、クルッと、うしろの戸口の方を振向きました。

すると、アア、これはどうでしょう。いつの間に忍びこんだのか、一ぱいに開かれたドアの外には、押重なるようにして、五人の制服巡査が、いかめしく立ちはだかっていました。

「畜生め！　やりやがったなッ。」

二十面相は、不意をうたれて、よろよろとよろめきながら、さもくやしそうにわめきました。そして、いきなり、一方の窓の方へ駈けよります。

「オイ、窓から飛降《とびお》りるなんて、つまらない考えはよした方がいいぜ。念のためにいっておくがね、この家のまわりは、五十人の警官が取囲《とりかこ》んでいるんだよ。」

明智探偵が二の矢を放ちました。

「ウー、そうか。よく手がまわったなあ。」

二十面相は窓を開いて、暗闇の地上を見おろすようなしぐさをしましたが、またクルッとこちらを向いて、

「ところがねえ、たった一つ、君たちの手の届かない場所があるんだよ。これが俺の最後の切札さ。どこだと思うね。それはね、こうさ！」

いい放ったかと思うと、二十面相の上半身が、グーッと窓の外へ乗りだし、そのままサッと闇の空間へ消え去ってしまいました。

それはまるで、機械仕掛《じかけ》の人形が、カタンとひっくり返るような、目にもとまらぬ早業《はやわざ》でした。

二十面相は、一体何をしたのでしょう。窓の外へ飛降りて、逃げ去るつもりだったのでしょうか。しかし、明智探偵は嘘をいったのではありません。この西洋館のまわりは、本当に数十人の警官隊がとりまいているのです。その囲みを切り抜けて、逃げだすことなど、思いも及びません。

明智探偵は、二十面相の姿が窓の外に消えたのを見ると、急いでそこに駈けより、地上を見おろしましたが、これは不思議、地上には全く人の姿がありません。

闇夜とはいえ、階下の部屋の窓明《まどあかり》で、庭がおぼろげに見えているのですが、その庭に、

今飛降りたばかりの二十面相の姿がないのです。

「オイ、ここだ、ここだ。君はあべこべの理窟を忘れたのかい。おれは飛降りたのでなくて、昇天しているんだぜ。悪魔の昇天さ。ハハハ……。」

空中から響く二十面相の声に、ひょいと上を見た探偵は、あまりの意外さに、思わず「アッ。」と声を立ててしまいました。

ごらんなさい。二十面相はまるで軽業師《かるわざし》のように、大屋根から下った一本の綱を掴んで、スルスルと屋上へと昇って行《ゆ》くではありませんか。本当に悪魔の昇天です。

探偵には見えませんでしたけれど、大屋根の上には、白い上衣《うわぎ》を着た例のコックが、足をふんばって、屋根の頂上に結びつけた綱を、グングンと引きあげています。下からはたぐりのぼる力、上からは引きあげる力、その両方の力が加わって、二十面相は見る見る大屋根にのぼりつき、瓦の上にはい上ってしまいました。

さい前、窓からコックの顔が覗いたのは、綱の用意が出来ましたよという合図だったのです。彼は多分綱の端に体を括《くく》りつけて、逆さまに窓の外へぶら下ったのでしょう。

こうして、怪盗の姿は、瞬《また》く間に、明智探偵の眼の中から消えてしまいましたが、しかし、屋根の上などへ逃上《にげあが》って、一体どうしようというのでしょう。淋しい一軒家のことですから、まわりは四方とも空地で、町中《まちなか》のように屋根から屋根を伝って逃げる手段もありません。

それに、西洋館全体が、おびただしい警官隊のために、とりまかれているのです。全く袋の鼠も同然ではありませんか。屋根の上には飲水や食料があるわけでもないでしょうから、いつまでもそんな場所にいることは出来ません。雨でも降れば、二人はあわれ

な濡鼠《ぬれねずみ》です。

「どうしたんです。あいつは屋根へ逃げたんですか。」

入口にいた五人の警官が、明智探偵のそばに駈けよって、口々にたずねました。

「そうですよ。実に馬鹿な真似をしたものです。我々はただ、この家を取囲んで、じっと待っていてもいいのですよ。その中《うち》に、奴らは疲れきって、降参してしまうでしょう。もう捕縛《ほばく》したも同じことです。」

探偵は賊をあわれむようにつぶやきました。

警官たちはすぐさま階下に駈降《かけお》り、門の外に待機している警官隊にこのことを伝えました。イヤ、教えられるまでもなく、警官隊の方でも、もうそれを気づいていました。命令一下、五十人余《あまり》のお巡《まわり》さんが、表口裏口から門内になだれこみ、忽《たちま》ち建物の四方に、蟻も逃がさぬ円陣を張ってしまいました。

指揮官中村捜査係長の指図で、二人の警官が、どこかへ走り去ったかと思うと、やがて、五分もたたない中に、附近の消防署から、消防自動車が邸内に辷《すべ》りこみ、機械仕掛の非常梯子《ばしご》が、闇の大屋根めがけて、スルスルと延び上りました。

その梯子を、帽子の顎紐《あごひも》をかけ、靴を脱いで靴下ばかりになった警官が、次から次へとよじ登り、懐中電灯をふり照らしながら、屋根の上の大捕物《おおとりもの》がはじまりました。

二十面相とコックとは、手をつなぐようにして、屋根の頂上近くに立ちはだかっていました。大屋根にはい上った警官たちは、それを遠まきにして、捕縄《ほじょう》を握りしめ、油断なくジリジリと賊に迫って行《ゆ》きます。

「ワハハハ……。」

闇の大空に、気違のような高笑《たかわらい》が爆発しました。賊たちは、この危急の場合に、何を思ったのか、声を揃えて笑いだしたのです。

「ワハハハ……、愉快愉快、実にすばらしい景色だなあ。一人、二人、三人、四人、五人、オオ、登って来る、登って来る。お巡さんで屋根が埋《うず》まりそうだ。諸君、足元を気をつけて、辷らないように用心したまえ。夜露でぬれているからね。ここから転がり落ちたら、命がないのだぜ。オオ、そこへ登って来たのは、中村警部君じゃないか。ご苦労さま。しばらくだったねえ。」

二十面相は傍若無人《ぼうじゃくぶじん》にわめきちらしています。

「いかにもわしは中村だ。貴様もとうとう年貢《ねんぐ》を納める時が来たようだね。つまらない虚勢を張らないで、神妙にして、最後を清くするがいい。」

中村係長は、さとすように怒鳴り返しました。

「ワハハ……、これはおかしい。最後だって？　君たちは俺を袋の鼠とでも思っているのかい。もう逃場がないとでも思っているのかい。ところが、俺は決して捕《つかま》えられないんだぜ。俺の仕事はこれからだ。あんな宝石一つ位《ぐらい》で、年貢を納めてたまるものか。オイ、中村君、一つ謎をかけようか。俺たちがこの大屋根の上から、どうして逃げだすかというのだ。とけるかい。ハハハ……、二十面相は魔術師なんだぜ。今度はどんなすばらしい魔術を使うか、一つ当ててみたまえ。」

賊はあくまで傍若無人です。

二十面相は虚勢を張っているのでしょうか。イヤ、どうもそうではなさそうです。何かたしかに逃げだせるという確信を持っているらしく見えます。

しかし、四方八方からとり囲まれた、この屋根の上を、どうして逃れるつもりでしょう。一体そんなことが出来るのでしょうか。

悪魔の昇天

中村係長は怪盗が何をいおうと、そんな口争いには応じませんでした。賊は何の意味もない空威張《からいばり》をしているのだと思ったからです。そこで、屋上の警官達に、いよいよ最後の攻撃の指図をしました。

それと同時に、十数名の警官が、口々に何かわめきながら、二人の賊を目がけて突進しました。屋根の上の警官隊の円陣が、見る見る縮《ちぢま》って行《ゆ》くのです。二人の賊は屋根の頂上の中央に、互《たがい》に手を取り合って立ちすくんでいます。もうそれ以上どこへも動く場所がないのです。

「ソレッ！」

というかけ声と共に、中村係長が二人に向かって飛びかかって行《ゆ》きました。続いて二人、三人、四人、警官達は賊を押しつぶそうとでもするように、四方からその場所に駈けよりました。

ところが、これはどうしたというのでしょう。中村係長がパッと飛びつくと同時に、二人の賊の姿が、まるでかき消すようになくなってしまったのです。

それとは知らぬ警官達は、暗さの為に、つい思違《おもいちがい》をして係長に組みついて行《ゆ》くという有様で、暫《しばら》くの間は、何が何だか訳の分からぬ同志打《どうしうち》がつづきました。

係長の恐しいどなり声に、ハッとして立ち直って見ますと、警官達は、今まで自分達の押さえつけていたのが、賊ではなくて上官であったことを発見しました。まるで狐につままれたような感じです。

「明りだ！　明りだ！　誰か懐中電灯を……。」

係長がもどかしげに叫びました。

しかし、懐中電灯を持っていた人達は、賊に飛びかかる時、屋根の上に投げ出してしまったので、真暗な中で急にそれを探す訳にもゆきません。ただうろたえるばかりです。するど、ちょうどその時でした。屋根の上が突然パッと明るくなったのです。まるで真昼のような光線です。警官達はまぶしさに目もくらむばかりでした。

「アア、探照灯《たんしょうとう》だ！」

誰かがさも嬉しげに叫びました。

いかにもそれは探照灯の光でした。

見れば西洋館の門内に、一台のトラックが停《とま》っていて、その上に小型の探照灯が据えつけられ、二名の作業服を着た技手が、その強い光を屋根の斜面に向けているのでした。

これは警視庁備えつけの移動探照灯なのです。

中村係長は賊が闇の屋上へ逃げ上ったと知ると、すぐさま消防署へ使《つかい》を出しましたが、その時、もう一人の警官には、電話で警視庁へ探照灯をもってくることを依頼させたのです。それが今着いて、手早く探照灯を附近の電灯線に結びつけ、屋根の上を照らし始めた訳なのです。

警官達は、その真昼のような光の中で、キョロキョロと賊の姿を探し求めました。そして、人々の目が、屋根の上から段々空の方に移って行った時です。

「アッ、あれだ！　あれだ！」

一人の警官が頓狂《とんきょう》な声を立てて、闇の大空を指さしました。

それと知ると、屋根の上の警官達は勿論《もちろん》、地上の数十名の警官達も、余りの意外さに、ワーッと驚きの叫声《さけびごえ》を上げました。

アア、ごらんなさい。二十面相は空に昇っていたのです。悪魔は昇天したのです。

闇の空を、グングンと昇って行《ゆ》く、大きな大きな黒いゴム鞠《まり》のようなものが見えました。軽気球《けいききゅう》です。全体を真黒に塗った軽気球です。広告気球《アド・バルーン》の二倍もある、真黒な怪物です。

その軽気球の下に下った籠《かご》の中に、小さく二人の人の姿が見えます。黒い背広の二十面相と、白い上衣のコックです。彼等は警官達を嘲笑《あざわら》うかのように、じっと下界を眺めています。

人々はそれを見て、やっと二十面相の謎を解くことが出来ました。怪盗の最後の切札はこの軽気球だったのです。アア、何という突飛な思いつきでしょう。普通の盗賊などには、まるで考えも及ばない、ずば抜けた芸当ではありませんか。

二十面相は万一の場合の為に、この黒い軽気球を用意して置いたのです。そして、今夜明智探偵と会う少し前に、その軽気球に瓦斯《ガス》を満たし、屋根の頂上につなぎとめて置いたのです。全体が真黒に塗ってあるものですから、こんな闇夜には、通りがかりの人に発見される心配もなかった訳です。

イヤ、通りがかりの人どころではありません。屋根の上の警官達にさえ、この気球は少しも気づかれませんでした。それというのも、さすがの警官達も、まさか軽気球とは思いもよらぬものですから、屋根ばかりを見ていて、その上の方の空などは、眺めようともしなかったからです。また、たとえ眺めたとしても、闇の中の黒い気球がハッキリ見分けられようとも考えられません。

二人の賊は警官達に追いつめられた時、咄嗟《とっさ》に軽気球の籠に飛び乗り、つなぎとめてあった綱を切断したのでしょう。それが暗闇の中の早業《はやわざ》だったものですから、突然二人の姿が消え失せたように感じられたのに違いありません。

中村係長は足ずりをしてくやしがりましたが、賊が昇天してしまっては、もうどうすることも出来ないのです。五十余名の警官隊は、空を仰いで、口々に何か訳の分からぬ叫声を立てるばかりでした。

二十面相の黒軽気球は、下界の驚きをあとにして、悠々と大空を昇って行《ゆ》きます。地上の探照灯は、軽気球と共に高度を高めながら、暗闇の空に、大きな白い縞《しま》を描いています。

その白い縞の中を、賊の軽気球は、刻一刻その形を小さくしながら、高く高く、無限の空へと遠ざかって行《ゆ》きました。

籠の中の二人の姿は、とっくに見えなくなっていました。やがて、籠そのものさえも、あるかなきかに小さくなり、しまいには、軽気球が、テニスのボール程の黒い玉になって、探照灯の光の中をゆらめいていましたが、それさえも、いつしか闇の大空に溶けこむように、見えなくなってしまいました。

怪軽気球の最期

「二十面相空中に逃《のが》る」との報が伝わると、警視庁や各警察署はいうまでもなく、各新聞社の報道陣は、忽ち色めき立ちました。さながら敵機襲来の騒《さわぎ》です。

時を移さず、警視庁主脳部の緊急会議が開かれ、その結果、警視総監から陸軍の防衛司令部に援《たすけ》が求められました。まさに防空用の探照灯によって、賊の行方をつきとめようとしたのです。

間もなく東京附近の空には、十数条の探照灯の光線が入り乱れました。時ならぬ防空演習です。市内の高層建築物や新聞社の屋上からも、幾つかの探照灯が照らし出され、各新聞社の飛行機は、夜《よ》が明けるのを待って飛び出す為に、エンジンを温めて待機の姿勢をとりました。

しかし、これ程の大騒をしても、黒い軽気球はどうしても見つけることが出来ませんでした。その夜《よ》は空一面に雲が低く垂れていましたので、軽気球は雲の中へ入ってしまったのかも知れません。結局、折角の空中捜索も、夜《よ》の明けるまでは、何の効果もなく終りました。

ところが、その翌朝のことです。埼玉県熊谷《くまがやし》市附近の人々は、夜の中《うち》に晴れ渡った青空に、何か真黒なゴム風船のようなものが飛んでいるのを発見して、忽ち大騒を始めました。

その朝の新聞が、昨晩《ゆうべ》の東京での出来事を大きく書き立てていたものですから、人々はすぐ黒い風船の正体を悟ることが出来たのです。

賊の軽気球は、夜半《よなか》から吹き始めた東南の風に送られて、夜の中にここまで漂って来たものに違いありません。

「二十面相だ。二十面相が空を飛んでいるのだ。」

熊谷市内は勿論、附近の町や村へも、そういう不気味な声が拡って行《ゆ》き、人々は家を空《から》にして、街路へ走り出《い》で、或《あるい》は屋根の上に登って、青空に浮かぶ黒い風船を眺めました。

空にはかなり強い風が吹いているらしく、軽気球は非常な速度で西北の方向に飛んでいます。見る見るうちに村を越え、森を越え、熊谷市の上空を通過して、群馬県の方へと飛び去って行《ゆ》くのです。

熊谷市の警察署員は、飛び去る風船を眺めて、地だんだを踏んでくやしがりましたが、いくら怪盗とはいえ、高射砲で射落す訳にもゆきませんし、飛行機を飛ばせて機関銃で射撃するなどという、無謀なことも出来ません。ただ手をつかねて空を見守る外はないのでした。しかし、この事が電話によって東京に伝えられますと、各大新聞社は、待ってましたとばかりに、それぞれ所属の飛行機に出動を命じました。賊を捕らえる望《のぞみ》はなくても、せめて怪軽気球を追跡して、その写真を撮影したり、記事を作ったりして、事件の経過を報道する為です。

都合四台の新聞社の飛行機が、相《あい》前後して東京の空を出発しました。そして、恐しいスピードを出して、ちょうど熊谷市と高崎市の中程の空で、賊の軽気球に追いついてしまったのです。

それから、群馬県南部の大空に、時ならぬ空中ページェントが始りました。

四台の飛行機は、四方から賊の軽気球を包むようにして、飛んでいます。しかし、プロペラのない軽気球には、この囲《かこみ》を破って逃れる力がありません。風のまにまに吹き流されているばかりです。

二十面相は、今や自由を奪われたも同然です。とはいえ、飛行機の方でこれを急に捕らえる方法もありません。ただ、風船と同じ速度で飛行しながら、根気よく追跡を続ける外はないのです。

この不思議な空中ページェントの通過する町や村の人達は、仕事も何も打ち捨てて、先を争って家の外に飛び出し、空を見上げて口々に何か叫ぶのでした。畑の農民も鋤鍬《すきくわ》を投げ出して空を見守っています。小学校のガラス窓からは、男の子や女の子の顔が、鈴なりになっています。ちょうどその下を通り過ぎる汽車の窓にも、空を見上げる人の顔ばかりです。

四台の飛行機は菱形《ひしがた》の位置を取って、網を張ったように、黒い軽気球を真中にはさみながら、どこまでもどこまでも飛んで行《ゆ》きます。

時には一台の飛行機が、賊を脅《おど》かすように、スーッと軽気球の前をかすめて、宙返《ちゅうがえり》をして見せたりします。二十面相はどんな気持でいるのでしょう。この空の重囲《じゅうい》に陥っても、まだ逃げおおせる積《つも》りなのでしょうか。

やがて、高崎市の近くにさしかかった時、とうとう二十面相の運の尽きが来ました。黒い軽気球は突然浮力を失ったように、見る見る下降を始めたのです。

気球のどこかが破れて、瓦斯《ガス》が漏れている様子です。オオ、ごらんなさい。今まで張り切っていた黒い気球に、少しずつ皺《しわ》がふえて行《ゆ》くではありませんか。恐しい光景でした。一分、二分、三分、皺は刻一刻とふえて行《ゆ》き、気球はゴム鞠《まり》を押しつぶしたような形に変ってしまいました。

風が強いものですから、下降しながらも、高崎市の方角へ吹きつけられて行《ゆ》きます。四台の飛行機は、それにつれて、舵《かじ》を下に向けながら、菱形の陣形を乱しませんでした。

高崎市の丘の上には、コンクリート造の巨大な観音像が、雲を突くばかりに聳《そび》えています。その前の広場にも、奇怪な空のページェントを見物する為に、多くの人が群がっていたのですが、その人々は、どんな冒険映画にも例のないような、胸のドキドキする光景を見ることが出来ました。

晴れ渡った青空を、急降下して来る四台の飛行機、その先頭には、皺くちゃになった真黒な怪物が、もう全く浮力を失って、非常な速力で地上へと墜落して来るのです。

傷ついた軽気球は、大観音像の頭の上に迫りました。サーッと吹き過ぎる風に、皺くちゃの気球が、今にも観音さまのお顔に巻きつきそうに見えました。

「ワーッ、ワーッ。」という叫声が、地上の群集の中から湧き起ります。

気球は観音様のお顔を撫《な》で、胸をこすって、黒い怪鳥《けちょう》のように、地面へと舞い下《さが》って来ました。そして、また、「ワーッ。」と叫びながらあとじさりする群集の前に、横なぐりに吹きつけられて、とうとう黒いむくろを曝《さら》したのでした。

軽気球の籠《かご》は、横倒しになって地面に落ち、風に吹かれる破れ気球の為に、ズルズルと五十米《メートル》程も引きずられて、やっと止りました。中の二人は籠と一緒に倒れたまま、気を失ったのか、いつまでたっても起き上る様子さえ見えません。

新聞社の四台の飛行機は、賊の最期を見届けると、この附近に着陸場もないものですから、そのまままた、四羽の鳶《とび》のように、青空高く舞い上って、東京の方角へと、飛び去りました。

時を移さず、群集をかき分けて、数名の警官が黒い気球の前に現れました。高崎の警察署では、二十面相逃亡のことは、昨夜の中《うち》に通知を受けていましたので、遠くの空に怪軽気球が現れると、すぐそれと察して、気球が下降を始めた頃には、警官隊の自動車が、観音像の地点へと走っていたのでした。

警官達は横倒しになった軽気球の籠にかけよって、籠から半身を乗出《のりだ》して気を失っている二十面相と、白い上衣のコックとを、いきなり抱き起そうとしました。

ところが、その次の瞬間には、何だか妙なことが起ったのです。

二人の賊を半ば抱き起した警官達が、何を思ったのか、突然手を離してしまいました。

すると、二人の賊はコツンと音を立てて、地面へ投げ出されたのです。

「こりゃなんだ。人形じゃないか。」

「人形が風船に乗って飛んでいたのか。」

警官達は口々にそんなことを呟《つぶや》きながら、あっけに取られて顔を見合わせました。

アア、何ということでしょう。折角捕らえた賊は、血の通《かよ》った人間ではなくて、蠟細《ろうざい》工《く》の人形だったのです。よく洋服屋のショー・ウインドーに立っているようなマネキン人形に、それぞれ黒い背広と白の上衣とが着せてあったのです。

二十面相の悪智恵には奥底がありませんでした。警察は元より、新聞社も、東京市民も、熊谷市から高崎市にかけての町々村々の人々も、二十面相の為にまんまと一杯食わされた訳です。殊《こと》に四つの新聞社の飛行機は、全く無駄骨を折らされてしまったのです。

イヤ、それればかりではありません。二十面相は、その上にもっとあくどい悪戯《いたずら》をさえ用意して置いたのです。

「オヤ、何だか手紙のようなものがあるぜ。」

一人の警官がふとそれに気づいて、二十面相の身代りになった人形の上にかがみ込み、その胸のポケットから一通の封書を抜き取りました。

封筒の表には「警察官殿」と記し、裏には「二十面相」と署名してあるのです。封を開いて読み下《くだ》して見ますと、そこには次のような、憎々しい文章が書き綴《つづ》ってありました。

ハハハ……、愉快愉快、諸君はまんまと一杯食ったね。二十面相の智慧《ちえ》の深さが分かったかね。

諸君が黒い風船を、やっきとなって追駈《おっか》け廻す有様が、目に見えるようだ。そして、やっと捕らえたと思ったら、人形だったなんて、実に愉快じゃないか。それを思うと、俺は吹き出しそうになるよ。

ところで、明智君には少しお気の毒みたいだったねえ。さすがに名探偵といわれる程あって、俺の正体を見破ったのは感心だけれど、そいつがとんだ藪蛇《やぶへび》になってしまった。明智君がおせっかいさえしなけりゃ、俺の方でもこんな騒《さわぎ》は起さなかっただろうからね。

しかし、もう今となっては、取返《とりかえ》しがつかない。明智君のお蔭で、二十面相はまた、大っぴらに仕事が出来るというもんだよ。

こうなれば、決して遠慮はしないぜ。これからは大手を振って、二十面相の活動を始めるんだ。

明智君によろしくいってくれ給《たま》え。この次には、俺がどんなすばらしい活動を始めるか、よく見ていてくれってね。

じゃあ、諸君、あばよ。


二十面相は前もってこうなることを見こしてこの手紙をかき、人形にもたせておいたのです。手紙を読み終ると、警官は余りのことに、開《あ》いた口が閉《ふさ》がりませんでした。

アア、何という大胆不敵、傍若無人の怪物でしょう。今度こそは、さすがの名探偵明智小五郎も、賊の先廻りをする力がなかったのです。黒い風船の手品に、まんまと引っかかってしまったのです。

では、あの時、西洋館の屋根の上から、賊はどこへ逃げたのかといいますと、後になって調べた結果、こういうことが分かりました。あの西洋館の屋根の頂上には、十枚程の瓦が、箱の蓋《ふた》のように開く仕掛になっていて、その下に屋根裏の秘密室が拵《こしら》えてあったのです。

賊は中村係長に捕らえられそうになった時、まず人形をのせた風船の綱を切って置いて、すばやくこの屋根裏部屋へ姿を隠したのですが、なにしろあんな闇夜のことですから、物慣れた中村警部にも、そこまで見破ることは出来なかったのです。

人々はただもう、黒い風船に気をとられてしまいました。空中へ逃げだすなんて、いかにも二十面相らしい華やかな思いつきですから、まさかそれが嘘だろうとは、考えも及ばなかったのです。

屋根裏の秘密室だけでしたら、すぐに発見されていたに違いありません。屋根の上で人間が消え失せたとしたら、誰でもまず、瓦に仕掛があるのではないかと疑うでしょうからね。

ところが、このなんでもない隠場所《かくればしょ》が、一方の黒い軽気球というずば抜けた思いつきによって、全く人の注意をひかなくなってしまったのです。しかも、風船の籠の中には、二十面相やその部下とそっくりの人形が乗っていたのですからね。

さて、軽気球が飛び去りますと、西洋館を取り囲んでいた警官隊は、一人残らず引上げてしまいました。明智探偵も、つい油断をして、そこを立去ったのです。

そのあとで、二十面相とその部下とは、屋根裏部屋で姿を変えた上、例の麻縄《あさなわ》を伝って地上に降り、大手を振って門を出て行ったという訳です。なんとまあ鮮やかな手品使《てじなつかい》ではありませんか。

読者諸君、怪盗二十面相は、こうして再び私達の前に現れました。そして、名探偵明智小五郎に、憎々しい挑戦状を突きつけたのです。

無論指をくわえて引込むような意気地のない明智探偵ではありません。今や巨人と怪人とは、全く新たな敵意を以《もっ》て相対《あいたい》することになったのです。今度こそ死にもの狂《ぐる》いの智慧くらべです。一騎打です。

黄金の塔

二十面相は愈々《いよいよ》正体を現しました。そして、これからは大っぴらに、怪盗二十面相として、例の宝石や美術品ばかりを狙う、不思議な魔術の泥棒を始めようという訳です。

新聞によって、これを知った東京市民は、黒い魔物の噂を聞いた時にもまして、震え上ってしまいました。殊《こと》に美術品を沢山貯えている富豪などは、心配の為に、夜《よ》もおちおち眠られないという有様です。なにしろ、政府の博物館まで襲って、美術品をすっかり盗もうとした程の、恐しい大盗賊ですからね。

さて、軽気球騒《さわぎ》があってから、十日程後《のち》のことです。東京のある夕刊新聞が、突然、市民をアッといわせるような、実に恐しい記事を掲載しました。その記事というのは、

> 我が社編輯《へんしゅう》局は、今暁《こんぎょう》怪盗二十面相から一通の書状を受取った。怪盗は所定の広告料金を封入して、その書状の全文を広告面に掲載してくれと申し込んで来たが

本紙に盗賊の広告をのせることは出来ない。無論我が社はこの奇怪な申込を謝絶した。右書状には、二十面相は、本月二十五日深夜、大鳥《おおとり》時計店所蔵の有名な「黄金の塔」を盗み出す決意をした。従来の実例によっても明らかな通り、二十面相は決して約束を違《たが》えない。明智小五郎君を始めその筋では、十分警戒されるがよろしかろう、という大胆不敵の予告が記されていた。

　これは何者かの悪戯かも知れない。しかし、従来の二十面相のやり口を考えると、必ずしも悪戯とのみいい切れない節《ふし》があるので、我が社はこの書状を直《ただ》ちに警視庁当局に提出し、一方大鳥時計店にもこの趣《おもむき》を報告した。


と記し、つづいて「黄金の塔」の由来や、二十面相の従来の手口、明智名探偵の訪問記事などを、長々と掲載しました。社会面六段抜きの大見出しで、明智探偵の大きな写真までのせているのです。

新聞記事には有名な「黄金の塔」とあります。一体どんな風に有名なのでしょうか。それについて、少し説明して置かなければなりません。

大鳥時計店というのは、京橋区の一角に高い時計塔を持つ、東京でも一、二を争う老舗《しにせ》です。そこの主人大鳥清蔵《せいぞう》老人は、非常に派手好きな変り者で、大の浅草観音の信者なのですが、ある時、浅草観音の五重の塔の模型を商売ものの純金で作らせ、家宝にすることを思い立ちました。

そして、出来上ったのは、屋根の広さ約十二糎《センチ》平方、高さ七十五糎という、立派な黄金塔で、細かいところまで、浅草の塔にそっくりの、精巧な細工でした。しかも、塔の中は空っぽではなく、すっかり純金で埋《うず》まっているのですから、全体の目方は八十瓩《キロ》を越え、材料の金だけでも時価二十五万円程の高価なものでした。

ちょうどこの黄金塔が出来上った頃、同業者の銀座の某時計店に、ショー・ウインドー破りの賊があって、そこに陳列してあった二万円の金塊が盗まれたという騒が起ったものですから、大鳥氏は折角苦心をして作らせた黄金塔が、同じように盗まれては大変だと、今まで店の間《ま》に飾って置いたのを、俄《にわ》かに奥まった部屋に移し、色々な防備を施して、盗難に備えました。

その奥座敷は十畳の日本間なのですが、まずまわりの襖《ふすま》や障子を全部頑丈な板戸に変え、それに一一《いちいち》錠前をつけ、鍵は主人と支配人の門野《かどの》老人の二人だけが、肌身離さず持っていることにしました。これが第一の関所です。

もし賊が、この板戸をどうかして開くことが出来たとしても、その中には更に第二の関所があります。それは部屋のまわりの畳の下に電気仕掛があって、賊がどこから入ったとしても、その部屋の畳を踏みさえすれば、忽《たちま》ち家中《うちじゅう》の電鈴《ベル》が、けたたましく鳴り響くという装置なのです。

しかし、関所はこの二つだけではありません。第三の一番恐しい関所が、最後に控えています。

黄金塔は、広さ六十糎《センチ》平方、高さ一米《メートル》三十糎程の、長い箱の形をした、立派な木製の枠の中に入れて、その部屋の床《とこ》の間《ま》に安置してあるのですが、この木の枠が曲《くせ》ものなのです。

本来ならば、この枠には四方にガラスを張る訳ですが、大鳥氏は態《わざ》とガラスを張らず、誰でも自由に黄金塔に手を触れることが出来るようにして置きました。その代りに、枠の四隅の太い柱の陰に、赤外線防備装置という、恐しい仕掛が隠されていたのです。

四本の柱に三箇所ずつ、都合十二箇所に、赤外線を発射する光線を取りつけて、一口にいえば、黄金塔の上下左右を、目に見えぬ赤外光線の紐《ひも》で包んでしまってある訳です。そして、もし誰かが黄金塔に手を触れようとして、赤外線をさえぎりますと、別の電気仕掛に反応して、忽ち電鈴《ベル》が鳴り響くと同時に、そのさえぎったものの方向へ、ピストルが発射されるという恐しい装置です。木の枠の上下の隅には、外部からは見えぬように、八挺《ちょう》の小型ピストルが、実弾をこめて、まるで小さな砲台のように据えつけてあるのです。ただ、盗難を防ぐだけなれば、黄金塔を大きな金庫の中へでも入れてしまえばいいのですが、大鳥氏は、折角拵《こしら》えさせた自慢の宝物《ほうもつ》を、人にも見せないで、しまいこんで置く気にはなれませんでした。そこで、気心《きごころ》の知れたお客さまには、十分見せびらかすことが出来るように、こんな大袈裟《おおげさ》な装置を考案した訳です。無論、お客さまに見せる時は、枠の柱の陰にある秘密の釦《ボタン》を押して、赤外線の放射を止めて置く訳です。

高価な純金の塔そのものも、大変世間を驚かせましたが、この念入《ねんい》りな防備装置の噂が、一層世評を高めたのです。無論、大鳥時計店では防備装置のことを固く秘密にしていたのですけれど、いつとはなく輪に輪をかけた噂となって、世間に拡り、塔の置いてある部屋に入ると、足がすくみ、体がしびれてしまうのだとか、鋼鉄で出来た人造人間が番をしていて、怪しいものが忍び寄れば、忽ち摑《つか》み殺してしまうのだとか、色々の奇妙な評判が立って、それが新聞にものり、今では誰知らぬものもない程になっていました。

二十面相はそこへ目をつけたのです。一夜《いちや》に百万円の美術品を盗んだこともある二十面相のことですから、黄金の塔そのものは、さほど欲しいとも思わなかったでしょうが、それよりも、噂に高い厳重な防備装置に引きつけられたのです。人の恐れる秘密の仕掛を破って、まんまと塔を盗み出し、世間をアッといわせたいのに違いありません。

「どうだ、俺にはそれ程の腕前があるんだぞ。」

といばって見せたいのです。警察や明智名探偵を出し抜いて、「ざまをみろ。」と笑いたいのです。二十面相程の盗賊になりますと、盗賊にもこんな負けぬ気があるのです。

名探偵明智小五郎は、その夕刊新聞の記事を読みました。翌日には、大鳥時計店の主人が、態々《わざわざ》探偵の事務所を訪ねて来て、黄金塔の保護を依頼して帰りました。そして、名探偵は無論この事件を引受けたのです。

前の事件で、軽気球のトリックにかかったのは、中村捜査係長始め警官隊の人達でしたが、明智にも責任がないとはいえません。賊に出し抜かれた恨《うらみ》は、人一倍感じているのです。今度こそ、見事に二十面相を捕らえて恥辱を雪《そそ》がなければなりません。名探偵の眉には深い決意の色が漂っていました。

アア、何だか心配ではありませんか。怪盗二十面相は、どんな魔術によって、黄金塔を盗み出そうというのでしょう。名探偵は果してそれを防ぐことが出来るでしょうか。巨人と怪人一騎討の智慧くらべです。悪人は悪人の名前にかけて、名探偵は名探偵の名前にかけて、お互に今度こそ負けてはならぬ真剣勝負です。

怪少女

それと知った助手の小林少年は、気が気ではありません。どうか今度こそ、先生の手で二十面相が捕らえられますようにと、神様に祈らんばかりです。

「先生、何か僕に出来ることがありましたら、やらせて下さい。僕、今度こそ、命がけでやります。」

大鳥氏が訪ねて来た翌日、小林君は明智探偵の書斎へ入って行って、熱誠を面《おもて》に現してお願いしました。

「有難う。僕は君のような助手を持って仕合せだよ。」

明智は椅子から立上って、さも感謝に堪《た》えぬもののように、小林君の肩に手を当てました。

「実は君に一つ頼みたいことがあるんだよ。なかなか大役だ。君でなければ出来ない仕事なんだ。」

「エエ、やらせて下さい。僕、先生のおっしゃることなら、なんだってやります。一体それはどんな仕事なんです？」

小林君は嬉しさに、可愛い頬を赤らめて答えました。

「それはね。」

明智探偵は、小林君の耳の側《そば》へ口を持って行って、何事か囁《ささや》きました。

「エ？　僕がですか。そんなこと出来るでしょうか。」

「出来るよ。君ならば大丈夫出来るよ。万事用意は小母さんがしてくれる筈だからね。一つうまくやってくれ給え。」

小母さんというのは、明智探偵の若い奥さん文代《ふみよ》さんのことです。

「エエ、僕、やってみます。きっと先生に褒められるように、やってみます。」

小林君は、決心の色を浮かべて、キッパリと答えました。

名探偵は何を命じたのでしょう。小林君が「僕に出来るでしょうか。」と訊ね返した程ですから、余程《よほど》難しい仕事に違いありません。一体それはどんな仕事なのでしょうか。読者諸君、一つ想像してごらんなさい。

それはさて置き、一方怪盗の予告を受けた大鳥時計店の騒《さわぎ》は一通りではありません。十名の店員が交代で、寝ずの番を始めるやら、警察の保護を仰いで、表裏《おもてうら》に私服刑事の見張をつけて貰《もら》うやら、その上民間の明智探偵にまで依頼して、もうこれ以上手が尽くせないという程の警戒ぶりです。

主人の大鳥清蔵氏は考えました。

「奥座敷には例の三段構《がまえ》の恐しい関所があるのだし、その上に店員を始め、警察や民間探偵のこれ程の警戒なのだから、いくら二十面相が魔法使だといって、今度こそは手も足も出ないに極《きま》っている。わしの店はまるで難攻不落の堡塁《ほうるい》のようなもんだからな。」

大鳥氏は、それを考えると、いささか得意でした。「二十面相め、やれるものなら、やってみろ。」といわぬばかりの勢《いきおい》でした。

しかし、日がたつにつれて、この勢はみじめにもくずれて行《ゆ》きました。安心が不安となり、不安が恐怖となり、大鳥氏はもういても立ってもいられない程いらいらし始めたのです。

それというのは、二十面相が毎日毎日、不思議な手段によって、犯罪の予告をくり返したからです。

夕刊新聞に予告の記事が発表されたのは、十六日のことで、問題の二十五日までは八日間の余裕があったのですが、二十面相はあの新聞記事だけでは満足しないで、それ以来というもの、毎日毎日、「サア、もうあと八日《ようか》しかないぞ。」「サア、あと七日しかないぞ。」と大鳥氏へ、残りの日数を知らせてくるのです。

最初は、大きな字でただ「8」と書いたハガキが配達されました。その次の日は、公衆電話から電話がかかって来て、主人が電話口に出ますと、先方は妙なしゃがれ声で、「あと七日だぜ。」といったまま、ぷっつりと電話を切ってしまいました。

その翌朝《よくあさ》のこと、店の戸を開けていた店員達が、何か大騒をしていますので、行って見ますと、正面のショー・ウインドーのガラスの真中に、白墨《はくぼく》で、大きな「6」の字が書きなぐってあったではありませんか。

賊の予告は、最初はハガキ、次は電話、その次はショー・ウインドーと、一日毎《ごと》に大鳥時計店へ近づいて来ました。次には店の中までも入って来るのではないでしょうか。

そして、その翌朝《よくあさ》のことです。顔を洗って、店へ出て来た店員達は、アッと驚いてしまいました。店には大小様々の時計が、或《あるい》は柱に懸《か》け、或は棚に陳列してあるのですが、昨夜までカチカチと動いていたそれらの時計が、どれもこれも止ってしまって、その上申し合わせたように、短針が五時を示しているのです。

懐中時計や腕時計は別ですが、目醒《めざま》し時計も、鳩時計も、オルゴール入《いり》の大理石の置時計も、正面にある二米《メートル》程の大振子《おおふりこ》時計も大小無数の時計の針が、一斉に正《しょう》五時を指している有様は、何かしらお化《ばけ》めいて、物凄い程でした。

いうまでもなく、「もうあと五日しかないぞ。」という、二十面相の予告です。怪盗はとうとう店内まで忍び込んで来たのです。

それにしても、厳重な戸締がしてある上、表と裏には私服刑事が、店内には寝ずの番が見張っている中を、賊はどうして入《い》り込むことが出来たのでしょう。入り込んだばかりか、幾十という時計を、誰にも悟られぬように、どうして止めることが出来たのでしょう。

店員達は、一人一人、厳重な取調を受けましたが、別に怪しい者もありません。すると、二十面相は幽霊のように、閉め切った雨戸の隙間からでも入って来たのでしょうか。そして、誰の目にも触れない、フワフワした気体のようなものになって、一つ一つ時計を止めて廻ったのでしょうか。

しかも、薄気味の悪い怪盗の予告は、それで終った訳ではありません。次には、更に一層奥深く、賊の魔の手が伸びて来ました。

その翌早朝のこと、大鳥氏は、下働きの小娘のけたたましい叫声に目を醒しました。その声が、黄金塔の安置してある部屋の方角から、聞えて来ましたので、大鳥氏はハッとして飛び起きると、その辺に居合わせた店員を伴《ともの》うて、息せき切って駈けつけました。

例の十畳の座敷の前まで行って見ますと、そこに、つい四日ばかり前に傭《やと》い入れた、十六、七の可愛らしい小女《こおんな》が、驚きの余り口も利けない様子で、しきりと座敷の板戸を指さしていました。

板戸の表面には、またしても白墨で、三十糎《センチ》四方程の、大きな「4」という字が書いてあるではありませんか。アア、二十面相はとうとう、この奥まった部屋までも、踏み込んで来たのです。

大鳥氏はそれを見ますと、もうびっくりしてしまって、もしや黄金塔を盗まれたのではないかと、急いで鍵を取出し、板戸を開けて床の間を見ましたが、黄金塔は別条なく、燦然《さんぜん》と輝いていました。さすがの賊にも、三段構の防備装置を破る力はなかったものと見えます。

しかし、ここまで忍び込んで来るようでは、もう愈々《いよいよ》油断がなりません。刑事や店員の見張などは、このお化のような怪盗には、少しの利目《ききめ》もありはしないのです。

「今夜から、わしがこの部屋で寝ることにしよう。」

大鳥氏はとうとう堪《たま》らなくなって、そんな決心をしました。そして、その夜《よ》になりますと、黄金塔の部屋に夜具を運ばせて、宵の中《うち》から床《とこ》に入り、好きな煙草を吹かしながら、まじまじと宝物《ほうもつ》の見張番を勤めるのでした。

十時、十一時、十二時、今夜に限って、時計の進むのが馬鹿馬鹿しく遅いように感じられました。やがて、一時、二時、昔の言葉でいえば、丑《うし》三つ時です。もう電車の音も聞えません。自動車の地響《じひびき》も稀《まれ》になりました。昼間の騒がしさというものが、全く途絶えて、帝都の中心の商店街も、水の底のような静けさです。

時々、板戸の外の廊下に、人の足音がします。寝ずの番の店員達が、時間を定《き》めて、家中《うちじゅう》を巡廻しているのです。

店の大時計が三時を打ちました。それから、十時間もたったかと思う頃、やっと四時です。

「オオ、もう夜明だ。二十面相め、今夜はとうとう現れなかったな。」

そう思うと、大鳥氏は俄《にわ》かに睡気《ねむけ》がさして来ました。そして、もう大丈夫だという安心から、ついウトウトと眠り込んでしまったのです。

どの位眠ったのか、ふと目を覚ますと、あたりはもう明るくなっていました。時計を見れば、もう六時半です。

もしやと床の間を眺めましたが、大丈夫、大丈夫、黄金塔はちゃんとそこに安置されたままです。

「どうだ。いくら魔術師でも、この部屋の中までは入れまい。」

大鳥氏は、すっかり安心して、「ウーン。」と一つ伸びをしました。そして、腕を元に戻そうとして、ヒョイと左の手の平を見ますと、オヤ、何でしょう？　手の平の中が真黒に見えるではありませんか。

変だなと思って、よく見直した時、大鳥氏は余りのことに「アッ。」と叫んで、床の上に飛び起きてしまいました。

皆さん、大鳥氏の手の平には一体何があったと思います。そこには、いつの間に誰が書いたのか、墨黒々と、大きな「3」の字が現れていたのです。二十面相はとうとう、この部屋の中までも、忍び込んで来たとしか考えられません。大鳥氏は、背中に氷の塊《かたま》りでも当てられたように、ゾーッと寒気を感じないではいられませんでした。

それと同時に、部屋の一方では、もう一つ妙なことが起っていました。大鳥氏の目の届かない隅の方の板戸が細目に開かれ、その隙間から、誰かが部屋の中をじっと覗いているのです。

頬のフックラした可愛らしい顔。何だか見覚《みおぼえ》のある人物ではありませんか。アア、そうです。それは昨日《きのう》の朝、板戸の文字を発見して騒ぎ立てた、あの小女なのです。数日前に傭われたばかりの、十六、七の女中なのです。

小女は、手の平の文字に青ざめている大鳥氏を、何だかおかしそうに見つめていましたが、やがて、サッと顔を隠すと、板戸を音のせぬよう、ソロソロと閉めてしまいました。

この少女は、鍵のかけてある板戸を、どうして開くことが出来たのでしょう。イヤ、それよりも、まだ傭われたばかりの小娘のくせに、何という怪しげなふるまいをする奴でしょう。

大鳥氏も店員も、まだこのことを少しも気附いていないようですが、私達は、この少女の行動を、油断なく見張っていなければなりません。

奇妙な謀《はかりごと》

「あと、もう三日しかないぞ。」

手の平に書かれた予告の数字に、主人大鳥氏は、すっかりおどかされてしまいました。賊は黄金塔の部屋に苦もなく忍び入《い》ったばかりか、眠っている主人の手の平に、筆で文字を書きさえしたのです。

板戸と非常ベルの二つの関所は、何の効果もなかったのです。この分では、第三の関所も、うっかり信用することは出来ません。魔術師二十面相にかかっては、どんな科学の力も利目《ききめ》を現さないかも知れません。二十面相は何か気体のようにフワフワした、お化《ばけ》みたいなものに、変身しているとしか考えられないのですから。

大鳥氏は様々に考え惑いながら、黄金塔の前に坐《すわ》りつづけていました。一刻も目を離す気になれないのです。目を離せば、忽《たちま》ち消え失せてしまうような気がするのです。

さて、その日はお昼過ぎの事でした。大鳥時計店の支配人の門野という老人が、何か大きな風呂敷包を抱えて、店員達の目を忍ぶようにして、奥の間の大鳥氏のところへやって来ました。

門野支配人は、昔風にいえば、この店の大番頭で、お父さんの代から二代続いて番頭を勧めているという、大鳥家の家族同様の人物ですから、従って主人の信用も非常に厚く、この人だけには板戸の合鍵も預け、その外《ほか》の防備装置の取扱い方も知らせてあるのです。

ですから、支配人はいつでも自由に奥座敷に入ることが出来ます。畳の下の非常ベルの仕掛も、柱の隠釦《かくしボタン》を押して、電流を切ってしまえば、いくら部屋の中を歩いても、少しも物音はしないのです。

門野支配人は、そうして幾度も板戸を出たり入ったりして、人目を忍びながら、まず一番に、一米《メートル》もある細長い風呂敷包を、それから形は小さいけれど、大変重そうな風呂敷包を五つ、次々と座敷の中へ運び入れました。

「オイ、オイ、門野君、君は一体何を持込《もちこ》んで来たんだね。商売の話なら、別の部屋にしてほしいんだが。」

主人の大鳥氏は、支配人の妙な仕種《しぐさ》を、あっけにとられて眺めていましたが、堪《たま》り兼ねたように、こう声をかけました。

すると、支配人は、板戸を閉め切って、主人のそばへ、いざり寄りながら、声をひそめて囁《ささや》くのです。

「イヤ、商談ではございません。旦那様お忘れになりましたか、ホラ、わたくしが、四日程前に申し上げましたことを。」

「エ？　四日前だって、アア、そうか。黄金の塔の替玉《かえだま》の話だったね。」

「そうですよ。旦那様、もうこうなっては、あの外《ほか》に手はございませんよ。賊は易々《やすやす》とこの部屋へ入って参ったじゃございませんか。折角の防備装置も、何の利目もありません。この上は、わたくしの考えを実行する外に、盗難を防ぐ手だてはありません。相手は魔法使なら、こちらも魔法を使うまででございますよ。」

支配人は白髪頭《しらがあたま》をふり立てて、一層声を低めるのです。

「ウン、今になって見ると、君の考えに従って置けばよかったと思うが、しかし、もう手遅れだ。これから黄金の塔の替玉を造るなんて、無理だからね。」

「イヤ、旦那様、御心配御無用です。わたくしは、万一の場合を考えまして、あの時すぐ細工人の方《ほう》へ注文をして置きましたのですが、それが唯今《ただいま》出来上って参りました。これがその替玉でございますよ。」

支配人は誇らしげに、重そうな五つの風呂敷包を指さして見せました。

「ホウ、そいつは手廻しがよかったね。だが、その細工人から賊の方へ洩《も》れるようなことは……。」

「大丈夫。そこは十分念を押して、固く秘密を守らせることに致してあります。」

「それじゃ、一つ替玉というのを見せて貰おうか。」

「よろしゅうございます。しかし、もし家《うち》の中に賊の廻し者がおりましては大変でございますから、念には念を入れまして……。」

支配人はいいながら、立上って、板戸を開き、外《そと》に誰もいないことを確かめると、厳重に内側から鍵をかけるのでした。

そして、主人と二人がかりで、五つの風呂敷を解き、一階ずつに分解された五重の塔を取り出しました。

見れば、床の間に安置してあるものと寸分違《ちが》わない五重の塔が、五つに分かれて、燦《さん》然《ぜん》と輝いているのです。

「ウーム、よく似せたものだね。これじゃ、わしにも見分けがつかぬ位だ。」

「でございましょう。外は真鍮板《しんちゅういた》で作らせ、それに金鍍金《きんめっき》をさせました。中身は重さをつける為に鉛に致しました。これで、光沢といい重さといい、本物と少しも違いは致しません。」

支配人は得々として申します。

「それで、本物を床下に埋《うず》め、偽物の方を床の間に飾って置くという謀《はかりごと》だったね。」

「ハイ、さようで。そうしますれば、賊は偽物と知らずに盗み出し、さぞくやしがることでございましょう。偽物といっても、この通り重いのでございますから、盗み出す節（せつ）は、いかな怪盗でも駆け出すことは出来ません。その弱みにつけ込んで、明智さんなり、警察の方《かた》なりに、引っ捕らえて頂こうという訳でございます。」

「ウン、そう行《ゆ》けばうまいものだが、果してうまく行《ゆ》くものだろうか。」

大鳥氏は、まだ少しためらい気味です。

「イヤ、それはもう大丈夫でございます。どうかわたくしにお任せ下さいまし。必ず二十面相の裏をかいて、アッといわせてお目にかけます。」

支配人はもう怪盗を捕らえたような鼻息です。

「よろしい。君がそれまでにいうなら、一切任せることにしよう。じゃ、一つその偽物をあの枠の中へ積み上げてみようじゃないか。」

主人もやっと納得して、それから二人がかりで、本物と偽物とを取替《とりか》えました。

「オオ、立派だ。形といい色艶《いろつや》といい、誰がこれを偽物と思うだろう。門野君、こりゃうまく行《ゆ》きそうだね。」

大鳥氏は、枠の中に積み上げられた、偽物の五重の塔を眺めて、感じ入ったように呟《つぶや》きました。この取替えの際には、例の赤外線装置を止めて、ピストルが発射しないようにして置いたことは申すまでもありません。

「それじゃ、本物の方を、二人で、すぐ床下に埋《うず》めることにしようじゃないか。」

今では主人の大鳥氏も大乗気です。

二人は出来るだけ物音を立てないように注意しながら、部屋の真中の畳をめくり、その下の床板を取りはずしました。

「鍬《くわ》もちゃんと用意して参りました。」

支配人は、最初に持込んで置いた、長い風呂敷包を開いて、一挺《ちょう》の鍬を取り出しますと、いきなり尻端折《しりはしょり》をして、床板の下の地面に降り立ちました。

その時です。二人が仕事に夢中になって少しも気附かないでいる隙に、またしても板戸の一枚が、音もなくスーッと細目に開き、そこから見覚《みおぼえ》のある顔が、ソッと室内の様子を覗きこんだではありませんか。あの可愛らしい女中です。謎の小娘です。

小娘は、暫《しばら》く二人の様子を眺めた上、また音もなく戸を閉めて、立去ってしまいましたが、それから五分程たって、支配人の門野老人が、やっと穴を掘り終った頃、突然、家《うち》の裏手の方から、恐しい叫声が聞えて来ました。

「火事だァ。誰か来てくれェ。火事だァ。」

小店員の声です。

時も時、もう三十分もすれば、すっかり本物の黄金塔を埋《うず》めることが出来ようという際《きわ》どい時に、この騒《さわぎ》です。

「オイ、大変だ、兎《と》も角《かく》も塔や鍬を床下に隠して、畳を入れてしまおう。早く、早く。」

主人と支配人とは、力を合わせて塔の五つの部分を床下に投げ込み、床板を元通りにして、畳を敷き、部屋には外から鍵をかけて置いて、慌てふためいて、火事の現場へ駈けつけました。

裏庭へ出て見ますと、庭の隅の物置小屋から、盛んに火を吹いています。幸い母屋から離れた小さな板小屋ですから、附近に燃え移るという程ではありませんけれど、放って置いてはどんな大事にならぬとも限りません。

大鳥氏は支配人と共に、店員を呼び集め、声を限りに指図をして、やっと出火を消しとめることが出来ました。辛《かろ》うじて消防自動車の出動を見なくてすんだのです。

その火事騒が、やや二十分程もつづきましたが、その間《あいだ》に、黄金の塔の部屋には、妙なことが起っていました。

主人を始め店員達が、みんな火事場の方へ行っている隙を目がけて、小さな人の姿が、鍵のかかった板戸を苦もなく開けて、辷《すべ》るように部屋の中へ入って行ったのです。

女学生のようなおさげの可愛らしい少女。いわずと知れた新参《しんざん》の女中です。謎の少女です。

少女は黄金塔の部屋へ入ったまま、何をしているのか、暫くの間姿を現しませんでしたが、やがて、十分余《あまり》もすると、板戸が音もなく開《あ》いて、少女の姿が部屋を辷り出し、注意深く戸を閉めると、そのまま台所の方へ立ち去ってしまいました。

この謎の少女は一体何者でしょうか。手ぶらで部屋を出て行ったところを見ますと、塔を盗みに入ったものとも思われません。では何をしに入ったのでしょう。読者諸君、試みに想像してごらんなさい。

それは兎も角、やがて、火事騒が静まりますと、大鳥氏と支配人は、大急ぎで元の奥座敷に引返しました。そして門野さんは、片肌ぬぎになって、また畳を上げ、床板をはずし、鍬を手にして床下におり立ちました。

大鳥氏は、もしや今の騒の間に、誰かがこの部屋へ入って、畳の下の黄金塔を盗んで行《ゆ》きはしなかったかと、支配人が床板をはずすのももどかしく、縁《えん》の下を覗き込みましたが、黄金塔には何の別状もなく、黒い土の上にピカピカ光っているのを見て、やっと安心しました。

やがて門野支配人は、黄金塔を床下の深い穴の中に、すっかり埋《うず》め込んでしまいました。そして、床板も畳も元の通りにして、

「サア、これでもう大丈夫。」

といわぬばかりに、主人の顔を見て、ニヤニヤと笑うのでした。

こうして本物の宝物《ほうもつ》は、全く人目につかぬ場所へ、実に手際よく隠されてしまいました。

天井の声

もうこれで安心です。たとえ二十面相が予告通りにやって来たとしても、黄金塔は全く安全なのです。賊は得意そうに偽物を盗み出して行《ゆ》くことでしょう。あの大泥棒を一ぱい食わせてやるなんて、実に愉快ではありませんか。

賊が床下などに気のつく筈はありませんが、でも、用心に越したことはありません。大鳥氏はその晩から、本物の黄金塔の埋めてある辺《あたり》の畳の上に、蒲団《ふとん》を敷かせて眠ることにしました。昼間も、その部屋から一歩も外へ出ない決心です。

すると、妙なことに、「3」の字が手の平に現れて以来、数字の予告がパッタリと途絶えてしまいました。本当は、それには深いわけがあったのですけれど、大鳥氏はそこまで気がつきません。ただ不思議に思うばかりです。

しかし、数字は現れないでも、盗難は二十五日の夜《よ》とハッキリいい渡されているのですから、決して安心は出来ません。大鳥氏はそのあとの三日間を、塔の埋めてある部屋にがんばり続けました。

そして、とうとう二十五日の夜《よ》が来たのです。

もう宵の中《うち》から、大鳥氏と門野支配人は、偽黄金塔を飾った座敷に坐《すわ》りこんで、出入口の板戸には中から鍵をかけて、油断なく見張をつづけていました。

店の方でも、店員一同、今夜こそ二十面相がやって来るのだと、いつもより早く店を閉めてしまって、入口という入口にすっかり鍵をかけ、それぞれ持場をきめて、見張番をするやら、棍棒《こんぼう》片手に家中《うちじゅう》を巡廻するやら、大変な騒《さわぎ》でした。

いかな魔法使の二十面相でも、このように二重三重の厳重な警戒の中へ、どうして入って来ることが出来ましょう。彼は今度こそ失敗するに違いありません。もし、この中へ忍びこんで、偽黄金塔にも迷わされず、本物の宝物を盗むことが出来るとすれば、二十面相はもう魔法使どころではありません。神様です。盗賊の神様です。

警戒の中《うち》に、だんだん夜《よ》が更けて行《ゆ》きました。十時、十一時、十二時。表通《おもてどおり》のざわめきも聞えなくなり、家の中《うち》もシーンと静まり返って来ました。ただ時々巡廻する店員の足音が、廊下にシトシトと聞えるばかりです。

奥の間では、大鳥氏と門野支配人が、さし向かいに坐って、置時計と睨《にら》めっこをしていました。

「門野君、丁度十二時だよ。ハハハ……、とうとう奴《やっこ》さんやって来なかったね。十二時がすぎれば、もう二十六日だからね。約束の期限が切れるじゃないか。ハハハ……。」

大鳥氏はやっと胸なでおろして、笑声を立てるのでした。

「さようでございますね。さすがの二十面相も、この厳重な見張にはかなわなかったとみえますね。ハハハ……、いい気味でございますよ。」

門野支配人も、怪盗を嘲《あざけ》るように笑いました。

ところが、二人の笑声の消えるか消えないに、突如として、どこからともなく、異様な嗄《しわが》れ声が響いて来たではありませんか、

「オイ、オイ、まだ安心するのは早いぜ。二十面相の字引《じびき》には、不可能という言葉がないのを忘れたかね。」

それは実に何ともいえない陰気な、まるで墓場の中からでも響いて来るような、いやあな感じの声でした。

「オイ、門野君、君今何かいいやしなかったかい。」

大鳥氏はギョッとしたように、あたりを見廻しながら、白髪《はくはつ》の支配人に訊ねるのでした。

「イイエ、私じゃございません。しかし、何だか変な声が聞えたようでございますね。」

門野老人は、けげんな顔で、同じように左右を見廻しました。

「オイ、変だぜ。油断しちゃいけないぜ。君、廊下を見てごらん。戸の外に誰かいるんじゃないかい。」

大鳥氏はもうすっかり青ざめて、歯の根も合わぬ有様です。

門野支配人は、主人よりもいくらか勇気があるとみえ、さして恐れる様子もなく、立って行って、鍵で戸を開き、外の廊下を見廻しました。

「誰もいやしません。おかしいですね。」

老人がそういって、戸を閉めようとすると、またしても、どこからともなく、あの嗄れ声が聞えて来ました。

「なにをキョロキョロしているんだ。ここだよ。ここだよ。」

陰《いん》にこもって、まるで水の中からでも、物をいっているような感じです。何かしらゾーッと総毛立つような、お化《ばけ》じみた声音《こわね》です。

「ヤイ、貴様はどこにいるんだ。一体何者だッ。ここへ出てくるがいいじゃないか。」

門野老人が空元気《からげんき》を出して、どことも知れぬ相手に怒鳴りつけました。

「ウフフ……、どこにいると思うね。当ててみたまえ。……だが、そんなことよりも、黄金塔は大丈夫なのかね。二十面相は約束をたがえたりしない筈だぜ。」

「何をいっているんだ。黄金塔はちゃんと床の間に飾ってあるじゃないか。盗賊なんかに指一本ささせるものか。」

門野老人は部屋の中を無闇に歩き廻りながら、姿のない敵と渡り合いました。

「ウフフフ……、オイ、オイ、番頭さん、君は二十面相が、それ程お人好しだと思っているのかい。床の間のは偽物で、本物は土の中に埋めてあることぐらい、俺が知らないとでもいうのかい。」

それを聞くと、大鳥氏と支配人とは、ゾッとして顔を見合わせました。アア、怪盗は秘密を知っていたのです。門野老人の折角の苦心は何の役にも立たなかったのです。

「オイ、あの声は、どうやら天井裏らしいぜ。」

大鳥氏はふと気がついたように、支配人の腕をつかんで、ヒソヒソと囁《ささや》きました。

いかにも、そういえば、声は天井の方角から響いて来るようです。天井でもなければ、外《ほか》に人間一人隠れる場所なんて、どこにもないのです。

「ハア、そうかも知れません。この天井の上に、二十面相の奴が隠れているのかも知れません。」

支配人は、じっと天井を見上げて、囁き返しました。

「早く、店の者を呼んで下さい。そして、かまわないから、天井板をはがして、泥棒を捕《つかま》えるようにいいつけて下さい。サ、早く、早く。」

大鳥氏は、両手で門野老人を押しやるようにしながら、せき立てるのです。老人は押されるままに、廊下に出て、店員達を呼び集める為に、店の方へ急いで行《ゆ》きました。

やがて、三人の屈強な店員が、シャツ一枚の姿で、脚立《きゃたつ》や棍棒などを持って、忍足で入って来ました。相手に悟られぬよう、不意に天井板をはがして、賊を手捕《てどり》にしようというわけです。

門野老人の手真似の指図に従って、一人の店員が棍棒を両手で握りしめ、脚立の上に乗ったかと思うと、勢《いきおい》こめて、ヤッとばかりに、天井板を突き上げました。

一突《ひとつき》、二突《ふたつき》、三突《みつき》、つづけさまに突き上げたものですから、天井板はメリメリという音を立てて破れ、見る見る大きな穴があいてしまいました。

「サア、これで照らして見たまえ。」

支配人が手提《てさげ》電灯をさし出しますと、脚立の上の店員は、それを受取って、天井の穴から首をさし入れ、屋根裏の闇の中を、アチコチと見廻しました。

大鳥時計店は、大部分がコンクリート建の西洋館で、この座敷は、あとから別に建て増した一階建の日本間でしたから、屋根裏といっても、さ程広いわけでなく、一目で全体が見渡せるのです。

「何もいませんよ。隅から隅まで、電灯の光をあてて見ましたが、鼠一匹いやあしませんぜ。」

店員はそういって、失望したように脚立を降りました。

「そんな筈はないがなあ。よし、わしが見てやろう。」

今度は門野支配人が、電灯を持って、脚立に登り、天井裏を覗《のぞ》き込みました。しかし、そこの闇の中には、どこにも人間らしい物の姿はないのです。

「おかしいですね。たしかに、この辺から聞えて来たのですが……。」

「いないのかい。」

大鳥氏がやや安堵《あんど》したらしく、訊ねます。

「エエ、まるっきり空っぽでございます。本当に鼠一匹いやあしません。」

賊の姿はとうとう発見することが出来ませんでした。では、一体あの不気味な声は、どこから響いて来たのでしょう。無論縁《えん》の下ではありません。厚い畳の下の声が、あんなにハッキリ聞えるわけはないからです。

といって、その他に、どこに隠れる場所がありましょう。アア魔術師二十面相は、またしてもえたいの知れぬ魔法を使いはじめたのです。

意外また意外

姿のない声が、本物の黄金塔の隠し場所を知っているといったものですから、大鳥氏はもう気が気でなく、三人の店員達を立ち去らせますと、門野支配人と二人で、大急ぎで畳を上げ、床板をはずし、それから、支配人にそこの土を掘って見るように命じました。

老人は尻端折《しりはしより》をして、床下においてあった鍬《くわ》を取り、心覚《こころおぼえ》の場所を掘り返していましたが、やがて、がっかりしたような声で、

「旦那様、ありません。塔はあと方もなく消え失せてしまいました。」

と報告するのでした。

大鳥氏はそれを聞きますと、落胆のあまり、そこへ尻餅をついたまま、口をきく元気もなく、しばらくの間ぼんやりと、床下の闇の中を眺めていましたが、やがて、不思議に堪えぬもののように、小首を傾けました。

「オイ、門野君、どうも変だぜ。わしはあれをここへ埋めてからというもの、洗面所へ行《ゆ》く外は、この部屋を少しも出なかった。もし誰かがわしの留守の間に、ここへ忍び

こんだとしても、畳を上げ、床板をはずし、土を掘って、塔を持出すなんて余裕は、全くなかった筈だぜ。一体あいつは、どういう手段で盗み出しゃあがったのかなあ。」

大鳥氏はくやしいよりも、何よりも、不思議でたまらないという面持です。

「わたくしも、今それを考えていたところでございます。あたり前の家《うち》でしたら、庭の方の縁側の下から、床下へ這《は》いこむという手もありますけれど、このお座敷の縁側の下には、厚い板が打ちつけてございますからね。隙間はあっても、小犬でさえ通れない程です。

それに、さい前からこの床下を、手提電灯で調べているのですが、人間の這いこんだような跡が、少しもありません。柔らかい土ですから、あいつが床下を潜《くぐ》って来たとしますれば、跡のつかない筈はないのですがねえ。」

門野支配人は、まるで狐にでもつままれたような顔をして、大きな溜息をつくのでした。

「ウフフフ……、びっくりしたかい。二十面相の腕前はマアこんなもんさ。黄金塔は確かに頂戴したぜ。それじゃ、あばよ。」

アア、またしても、あの陰気な声が響いて来たではありませんか。一体二十面相はどこにいるのでしょう。廊下でもありません。天井でもありません。床下でもありません。

その外《ほか》の、一体どこに、人間一人隠れる場所があるのでしょう。

ひょっとしたら、魔法使の二十面相は、目に見えない気体のようなものになって、部屋の中のどこかに、佇《たたず》んでいるのでしょうか。

「門野君、やっぱりあいつはどっかにいるんだ。目には見えないけれど、この近くにいるに違いないんだ。店の者にいいつけて、出入口を固めさせて下さい。早く、早く。そして、奴を捕らえてしまうのだ。」

大鳥氏は支配人の耳に口を寄せて、せかせかと囁きました。もう不気味さよりは、腹立たしさで一ぱいなのです。どんなにしてでも、賊を捕らえないではおかぬという権幕《けんまく》です。

支配人も同じ考えとみえ、主人のいいつけを聞きますと、すぐさま店の方へ飛んで行って、表口、裏口の見張をして、怪しい奴を見つけたら、大きな声を立てて人を集め、引っ捕らえてしまうようにと、店員達に命じました。

サア、店内《うち》は上を下への大騒《おおさわぎ》です。

「二十面相が家の中にいるんだ。見つけ出して袋叩《ふくろだたき》にしちまえ。」

十数名の血気《けっき》の店員達は、手に手に棍棒《こんぼう》と手提電灯を持って、或《あるい》は表口、裏口を固めるもの、或は隊を組んで、家中を家探《やさが》しするもの、それはそれは大変な騒でした。

しかし、やや一時間程も、店内の隅から隅まで、物置や押入の中は勿論《もちろん》、天井から縁の下まで、隈《くま》もなく探し廻りましたが、不思議なことに、賊らしい人の姿は、どこにも発見されませんでした。

二十面相は、もう家《うち》の中にはいないのでしょうか。風を食《くら》って逃げ出してしまったのでしょうか。では、どこから？　表も裏も、出入口という出入口は、すっかり店員で固められていたのですから、逃げ出すなんて、全く不可能なことです。

「門野君、君はどう思うね。実に合点の行《ゆ》かぬ話じゃないか。……わしには何だか今でもすぐ目の前に、あいつがいるような気がするのだよ。この部屋の中に、あいつの息の音《ね》が聞えるような気がするのだよ。」

元の座敷に戻った大鳥氏は、脅えた顔で、あたりをキョロキョロと見廻しながら、支配人に囁くのでした。

「わたくしも、何だか、そんな気がしてなりません。あいつは魔法使でございますからなあ。」

門野支配人も同感の様子です。

そうして二人がぼんやりと顔見合わせているところへ、一人の若い店員がいそいそと入って来て、

「今、明智探偵がおいでになりました。」

と報じました。

「ナニ、明智さんが来られた。チェッ、遅すぎたよ。もう一足早ければ間に合ったのに。あの人は今日まで一体何をしていたんだ。噂に聞いたのとは大違《おおちがい》だ。名探偵もないもんだ。」

大鳥氏は黄金塔を盗まれた腹立ちまぎれに、さんざん探偵の悪口をいうのでした。

「ハハハ……、ひどく御機嫌がお悪いようですね。あなたは、僕が今日まで何もしていなかったとおっしゃるのですか。」

ひょいと見ますと、部屋の入口に、いつの間にか黒い背広姿の明智小五郎が立っているのです。

「アッ、これは明智さん。どうもとんだことを聞かれましたなア。しかし、あなたが何もして下さらなかったのは本当ですよ。ごらんなさい。黄金塔は盗まれてしまったじゃありませんか。」

大鳥氏は気まずそうに、苦笑《にがわらい》しながらいうのでした。

「盗まれたとおっしゃるのですか。」

「そうですよ。予告通り、ちゃんと盗まれてしまいましたよ。」

大鳥氏は腹立たしげに、門野支配人の考え出したトリックの話をして、まだ畳を上げたままになっている床下を指さしながら、本物の黄金塔がなくなった次第を語るのでした。

「それは僕もよく知っています。」

明智探偵は、そんなことは、今更《いまさら》説明を聞かなくても、分かっているといわぬばかりに、ぶっきらぼうに答えました。

「エッ、御存じですって？　そ、それじゃ、あなたは、知っていながら、二十面相が盗んで行《ゆ》くのを、黙って待っていたのですか。」

大鳥氏はびっくりして、怒鳴り返しました。

「エエ、そうですよ。黙って見ていたのです。」

明智はあくまで落ちつき払っています。

「な、なんですって？　一体全体、あなたは……。」

大鳥氏はあっけにとられて、口もきけない有様です。

「明智先生、あなたはまるで黄金塔が盗まれたのを、喜んでいらっしゃるように見えますが、それはあんまりです。あなたは主人にお約束なすったじゃありませんか。きっと黄金塔を守ってやると約束なすったじゃありませんか。」

門野支配人が、たまりかねたように、探偵の前につめよりました。

「で、僕はお約束を果しましたよ。」

「果したって？　それは一体何のことです。黄金塔はもう盗まれてしまったじゃありませんか。」

「ハハハ……、何をいっているのです。黄金塔はちゃんとここにあるじゃありませんか。ここにピカピカ光ってるじゃありませんか。」

明智探偵はさも愉快らしく笑いながら、床の間に安置された黄金塔を指さしました。

「バ、馬鹿な、あなたこそ、何をいっているのです。それは偽物だと、あれ程説明したじゃありませんか。本物は床下に埋めておいたのです。それが盗まれてしまったのです。」

大鳥氏は癇癪《かんしゃく》を起して叫びました。

「マア、お待ちなさい。もしもですね、その床下に埋めた方が偽物で、その床の間のが本物だったら、どうでしょう。二十面相は裏をかいたつもりで、まんまと偽物をつかまされてしまったわけです。実に痛快じゃありませんか。」

明智探偵は妙なことをいい出しました。

「エッ、エッ、何ですって？　冗談はいい加減にして下さい。その床の間の塔が本物なら、なにもこんなに騒ぎやしません。これは、門野君が苦心をして造らせた偽物なんですよ。いくらピカピカ光っていたって、鍍金《めっき》なんですよ。」

「鍍金か鍍金でないか、一つよく調べてごらんなさい。」

明智はいいながら、木製の枠の隠し釦《ボタン》を押して、赤外線防備装置をとめてから、無造作に塔の頂上の部分を持ち上げて、大鳥氏の目の前にさし出しました。

探偵の様子が、あまり自信ありげだものですから、大鳥氏もつい引き入れられて、その塔の一部分を受取ると、つくづくと眺め始めました。

眺めているうちに、見る見る、大鳥氏の顔色が変って来ました。青ざめていた頬に血の気がさして来たのです。空《うつ》ろになっていた目が、希望に輝き始めたのです。

「オオ、オオ、こりゃどうだ。門野君、これは本当の金無垢《きんむく》だよ。鍍金じゃない。芯まで本物の金だよ。一体これはどうしたというのだ。」

大鳥氏は喜びに震えながら、床の間へ飛んで行って、塔の残りの部分を、入念にしらべましたが、永年《ながねん》貴金属品を扱っている同氏には、すぐさま、それが全部本物の黄金であることが分かりました。

「明智さん、おっしゃる通り、これは本物です。アア、助《たすか》った。二十面相は偽物を盗んで行った。しかし、誰が、いつの間に、本物と偽物とを置き換えたのでしょう。家《うち》にはこの秘密を知っているものは一人もいない筈だし、それに、この部屋には絶えずわしががんばっていましたから、置き換えるなんて隙はなかった筈ですが……。」

「それは、僕が命じて置き換えさせたのですよ。」

明智探偵は相変らず落ちつき払って答えました。

「エ、あなたが？　誰にそうお命じなすったのです。」

大鳥氏は、意外に次ぐ意外に、ただもうあきれ返るばかりです。

「お宅には、つい近頃傭《やと》い入れた小女《こおんな》がいるでしょう。」

「エエ、います。あなたの御紹介で傭った千代という娘のことでしょう。」

「そうです。あの娘をちょっとここへ呼んで下さいませんか。」

「千代に、何か御用なのですか。」

「エエ、大切な用事があるのです。すぐ来るようにおっしゃって下さい。」

明智探偵はますます妙なことをいい出すのでした。

大鳥氏は面食《めんくら》いながらも、すぐ様《さま》女中の千代を呼び寄せました。読者諸君は御記憶でしょう、千代というのは、度々奥座敷を覗いていた、あの可愛らしい怪少女なのです。

間もなく、林檎《りんご》のように艶《あで》やかな頬をして、可愛らしいおさげの少女が、座敷の入口に現れました。

「ここへ来て坐《すわ》りなさい。」

探偵は少女を自分の側《そば》へ坐らせました。そして、黄金塔置換《おきかえ》の説明を始めるのでした。

「大鳥さん、あなた方が、本物の塔を、床の下へ埋めようとしていらした時、裏の物置に火事が起りましたね。」

「エエ、そうですよ。よく御存じですね。しかし、それがどうかしたのですか。」

「あの火事も、実は僕がある人に命じて、つけ火をさせたのですよ。」

「エッ、何ですって？　あなたがつけ火を？　アア、わしは何が何だか、サッパリ分からなくなってしまいました。」

「イヤ、それにはある目的があったのです。あなた方が火事に気を取られて、この部屋を留守になすっていた間《ま》に、素早く黄金塔の置換をさせたのですよ。床下に隠してあったのを、元々通り床の間に積み上げ、床の間の偽物を、床下へ入れて置いたのです。火事場から帰って来られたあなた方は、まさか、あの間に、そんな入換《いれかえ》が行われたとは、思いもよらぬものですから、そのまま偽物の方を床下に埋《うず》め、床の間の本物を偽物と思いこんでしまったのです。」

「へエー、なる程ねえ、あの火事はわし達を、この部屋から立去らせるトリックだったのですかい。しかし、それならそうと、ちょっとわしにいって下さればよかったじゃありませんか。何も火事まで起さなくても、わし自身で本物と偽物とを置き換えましたものを。」

大鳥氏は不満そうにいうのです。

「ところが、そう出来ない理由があったのです。そのことはあとで説明しますよ。」

「で、その塔の置換をやったというのは、一体誰なのですね。まさかあなた御自身でなすったわけじゃありますまい。」

「それは、この女中がやったのです。この女中は僕の助手を勤めてくれたのですよ。」

「ヘエー、千代がですかい。こんな小さな女の子に、よくまあそんなことが出来ましたねえ。」

主人はあっけにとられて、可愛らしい少女の顔を眺めました。

「ハハハ……、千代は少女ではありませんよ。君、その鬘《かずら》を取ってお目にかけなさい。」

探偵が命じますと、少女はニコニコしながら、いきなり両手で頭の毛をつかんだかと思うと、それをスッポリと引きむしってしまいました。すると、その下から、青味がかった五分刈の頭が現れたのです。少女とばかり思っていたのは、その実可愛らしい少年だったのです。

「皆さん、御紹介します。これは僕の片腕と頼む探偵助手の小林芳雄君です。今度の事件が成功したのは、全く小林君のお蔭です。ほめてやって下さい。」

明智探偵はさも自慢らしく、秘蔵弟子の小林少年を眺めて、にこやかに笑うのでした。

アア、何という意外でしょう。少年探偵団長小林芳雄君は、小娘の女中に化けて、大鳥時計店に入りこんでいたのです。そして、まんまと二十面相に一ぱい食わせてしまったのです。

「ヘエー、驚いたねえ、君が男の子だったなんて、家《うち》のものは誰一人気がつかなかったのですよ。なかなかよく働いてくれましてね、いい女中をお世話願ったと喜んでいた位ですよ。小林さん、有難う、有難う。お蔭で家宝を失わなくてすみましたよ。明智さん、あなたはいいお弟子を持たれてお仕合せですねえ。」

大鳥氏はホクホクと喜びながら、小林君の頭を撫《な》でんばかりにして、お礼をいうのでした。

「ですが、明智さん、たった一つ残念なことがありますよ。さい前二十面相の奴が、どこからか、わし達に話しかけたのです。ざまを見ろといって嘲笑《あざわら》ったのです。あなたが、もう一足早く来て下されば、あいつを捕らえられたかも知れません。実に残念なことをしましたよ。」

大鳥氏も、黄金塔を取返しても、賊を逃がしたのでは、後日また襲われはしないかと、寝覚《ねざめ》が悪いのです。

「大鳥さん、御安心下さい。二十面相はちゃんと捕らえてありますよ。」

明智探偵は、意外なことをズバリといってのけました。

「エッ、二十面相を？　あなたが捕らえなすったのですか。いつ？　どこで？　そして、今あいつはどこにいるんです。」

大鳥氏は余りのことに、言葉もしどろもどろです。

「二十面相はこの部屋にいるのです。我々の目の前にいるのです。」

探偵の声が重々しく響きました。

「ヘエー、この部屋に？　だって、この部屋にはごらんの通りわし達四人の外には誰もいないじゃありませんか。それとも、どっかに隠れてでもいるんですかい。」

「イイエ、隠れてなんぞいませんよ。二十面相は、ホラ、そこにいるじゃありませんか。」

いいながら、我等の名探偵は、意味ありげにニコニコと笑うのでした。

読者諸君、明智探偵は何という途方もないことをいい出したのでしょう。大鳥氏も門野支配人も、自分の目がどうかしたのではないかと、キョロキョロとあたりを見廻しました。でも、その部屋には何者の姿もないのです。アア、それではやっぱり、二十面相はあの魔術によって、気体のようなものに化けて、この部屋のどこかの隅に佇んでいるのでしょうか。そして、その誰の目にも見えない怪物の姿が名探偵明智小五郎の目にだけは、ハッキリと写っているのでしょうか。

君が二十面相だ！

大鳥氏はびっくりして、キョロキョロと部屋の中を見廻しました。しかし、賊の姿などどこにも見当りません。

「ハハハ……、御冗談を。ここには私たち四人の外には、誰もいないじゃありませんか。」

如何《いか》にも、戸を閉めきった十畳の座敷には、主人の大鳥氏と、老支配人の門野と明智探偵と小林少年の四人の外には、誰もいないのです。一体明智は何をいっているのでしょう。頭がどうかしているのではないでしょうか。それとも、他の三人には何も見えない空間に、探偵だけには、何か朦朧《もうろう》とした物の姿が見分けられるとでもいうのでしょうか。

「そうです。ここには我々四人だけです。しかし、二十面相はやっぱりこの部屋にいるのです。」

「先生、あなたのお言葉は、わたくし共にはさっぱり訳が分かりません。もっと詳しくおっしゃって頂けませんでございましょうか。」

白髪《はくはつ》の老支配人は、オドオドしながら、探偵に訊ねました。

「ホウ、あなたにもまだ分からないのですか。で、あなたは二十面相がどこにいるか聞きたいとおっしゃるのですね。それをいってもいいのですか。」

明智は老支配人の顔をじっと見つめてから、意味ありげにいいました。

「エッ、なんとおっしゃいます？」

門野老人は、なぜかギョッとしたように探偵を見返しました。

「誰が二十面相だか、すっぱ抜いても構わないかというのです。」

明智の目に、電光のような烈しい光が輝き、グッと相手を睨《にら》みつけました。老支配人はその眼光に射《い》すくめられでもしたように、返す言葉もなく、思わず目を伏せました。

「ハハハ……、オイ、二十面相、よくも化けたねえ。まるで六十の老人そっくりじゃないか。だが、僕の目をごまかすことは出来ない。君だ！　君が二十面相だ！」

「と、とんでもない。そ、そんな馬鹿なことが……。」

門野支配人は真青になって、弁解しようとしました。

主人の大鳥氏も、それに言葉を添えます。

「明智先生、それは何かお思い違いでしょう。この門野は親の代から私の店に勤めている忠義者です。この男が二十面相だなんて、そんな筈はございません。」

「イヤ、あなたは、二十面相が変装の大名人であることを、お忘れになっているのです。なる程、本当の門野君は忠義な番頭さんでしょう。しかし、この男は門野君ではありません。あの予告があってから間もなく、二十面相は本当の門野君をある場所に監禁して、自分が門野君に化けすまし、お店に出勤していたのです。

イヤ、お店に出勤していたばかりではありません。門野君の自宅へも図々《ずうずう》しく毎晩帰っていた。家族の人達でさえ、それを少しも気づかなかったのです。」

アア、そんなことがあり得るのでしょうか。今目の前に立っている老人は、どう見ても門野支配人とそっくりです。どこに一つ怪しい箇所はありません。一体それ程巧みな変装が出来るものでしょうか。

一同があっけにとられて、明智探偵の顔を見つめている。丁度その時でした。アア、またしても、どこからともなく、あの恐しい声が聞えて来たではありませんか。

「フフフ……、明智先生も老いぼれたもんだねえ。二十面相を取逃《とりに》がした苦しまぎれに、何も知らない老人に罪を着せようなんて。オイ、先生、目を開《あ》いて、よく見るがいい。俺はここにいるんだぜ。二十面相はここにいるんだぜ。」

アア、何という大胆不敵、賊はまだこの部屋のどこかに隠れているのでしょうか。

「先生、あれです。あれが二十面相です。やっぱり天井から聞えて来る。ね、お分りでしょう。門野君じゃございません。門野君は二十面相じゃございません。」

大鳥氏は、恐怖に耐えぬもののように、ソッと天井を指さしながら、囁《ささや》くのでした。

しかし、明智探偵は少しも騒ぎません。口をつぐんだまま、じっと大鳥氏を見返しています。

と、突如として、どこからともなく、全く別の声が響いて来ました。

「オイオイ、子供だましはよしたまえ。僕が腹話術を知らないとでも思っているのか。ハハハ……。」

大鳥氏はそれを聞いて、ゾッと震え上ってしまいました。アア、何という不思議なことでしょう。それはまぎれもなく明智探偵の声でした。天井から明智の声が響いて来たのです。しかも、当の探偵は目の前に、じっと口をつぐんで坐《すわ》っています。まるで魔法使です。明智探偵が突如として二人になったとしか考えられないのです。

「お分かりになりましたか。御主人。それが腹話術というものです。口を少しも動かさないで物をいう術です。今のように僕がこうして口を閉《ふさ》いで物をいうと、まるで違った方角からのように聞えて来るのです。天井と思えば天井のようでもあり、床下と思えば床下からのようにも聞えます。お分かりになりましたか。」

今こそ、大鳥氏にも一切が明白になりました。腹話術というものがあることは、同氏も話に聞いていました。さい前からの声が、みんな腹話術であったとすれば、すっかり辻褄《つじつま》が合うのです。天井や床下などをあれ程探しても、二十面相の姿が発見されなかった訳が、よく分かるのです。それでは、やっぱり二十面相は門野老人に化けているのでしょうか。

大鳥氏はまだ半信半疑のまなざしで、じっと門野老人を見つめました。門野老人は真青になっています。しかし、まだへこたれた様子は見えません。顔一杯に妙な苦笑を浮かべて、何かいい出しました。

「腹話術ですって、オオ、どうしてわたくしが、そんな魔法を存じて居りましょう。明智先生、あんまりでございます。このわたくしが恐しい二十面相の賊だなんて、全く思いもよらぬ濡衣《ぬれぎぬ》でございます。」

ところが、この老人の言葉が終るか終らぬに、部屋の板戸を、外からトントンと叩く音が聞えて来ました。

「誰だね。用事ならあとにしておくれ。今入って来ちゃいけない。」

大鳥氏が大声に怒鳴りますと、板戸の外に意外な声が聞えました。

「わたくしでございます。門野でございます。ちょっと、ここをお開け下さいませ。」

「エッ、門野だって？　君は本当に門野君か。」

大鳥氏は仰天して、慌《あわただ》しく板戸を開きました。すると、オオ、ごらんなさい。そこにはまぎれもない門野支配人が、やつれた姿で立っていたではありませんか。

「旦那さま、実に申訳《もうしわけ》ございません。賊の為にひどい目に会いまして、つい先程、明智先生に助け出して頂いたのでございます。」

門野老人は詫《わ》びごとをしながら、部屋の中のもう一人の門野を見つけ、思わず叫びました。

「アッ、あんたは一体何者じゃッ！」

何という不思議な光景だったでしょう。イヤ、不思議というよりも、ゾーッと総毛立つような、何ともいえぬ恐しい有様でした。そこには、まるで鏡に写したように、全く同じ顔の二人の老人が、敵意に燃える目で睨み合って、立ちはだかっていたのです。恐しい夢にでもうなされているような光景ではありませんか。

誰一人ものをいうものもなければ身動きするものもありません。数十秒の間、映画の回転が突然止ったような、不気味な静止と沈黙がつづきました。

その静けさを破ったのは、五人の中《うち》の誰かが烈しい勢《いきおい》で動き出したのと、それから、少女の着物を着ている小林少年が、

「アッ、先生、二十面相が！」

と叫ぶ、けたたましい声とでありました。

さすがの二十面相も、本物の門野支配人が現れては、もう運のつきでした。いかに争って見ても勝味《かちみ》がないと悟ったのでしょう。彼はやにわに畳を上げたままになっていた床下へ飛び降りました。そして、そこに屈《かが》んで何かしているなと思う中《うち》、突如として、全く信じがたい奇怪事《きかいじ》が起ったのです。

不思議、不思議、アッと思う間《ま》に、偽支配人の姿が、まるで土の中へでも、もぐり込んだように、消え失せてしまいました。

またしても、二十面相は魔法を使ったのでしょうか。彼はやっぱり、何かしら気体のようなものに化ける術を心得ていたのでしょうか。

逃　走

「ハハハ……、何も驚くことはありませんよ。二十面相は土の下へ逃げたのです。」

明智小五郎は、少しも騒がず、あっけに取られている人々を見廻して、説明しました。

「エッ、土の中へ？　一体それはどういう意味です。」

大鳥氏がびっくりして聞返《ききかえ》します。

「土の中に秘密の抜穴が掘ってあったのです。」

「エッ、抜穴が？」

「そうですよ。二十面相は黄金塔を盗み出す為に、予《あらかじ》めここの床下へ抜穴を掘っておいて、支配人に化けて、さも忠義顔に、あなたに本物の塔を、この床下へ埋《うず》めることを勧めたのです。そして、部下のものが抜穴から忍んで来て、丁度その穴の入口にある塔を、何の造作もなく持去《もちさ》ったという訳ですよ。賊の足跡が見当らなかったのは当前《あたりまえ》です。土の上を歩いたのではなくて、土の中を這《は》って来たのですからね。」

「しかし、私はあれを床下へ埋《うず》めるのを見て居りましたが、別に抜穴らしいものはなかったようですが。」

「それは蓋《ふた》がしてあったからですよ。マア、ここへ来てよくごらんなさい。大きな鉄板で穴の上を蓋して、土がかぶせてあったのです。今、二十面相はその鉄板を開いて、穴の中に飛び込んだのです。かき消すように見えなくなったのは、その為ですよ。」

大鳥氏も門野老人も小林少年も、急いで側によって、床下を眺めましたが、如何《いか》にもそこには一枚の鉄板が投げ出してあって、その側に古井戸のような大きな穴が、真黒な口を開いていました。

「一体この穴はどこへ続いているのでしょう。」

大鳥氏があきれ果てたように訊ねますと、明智は即座に答えました。何から何まで知り抜いているのです。

「この裏手に空家《あきや》があるでしょう。抜穴はその空家の床へ抜けているのです。」

「では、早く追駈けないと、逃げてしまうじゃありませんか。先生、早くその空家の方へ廻って下さい。」

大鳥氏は、もう気が気でないという調子です。

「ハハハ……、そこに抜かりがあるものですか。その空家の抜穴の出口のところには、中村捜査係長の部下が、五人も見張りをしていますよ。今頃はあいつを引っ捕らえている時分です。」

「アア、そうでしたか。よくそこまで準備が出来ましたねえ、有難う、有難う。お蔭で、私も今夜から枕を高く寝られるというものです。」

大鳥氏は安堵《あんど》の胸を撫《な》でおろして、名探偵の抜目のない処置を感謝するのでした。

しかし、二十面相は、明智の予想の通り、果して五名の警官に逮捕されてしまったでしょうか。名にし負う魔術賊のことです。もしや、意外の悪智慧《わるぢえ》を働かせて、名探偵の計略の裏をかくようなことはないでしょうか。アア、何となく心懸《こころがか》りではありませんか。

×　　×

その時、闇の抜穴の中では、一体どんなことが起っていたのでしょう。

門野老人に化けた二十面相は、人々の油断を見すまして、パッと抜穴の中に飛込《とびこ》みますと、狭い穴の中を這うようにして、まるで土竜《もぐら》のような恰好《かっこう》で、反対の出口へと急ぎました。

時計店の裏通《うらどお》りの空家というのは、奥座敷からは、狭い庭と塀とを隔ててすぐの所にあるのですから、抜穴の長さは二十米《メートル》程しかありません。二十面相は、先《ま》ずその空家を借りた上、部下に命じて、人に知られぬように、大急ぎで抜穴を掘らせたのです。ですから、内側を石垣や煉瓦《れんが》で築くひまはなく、丁度旧式な炭坑のように、丸太の枠で、土の落ちるのを防いであるというみすぼらしい抜穴です。広さも、やっと人一人這って歩ける程なのです。

二十面相は、土まみれになって、そこを這って行《ゆ》きましたが、空家の中の出口の下まで来て、ヒョイと外を覗いたかと思うと、何かギョッとした様子で首を引っこめてしまいました。

「畜生め、もう手が廻ったか。」

彼はいまいましそうに舌打して、仕方なく、またあと戻りを始めました。

穴の外の暗闇の中に、大勢の黒い人影が見えたからです。しかも、それがみんな制服の巡査らしく、制帽の庇《ひさし》と帯剣《たいけん》の鞘《さや》が、闇の中にもかすかにピカピカと光って見えたのです。

アア、二十面相はとうとう、袋の鼠になってしまいました。イヤ、穴の中の土竜になってしまいました。さすがの兇賊《きょうぞく》も最早《もはや》運のつきです。前に進めば五人の警官、うしろに戻れば、誰よりも怖い明智名探偵が待ち構えているのです。進むことも退くことも出来ません。といって、土竜ではない二十面相は、こんなジメジメした、真暗な穴の中に、いつまでじっとしていられましょう。

しかし、なぜか怪盗はさして困った様子も見えません。彼は闇の中を、抜穴の中程まで引返しますと、そこの壁の窪《くぼ》みになった箇所から、何か風呂敷包のようなものを取り出しました。

「ヘヘン、どうだい。二十面相はどんなことがあったって、へこたれやしないぞ。敵が五と出せばこちらは十だ。十と出せば二十だ。ここにこんな用意がしてあろうとは、さすがの名探偵どのも御存じあるまいて。二十面相の字引に不可能の文字なしっていう訳さ。フフフ……。」

彼はそんなふてぶてしい独言《ひとりごと》をいいながら、風呂敷包らしいものを開きました。すると、その中から、警官の制服制帽、帯剣、靴などが現れました。

アア、何という用心深さでしょう。万一の場合の為に、彼は抜穴の中へ、こんな変装用の衣裳《いしょう》を隠しておいたのです。

「オット、忘れちゃいけない。先ず髪の毛の染料と顔の皺《しわ》を落さなくっちゃあ。」

二十面相は、冗談のように呟《つぶや》きながら、懐中から銀色のケースを取り出し、その中の揮発油《きはつゆ》をしみ込ませた綿《わた》をちぎって、頭と顔を丁寧に拭き取るのです。綿をちぎっては拭き、ちぎっては拭き、何度となく繰返《くりかえ》している中《うち》に、老人の白髪頭《しらがあたま》は、いつの間にか黒々とした頭髪となり、顔の皺も跡方なく取れて、若々しい青年に変ってしまいました。

「これでよしと、サア、愈々《いよいよ》お巡《まわり》さんになるんだ。泥棒がお巡さんに早変りとござあい。」

二十面相は窮屈な思《おもい》をして、闇の中の着更《きがえ》をしながら、さも嬉しくて堪らないというように、低く口笛さえ吹き始めるのでした。

×　　×

裏の空家というのは、日本建の商家でしたが、その奥座敷でも、丁度大鳥時計店の奥座敷と同じように、一枚の畳が上げられ、床板がはずされて、その下に黒い土が現れていました。

その土の真中に、ここには鉄板の蓋などなくて、ポッカリと抜穴の口が、大きく開《あ》いているのです。

抜穴のまわりには、五名の制服巡査が、或《あるい》は床下に立ち、或は畳に腰かけ、或は座敷に突立《つった》って、じっと見張りをつづけていました。無論電灯はつけず、いざという時の用意には、中の二人が懐中電灯を携《たずさ》えているのです。

「明智さんがもう少し早く、この抜穴を発見してくれたら、塔を盗み出した手下の奴も、引っ捕らえることが出来たんだがなあ。」

一人の警官が、囁声《ささやきごえ》で、残念そうにいいました。

「だが、二十面相さえ捕らえてしまえば、手下なんか一網打尽だよ。それに盗まれた塔は偽物だっていうじゃないか。とも角《かく》親玉さえ捕《つかま》えてしまえば、こっちのもんだ。アア、早く出て来ないかなあ。」

別の警官が、腕をさすりながら、待遠しそうに答えるのです。

煙草を喫《す》うのも遠慮して、じっと暗闇の中に待っている待遠しさ。まるで時間が止ってしまったような感じです。

「オイ、何か音がしたようだぜ。」

「エッ、どこに?」

思わず懐中電灯を摑《つか》んで立上ったことが、幾度あったでしょう。

「ナアンだ、鼠じゃないか。」

当の二十面相は、いつまでたっても、姿を現さないのでした。

しかし、オオ、今度こそは、人間です。人間が穴の中から這い出して来る物音です。サラサラと土のくずれる音、ハッハッという息遣《いきづかい》、愈々二十面相がやって来たのです。五名の警官は一斉に立上って、身構《みがまえ》をしました。二つの懐中電灯の丸い光が、左右からパッと穴の入口を照らしました。

「オイ、僕だよ、僕だよ。」

意外にも、穴を這い出して来た人物が、親しそうに声をかけるではありませんか。それは怪盗ではなくて、一人の若い警官だったのです。見知らぬ顔ですけれど、きっとこの区の警察署の巡査なのでしょう。

「賊はどうしました。逃げたんですか。」

見張をしていた警官の一人が、不審そうに訊ねました。

「イヤ、もう捕らえました。明智さんの手引で、僕の署のものが、首尾よく逮捕したのです。あなた方も早くあちらへ行って下さい。……僕はこの抜穴の検分を仰せつかったのです。もしや同類が隠れてやしないかというのでね。しかし、誰もいなかったですよ。」

若い巡査は、帯剣をガチャガチャいわせながら、やっと穴を這い出して、五人の前に立ちました。

「ナアンだ、もう逮捕したんだって?」

こちらは、折角意気込んだ待伏《まちぶせ》が無駄になったと知って、ガッカリしてしまいました。イヤ、ガッカリしたというよりも、他署のものに手柄を奪われて、少なからず不平なのです。

「明智さんから、あなた方に、もう見張をしなくってもいいから、早くこちらへ来て下さいということでしたよ。……僕はちょっと、署まで用事がありますから、これで失敬します。」

若い巡査はテキパキといって、暗闇の中を、グングン空家の表口の方へ歩いて行《ゆ》きました。

取り残された五人の警官は、何となく不愉快な気持で、急には動く気にもなれず、

「ナアンだ、つまらない。」

などと呟きながら、グズグズしていましたが、やがて、その中の一人が、ハッと気附

いたように叫びました。

「オイ、変だぜ。あの男、抜穴の調査を命じられたといいながら、報告もしないで、署に帰るなんて、少し辻褄《つじつま》が合わないじゃないか。」

「そういえば、おかしいね。あいつ穴の中を調べるのに、懐中電灯もつけていなかったじゃないか。」

警官達は、何とも形容の出来ない、妙な不安に襲われ始めました。

「オイ、二十面相という奴は、何にだって化けるんだぜ。いつかは帝国博物館長にさえ化けたんだ。もしや今のは……。」

「エッ、なんだって、それじゃ、あいつが二十面相だっていうのか。」

「オイ、追っかけて見よう。もしそうだったら、僕らは係長に合わす顔がないぜ。」

「ヨシッ、追っかけろ。畜生逃がすものか。」

五人は慌《あわただ》しく空家の入口に駈け出して、深夜の町を見渡しました。

「アッ、あすこを走っている。試しに呼んで見ようじゃないか。」

そこで、一同声を揃えて、

「オーイ、オーイ。」と怒鳴ったのですが、それを聞きつけた相手は、ヒョイと振返《ふりかえ》ったかと思うと、立止るどころか、前にも増した勢《いきおい》で、一目散に逃げ出したではありませんか。

「アッ、やっぱりそうだ。あいつだ。あいつが二十面相だッ。」

「畜生、逃がすものかッ。」

五人はやにわに走り出しました。

もう一時を過ぎた真夜中です。昼間は賑《にぎ》やかな商店街も、廃墟《はいきょ》のように静まり返り、光といってはまばらに立並ぶ街灯ばかり、人っ子一人通らないアスファルト道《みち》が、遥かに闇の中へ消えています。

その中を、逃げる一人の警官、追駈ける五人の警官、狐にでもつまれたような奇妙な追跡が始りました。若い巡査は、恐しく足が早いのです。町角に来る度に、或は右に、或は左に、滅茶苦茶に方角を換えて、追手を撒《ま》こうとします。

そして、さしかかったのが、京橋区内のとある小公園の塀外《へいそと》でした。右側は公園のコンクリート塀、左側はすぐ川に面している、淋しい場所です。

二十面相は、そこまで走って来ますと、ヒョイと立止って、うしろを振返りましたが、五人のお巡さんはまだ町角の向側を走っているとみえて、追手らしい姿はどこにも見えません。

それを確かめた上、二十面相は何を思ったのか、いきなりそこに蹲《うずくま》って、地面に手をかけ、ウンと力《りき》みますと、さし渡し五十糎《センチ》程の丸い鉄板が、蓋を開くように持ち上り、その下に大きな黒い穴が開《あ》きました、水道のマンホールなのです。

東京の読者諸君は、水道の係の人達が、あの丸い鉄の蓋をとって、地中へ潜り込んで、工事をしているのを、よくお見かけになるでしょう。今、二十面相は、その鉄の蓋を開いたのです。そして、ヒョイとそこへ飛び込むと、すばやく中から蓋を元の通りに閉めてしまいました。

鉄の蓋が閉《しま》るのと、五人のお巡さんが町角を曲るのと、殆《ほとん》ど同時でした。

「オヤ、変だぞ。確かにあいつはここを曲ったんだが。」

お巡さん達は立止って、死んだように静まり返った夜更《よふけ》の町を見渡しました。

「向こうの曲角までは百米《メートル》以上もあるんだから、そんなに早く姿が見えなくなる筈はない。塀を乗越《のりこ》して、公園の中へ隠れたんじゃないか。」

「それとも、川へ飛込んだのかも知れんぜ。」

そんなことを言い交わして、お巡さん達は、注意深く右左《みぎひだり》を見廻しながら、急ぎ足に例のマンホールの上を通り過ぎて、公園の入口の方へ遠ざかって行《ゆ》きました。

マンホールの鉄蓋は、五人の靴で踏まれる度に、ガンガンと鈍い響《ひびき》を立てました。お巡さん達は、そうして二十面相の頭の上を通りながら、少しもそれと気づかなかったのです。東京の人は、マンホールなどには、慣れっこになっていて、その上を歩いていても、気のつかぬ事が多いのです。

五人の警官が悄然《しょうぜん》として大鳥時計店に立帰《たちかえ》り、事の次第を明智に報告したのは、それから二十分程のちのことでした。

それを聞いて、明智探偵は失望したでしょうか。警官達の失策に癇癪《かんしゃく》を起したでしょうか。イヤイヤ、決してそうではありませんでした。読者諸君、御安心下さい。我々の名探偵はこれしきの失敗に勇気を失うような人物ではありません。彼のすばらしい脳髄《のうずい》には、まだまだ取っておきの奥の手が、ちゃんと用意されていたのです。

「イヤ、御苦労でした。僕もあいつが抜穴の中に変装の衣裳《いしょう》を隠していようとは思いも及ばなかった。しかし、諸君、失望なさることはありませんよ。こういうこともあろうかと、僕はちゃんと、もう一段奥の用意がしてあるのです。

二十面相は首尾よく逃げおおせた積《つも》りでいても、まだ僕の張った網の中から逃がれることは出来ないのです。見ていて下さい。明朝までには、きっと諸君の敵《かたき》をとって上げますよ。

本当をいえば、あいつが逃げてくれたのは思う壺《つぼ》なのです。僕は愉快で堪らない位です。なぜといって、その僕の奥の手というのは、実にすばらしい手段なのですからね。

諸君、見ていて下さい。二十面相がどんな泣き面《つら》をするか。僕の部下達がどんな見事な働きをするか。

サア、小林君、二十面相の最後の舞台へ、急いで出掛けるとしよう。」

名探偵はいつに変らぬ朗《ほが》らかな笑顔を浮かべて、愛弟子《まなでし》小林君を招きました。そして、大鳥時計店を立出《たちい》でますと、そこに待たせてあった自動車に乗って、夜霧の中を、いずくともなく走り去ったのでありました。

× ×

さて、私達はもう一度、あの公園の前に立戻って、マンホールの中へ隠れた二十面相が、どんな事をするか、それを見定めなければなりません。

警官達が立去ってしまいますと、そのあたりはまたヒッソリと元の静けさに返りました。深夜の二時です。人通りなどある筈はありません。

遠くの方から、犬の鳴声が聞えていましたが、それも暫《しば》くしてやんでしまうと、この世から音というものが無くなってしまったような静けさです。

黒く夜空に聳《そび》えている公園の林の梢《こずえ》が、風もないのにガサガサと動いたかと思うと、夜の鳥が、怪しい声で、ゲ、ゲ、と二声《ふたこえ》鳴きました。

空は一面に曇って、星もない闇夜です。光といっては、ところどころの電柱にとりつけてある街灯ばかり。その街灯の一つが二十面相の隠れたマンホールの黒い鉄板の上を、薄ぼんやりと照らしています。

でも、マンホールの蓋は、いつまでたっても動かないのです。アア、二十面相は、あの暗闇の土の中で、一体何をしているのでしょう。

長い長い二時間が過ぎて、四時となりました。東の空がうっすらとしらみ始めています。遠い深川区の空から、徹夜作業の工場の汽笛が夜明の近づいた事を知らせるように、物悲しく、幽《かす》かに響いて来ました。

すると、街頭に照らされたマンホールの蓋が、生きものででもあるように、少しずつ動き始めました。やがて、鉄板はカタンと溝をはずれて、ジリジリと地面を横へ辷《すべ》って行《ゆ》きます。そして、その下から真黒な穴の口が、一糎《センチ》、二糎と段々大きく開いて行《ゆ》くのです。

長い間かかって、鉄の蓋はすっかり開きました。すると、そこの丸い穴から、新しい鼠色のソフト帽がニューッと現れて来たではありませんか。そして、その次には、鼻下に黒い髭《ひげ》を生やした立派な青年紳士の顔、それから真白なソフト・カラー、派手なネクタイ、折目の正しい上等の背広服と、胸の辺まで姿を見せて、その紳士は、注意深くあたりを見廻しましたが、どこにも人影がないのを確かめると、パッと穴の中から地上に飛び出し、すばやく鉄の蓋を元の通りに閉めて、そのまま何喰わぬ顔で、歩き始めました。

この青年紳士が怪盗二十面相の変装姿であったことは、申すまでもありません。アア、何という用心深いやり口でしょう。二十面相は、何か仕事をもくろみますと、万一の場合の為に、いつもその附近のマンホールの中へ、変装用の衣裳を隠して置くのです。そして、もし警官に追われるようなことがあれば、素早くそのマンホールの中へ身を隠し、全く違った顔と服装とになって、そしらぬ顔で逃げてしまうのです。

読者諸君のお家の近所にも、マンホールがあることでしょうが、もしかすると、その中に、大きな黒い風呂敷包が隠してあるかも知れませんよ。万一そんな風呂敷包が見つかるようなことがあれば、それは二十面相が、その辺で何か恐しいもくろみをした証拠なのです。

さて、二十面相の青年紳士は、急ぎ足に近くの大通《おおどおり》へ出ますと、そこの駐車場に並んでいた一番前の自動車に近づき、居眠《いねむり》をしている運転手を呼び起しました。そして、運転手がドアを開くのを待ち兼ねて、客席へ飛び込み、早口に行先を告げるのでした。

自動車は、ガランとした夜明の町を、非常な速力で走って行《ゆ》きます。銀座通を出て、新橋を過ぎ、環状線を品川へ、品川から京浜《けいひん》国道を、西に向かって一粁《キロ》程、とある枝道を北へ入って暫《しばら》く行《ゆ》きますと、段々人家がまばらになり、曲りくねった坂道の向こうに、林に包まれた小さな丘があって、その上にポツンと一軒の古風な西洋館が、建っているのが眺められました。

「よし、ここでいい。」

二十面相の青年紳士は、自動車を停めさせて、料金を払いますと、そのまま丘の上へと登って行《ゆ》き、木立を潜《くぐ》って、西洋館の玄関へ入ってしまいました。

読者諸君、ここが二十面相の隠家《かくれが》でした。賊はとうとう安全な巣窟へ逃げ込んでしまったのです。では、明智探偵の折角の苦心も水の泡となったのでしょうか。二十面相は完全に探偵の目をくらますことが出来たのでしょうか。

美術室の怪

二十面相が扉《ドア》をあけて、玄関のホールに立ちますと、その物音を聞きつけて、一人の部下が顔を出しました。頭の毛をモジャモジャに伸ばして、顔一面に無精髭《ぶしょうひげ》の生えた、汚らしい洋服男です。

「お帰りなさい。……大成功ですね。」

部下の男はニヤニヤしながら言いました。何も知らないらしいのです。

「大成功？　オイオイ、何を寝ぼけてるんだ。俺はマンホールの中で夜《よ》を明かして来たんだぜ。近頃にない大失敗さ。」

二十面相は恐しい見幕《けんまく》で怒鳴《どな》りつけました。

「だって、黄金塔はちゃんと手に入ったじゃござんせんか。」

「黄金塔か。あんなもの、どっかへ打棄《うっちゃ》っちまえ。俺達は偽物を掴《つか》まされたんだよ。またしても、明智の奴のおせっかいさ。それに小憎《こにく》らしいのは、あの小林という小僧だ。女中に化けたりして、チビの癖に、いやに智恵の廻る野郎だ。」

部下の男は、首領の八つ当りにヘドモドしながら、

「一体どうしたっていうんですい？　あっしゃまるで訳が分かりませんが。」と不審顔である。

「マア、済んだことはどうだっていい。それより、俺は眠くって仕方がないんだ。何もかも眠ってからのこと。それから、新規蒔直《まきなお》しだ。アーア……。」

二十面相は大きな欠伸《あくび》をして、フラフラと廊下を辿《たど》り、奥まった寝室へ入ってしまいました。

部下の男は、二十面相を送って、寝室の外まで来ましたが、中からドアが閉っても、

そこの薄暗い廊下に、長い間佇《たたず》んで、何か考えていました。

やや五分程も、そうしてじっとしていますと、疲れ切った二十面相は、服も着更《きが》えないでベッドに転がったものと見え、もう幽《かす》かな鼾《いびき》の音が聞えて来ました。

それを聞きますと、髭むじゃの部下は、なぜかニヤニヤと笑いながら、寝室の前を立去りましたが、再び玄関に引返し、入口の扉《ドア》の外へ出て、向こうの林の繁みへ向かって、右手を三度大きく振り動かしました。なんだか、その林の中に隠れている人に、合図でもしているような恰好《かっこう》です。

夜《よ》が明けたばかりの、五時少し前です。林の中は、まだゆうべの闇が残っているように、薄暗いのです。こんなに朝早くから、一体何者が、そこに隠れているというのでしょう。

ところが、部下の男が手を振ったかと思うと、その林の下の繁った木《こ》の葉が、ガサガサと動いて、その間から何かほの白い丸いものが、ぼんやりと現れました。薄暗いのでよくは分かりませんが、どうやら人の顔のようにも思われます。

すると、建物の入口に立っている部下の男が、今度は両手を真直《まっすぐ》に伸ばして、左右に上げたり下げたり、鳥の羽搏《はばた》きのような真似を、三度繰返しました。

いよいよ変です。この男は確かに何か秘密の合図をしているのです。相手は何者でしょう。二十面相の敵か味方か、それさえもはっきり分かりません。

その奇妙な合図が終りますと、今度は一層不思議なことが起りました。今まで林の繁みの中にぼんやり見えていた、人の顔のようなものが、スッと隠れたかと思うと、まるで大きなけだものでも走っているように、木の葉が烈しくざわめき、何かしら黒い影が、木立の間を向こうの方へ、飛ぶように駈け降りて行《ゆ》くのが見えました。

その黒い影は一体何者だったのでしょう。そして、あの髭むじゃの部下は何の合図をしたのでしょう。

さて、お話は、それから七時間程たった、その日のお昼頃の出来事に移ります。

その頃になって、寝室の二十面相はやっと目を覚しました。十分眠ったものですから、昨夜の疲《つかれ》もすっかりとれて、いつもの快活な二十面相に戻っていました。まず浴室に入って、さっぱりと顔を洗いますと、毎朝の習慣に従って、廊下の奥の隠し戸を開いて、地底の美術室へと降りて行《ゆ》きました。

その西洋館には広い地下室があって、そこが怪盗の秘密の美術陳列室になっているのです。読者諸君も御存じの通り、二十面相は、世間の悪漢のように、お金を盗んだり、人を殺したり、傷つけたりはしないのです。ただ色々な美術品を盗み集めるのが念願なのです。

以前の巣窟は、帝国博物館事件の時、明智探偵の為に発見され、盗み集めた宝物《ほうもつ》を、すっかり奪い返されてしまいましたが、それからのち二十面相はまた、夥《おびただ》しい美術品を盗みためて、この新しい隠家の地下室に、秘密の宝庫を拵《こしら》えていたのです。

そこは二十畳敷位《ぐらい》の広さで、地下室とは思われぬ程、立派な飾りつけをした部屋です。四方の壁には、日本画の掛軸や、大小様々の西洋画の額などが、所狭く懸けてありますし、その下にはガラス張りの台がズッと並んでいて、目もまばゆい貴金属、宝石類の小美術品が陳列してあります。また、壁の所々には、古い時代の木彫《きぼり》の仏像が、都合十一体蓮華台《れんげだい》の上に安置されています。それらの美術品は、どれを見ても、皆由緒《みなゆいしょ》のある品ばかり、私設博物館と言ってもいい程の立派さです。

地下室のことですから、窓というものがなく、僅かに、天井の隅に、厚いガラス張りの天窓のようなものがあり、そこから鈍い光が射し込んでいるばかりですから、美術室は昼間でも、夕方のように薄暗いのです。

部屋の天井には、立派な装飾電灯が下っていますけれど、二十面相は、新しい宝物を手に入れた時でもなければ、滅多に電灯をつけません。大寺院のお堂の中のような、重々しい薄暗さが大好きだからです。その薄暗い中で眺めますと、古い絵や仏像が一層古めかしく尊《とうと》く感じられるからです。

二十面相は今、その美術室の真中に立って、盗みためた宝物を、さも楽しそうに見廻していました。

「フフン、明智先生、俺の裏をかいたと思って、得意になっているが、黄金塔がなんだ。あんなもの一つ位《ぐらい》しくじったって、俺はこんなに宝ものを集めているんだ。さすがの明智先生も、ここにこんな立派な美術室があろうとは、御存じあるまいて、フフフ……。」

怪盗は独言《ひとりごと》を言って、さも愉快らしく笑うのでした。

二十面相は部屋の隅の一つの仏像の前に近づきました。

「実によく出来ているなあ。なにしろ国宝だからね。まるで生きているようだ。」

そんなことを呟《つぶや》きながら、仏像の肩の辺を撫《な》で廻していましたが、何を思ったのか、ふとその手を止めて、びっくりしたように、しげしげと仏像の顔を覗《のぞ》き込みました。

その仏像はいやに生温《なまあたた》かかったからです。温かいばかりでなく、体がドキンドキンと脈打っていたからです。まるで息でもしているように、胸の辺がふくれたりしぼんだりしていたからです。

いくら生きているような仏像だって、息をしたり、脈を打ったりする筈はありません。何だか変です。お化《ばけ》みたいな感じです。

二十面相は不思議そうな顔をして、その仏像の胸を叩いて見ました。ところが、いつものようにコツコツという音がしないで、何だか柔らかい手ごたえです。

忽《たちま》ち、二十面相の頭に、サッとある考えがひらめきました。

「ヤイッ、貴様、誰だッ!」

彼はいきなり、恐しい声で、仏像を怒鳴りつけたのです。

すると、アア、何ということでしょう。怒鳴りつけられた仏像が、ムクムクと動き出しました。そして、真黒になった破衣《やぶれごろも》の下から、ニューッとピストルの筒口《つつぐち》が現れ、ピッタリと怪盗の胸に狙《ねらい》が定められたではありませんか。

「貴様、小林の小僧だなッ。」

二十面相は、すぐさまそれと悟りました。この手は以前に一度経験していたからです。

しかし、仏像は何も答えませんでした。無言のまま、左手を上げて、二十面相のうしろを指さしました。

その様子がひどく不気味だったものですから、怪盗は思わずヒョイとうしろを振向きましたが、するると、これはどうしたというのでしょう。部屋中の仏像が皆《みな》、蓮華台の上で、むくむくと動きだしたではありませんか。そして、それらの仏像の右手には、どれもこれも、ピストルが光っているのです。十一体の仏像が、四方から、怪盗めがけて、ピストルの狙を定めているのです。

さすがの二十面相も、あまりのことに、アッと立ちすくんだまま、キョロキョロとあたりを見廻すばかりです。

「夢を見ているんじゃないかしら。それとも俺は気でも違ったのかしら。十一体の仏像が十一体とも、生きて動き出して、ピストルをつきつけるなんて、そんな馬鹿なことが、本当に起るものかしら。」

二十面相は、頭の中がこんぐらかって、何が何だか訳が分からなくなってしまいました。フラフラとめまいがして、今にも倒れそうな気持です。

「オヤ、どうかなすったのですかい。顔色がひどく悪いじゃござんせんか。」

突然声がして、今朝の髭むじゃの部下の男が、美術室へ入って来ました。

「ウン、少しめまいがするんだ。お前、この仏像をよく調べて見てくれ。俺には何だか妙なものに見えるんだが……。」

二十面相は頭を抱えて、弱音《よわね》を吐きました。

すると、部下の男は、いきなり笑い出して、

「ハハハ……、仏様が生きて動き出したと言うんでしょう。天罰ですぜ。二十面相に天罰が下ったんですぜ。」

と、妙なことを言い出しました。

「エッ、何だって？」

「天罰だと言っているんですよ。とうとう二十面相の運のつきが来たと言っているんですよ。」

二十面相は、あっけにとられて相手の顔を見つめました。木彫の仏像が動き出したばかりでなく、信じ切っていた部下までが、気でも違ったように、恐しいことを言い出したのです。いよいよ、何が何だか分からなくなってしまいました。

「ハハハ……、オイオイ、二十面相ともあろうものが、みっともないじゃないか、こんなことでびっくりするなんて。ハハハ……、まるで鳩が豆鉄砲を喰《くら》ったような顔だぜ。」

部下の男の声が、すっかり変ってしまいました。今までの嗄《しわが》れ声が、忽ちよく通る美しい声に変ったのです。

二十面相は、どこやらこの声に聞き覚えがありました。アア、ひょっとしたら、あいつじゃないかしら。きっとあいつだ。畜生め、あいつに違いない。しかし、彼は恐しくて、その名を口に出すことも出来ないのでした。

「ハハハ……、まだ分からないかね。僕だよ。僕だよ。」

部下の男は、朗《ほが》かに笑いながら、顔一面のつけ髭を、皮を剝《は》ぐようにむくり取りました。すると、その下から、にこやかな青年紳士の顔が現れて来たのです。

「アッ、貴様、明智小五郎！」

「そうだよ。僕も変装は拙《まず》くはないようだね。本家本元の君をごまかすことが出来たんだからね。尤《もっと》も、今朝は夜《よ》が明けたばかりで、まだ薄暗かったし、この地下室もひどく暗いのだから、そんなに威張れた訳でもないがね。」

アア、それは意外にも我等の明智探偵だったのです。

二十面相は、一時はギョッと顔色を変えましたが、相手が化物《ばけもの》でも何でもなく、明智探偵と分かりますと、さすがは怪人、やがて段々落ちつきを取戻して来ました。

「で、俺をどうしようというのだね。探偵さん。」

彼は憎々しく言いながら傍若無人に地下室の出口の方へ歩いて行《ゆ》こうとするのです。

「捕らえようというのさ。」

探偵は二十面相の胸をグイグイと押し戻しました。

「で、いやだと言えば？　仏像共がピストルを打つという仕掛かね。フフフ……、おどかしっこなしだぜ。」

怪盗は、たかを括《くく》って、なおも明智を押しのけようとします。

「いやだと言えば、こうするのさ！」

肉弾と肉弾とが烈しい勢《いきおい》でもつれ合ったかと思うと、恐しい音を立てて、二十面相のからだが床の上に投げ倒されていました。背負投《せおいなげ》が見事に極《きま》ったのです。

二十面相は投げ倒されたまま、あっけにとられたように、キョトンとしていました。明智探偵にこれ程の腕力があろうとは、今の今まで、夢にも知らなかったからです。

二十面相は少し柔道の心得があるだけに、段違《だんちがい》の相手の力量がはっきり分かるのです。そして、これではいくら手向かいして見ても、迚《とて》も敵《かな》う筈はないと悟りました。

「今度こそは俺の負けだね。フフフ……。二十面相もみじめな最期をとげたもんさねえ。」

彼は苦笑《にがわらい》を浮かべながら、しぶしぶ立上ると、「サア、どうでもしろ。」と言うように、明智探偵を睨《にら》みつけました。

大爆発

二十面相は、十一体の仏像のピストルに囲まれ、明智探偵の看視《かんし》を受けながら、もうあきらめ果てたように美術室の中を、フラフラと歩き廻りました。

「アア、折角の苦心も水の泡か。俺は何よりもこの美術品を失うのがつらいよ。明智君、武士の情《なさけ》だ。せめて名残《なごり》を惜しむ間、外の警官を呼ぶのを待ってくれ給《たま》えね。」

二十面相は早くもそれを悟っていました。如何《いか》にも彼の推察した通り、この西洋館の外は、数十人の警官隊によって、蟻の這《は》い出る隙もなく、ヒシヒシと四方から取囲まれていたのです。

明智探偵も、怪人のしおらしい歎《なげき》には、いささか憐《あわれ》を催したのでしょう。「サア、存分に名残を惜しむがいい。」と言わぬばかりに、じっと元の場所に佇《たたず》んだまま、腕組をしています。

二十面相は、しおしおとして、部屋の中を行《ゆ》きつ戻りつしていましたが、いつとはなしに明智探偵から遠ざかって、部屋の向こうの隅に辿りつくと、いきなりそこへ蹲《うずくま》って、何か床板をゴトゴトとやっていましたが、突然、ガタンという烈しい音がして、ハッと思う間《ま》に、彼の姿は、かき消すように見えなくなってしまいました。

アア、これこそ賊の最後の切札だったのです。美術室の下には、更に一段深い地下の穴蔵《あなぐら》が用意してあったのです。二十面相は明智の油断を見すまして、すばやく穴蔵の隠し蓋を開き、その暗闇の中へ転がり込んでしまったのです。

我等の名探偵は、またしても賊の為にまんまと計《はか》られたのでしょうか。この土壇場《どたんば》まで追いつめながら、遂に二十面相を取逃がしてしまったのでしょうか。

読者諸君、御安心下さい。明智探偵は少しも騒ぎませんでした。そして、さも愉快そうにニコニコと笑っているのです。

探偵はゆっくりその穴蔵の上まで歩いて行《ゆ》きますと、開《あ》いたままになっている入口を覗き込んで、二十面相に呼びかけました。

「オイオイ、二十面相君、君は何を血迷ったんだい。この穴蔵を僕が知らなかったとでも思っているのかい。知らないどころか、僕はここをちゃんと牢屋に使っていたんだよ。よくその辺を見てごらん。君の三人の部下が、手足を縛られ、猿轡《さるぐつわ》をはめられて、穴蔵の底に転がっている筈だぜ。その三人は僕の仕事の邪魔になったので、昨夜《ゆうべ》からそこに引籠《ひきこも》っていて貰《もら》ったのさ。

その中に一人、シャツ一枚の奴がいるだろう。僕が洋服を拝借したんだよ。そして、つけ髭《ひげ》をして、お化粧をして、まんまと君の部下になりすましたのさ。

僕はね、そいつが、大鳥時計店の例の地下道から、偽物の黄金塔を運び出すのを尾行したんだぜ。そして、君の隠家をつきとめたって訳さ。ハハハ……。

二十面相君、君は飛んだところへ逃げ込んだものだね。まるで、我と我が身を牢屋へとじこめたようなものじゃないか。その穴蔵には外に出口なんてありゃしない。つまり地の底の墓場のようなものさ。お蔭で君を縛る手数が省けたというものだよ。ハハハ……。」

明智はさもおかしそうに笑いながら、十一体の仏像共の方を振り向きました。

「小林君、もうここはいいから、みんなを連れて外へ出たまえ。そして、警官隊に、二十面相を引取りに来るよう伝えてくれ給え。」

それを聞きますと、将軍の号令でも受けたように、十一体の仏像は、サッと蓮華台《れんげだい》を飛び降りて、部屋の中央に整列しました。

仏像が少年探偵団員の奇抜な変装姿であったことは、読者諸君も、とっくにお察しになっていたでしょうね。

団員達は、恨重《うらみかさ》なる二十面相の逮捕を、指をくわえて見ていることが出来なかったのです。たとえ明智探偵の足手纏《あしでまと》いになろうとも、何か一役引受けないでは、気がすまなかったのです。

そこで、小林団長のいつかの智恵に習って、賊の美術室に丁度十一体の仏像があるのを幸《さいわ》い、その薄暗い地下室で、団員全部が仏像に化け、憎い二十面相をゾッとさせる計略を思い立ちました。そして、小林少年を通じて、明智探偵にせがみにせがんだ末、とうとうその念願を果したのです。

その夜明、賊の部下に変装した明智探偵の合図を受け、林の中を駈け出した黒い人影は、外ならぬ小林少年でした。小林君はそれから暫《しば》らくして、少年探偵団員を引きつれ、賊の隠家にやって来たのでした。

さて、十一体の仏像は正しく三列に並んで、明智探偵を見つめ、揃って挙手の礼をしたかと思うと、

「明智先生バンザーイ、少年探偵団バンザーイ。」

と、可愛い声を張り上げて叫びました。そして、廻れ右をすると、小林少年を先頭に、奇妙な仏像の一群は、サーッと地下室を駈け出して行ったのです。

あとには、穴蔵の入口と、その底とに、名探偵と怪盗とのさし向かいでした。

「可愛い子供達だよ。あれらが、どれ程深く君を憎んでいたと思う。それは恐しい程だったぜ。当前《あたりまえ》ならば、こんな所へ来させるのではないけれど、余り熱心にせがまれるので、僕もいじらしくなってね。

それに、相手は紳士の二十面相君だ。血の嫌いな美術愛好者だ。まさか危険もあるまいと、つい許してしまったのだが、あの子供達のお蔭で、僕はすっかり君の機先《きせん》を制《せい》することが出来た。

仏像が動き出した時の、君の顔といったらなかったぜ。ハハハ……、子供だといって馬鹿には出来ないものだね。」

明智探偵は、警官隊が来るまでの間を、まるで親しい友達にでも対するように、何かと話しかけるのでした。

「フフフ……、二十面相は紳士泥棒か。二十面相は血が嫌いか。有難い信用を博したもんだな。しかしね、探偵さん、その信用も場合によりけりだぜ。」

地底の暗闇から、二十面相の陰気な声が、棄てばちのように響いて来ました。

「場合によりけりとは？」

「例えばさ……」

「例えば？」

「今のような場合さ。つまり、俺はここでいくらじたばたしたって、もう逃れられっこはない。しかも、その頭の上には、智慧《ちえ》でも腕力でも迚《とて》も敵《かな》わない敵がいるんだ。八つ裂きにしてもあきたりない奴がいるんだ。」

「ハハハ……、そこで君と僕と、真剣勝負をしようとでもいうのか。」

「今になって、そんなことが何になる。この家はお巡《まわり》に囲まれているんだ。イヤ、そういう中《うち》にも、ここへ俺を引捕《ひっと》らえに来るんだ。俺の言うのは、勝負を争うのじゃない。マア早く言えば刺違《さしちがえ》だね。」

怪盗の声は愈々《いよいよ》陰《いん》にこもって、凄味《すごみ》を増して来ました。

「エ、刺違だって？」

「そうだよ。俺は紳士泥棒だから、飛道具も刃物も持っちゃいない。だから、昔の侍《さむらい》みたいな刺違をやる訳には行《ゆ》かん。その代りにね、すばらしい事があるんだ。ね、探偵さん、君はとんでもない見落しをやっているぜ。

フフフ……、分かるまい。この穴蔵の中にはね、二つ三つ洋酒の樽《たる》が転がっている。君はそれを見ただろうね。ところが、探偵さん、この樽の中には、一体何が入っていると思うね。

フフフ……、俺はこういう事もあろうかと、ちゃんと我が身の始末を考えて置いたんだ。君はさっき、この穴蔵を墓場だと言ったっけねえ。いかにも墓場だよ。俺は墓場と知って転がりこんだのさ。骨も肉も微塵《みじん》も残さず、ふっ飛んでしまう墓場だぜ。分かるかい。火薬だよ。この樽の中には一杯火薬が詰っているのさ。

俺は刃物は持っていないけれど、マッチは持っているんだぜ。そいつをシュッとすって、樽の中へ投げ込めば、君も俺も忽《たちま》ち木端《こっぱ》微塵さ。フフフ……。」

そして、二十面相は、その火薬の詰っているという樽を、ゴロゴロと穴蔵の真中に転がして、その蓋を取ろうとしている様子なのです。

さすがの名探偵も、これにはアッと声を立てないではいられませんでした。

「しまった。しまった。なぜあの樽の中を調べて見なかったのだろう。」

悔《くや》んでも、今更《いまさら》仕方がありません。

いくら何でも、二十面相の死の道づれになることは出来ないのです。名探偵には、まだまだ世の中の為に果さなければならぬ仕事が、山のようにあるのです。

逃げる外にてだてはありません。探偵の足が早いか、賊が火薬の蓋を開け、火を点じるのが早いか、命がけの競争です。

明智はパッと飛び上ると、まるで弾丸のように、地下室を走り抜け、階段を三段ずつ一飛びに駈け上って、西洋館の玄関に駈け出しました。

扉《ドア》を開くと、出合頭《であいがしら》に、十数名の制服巡査が、二十面相逮捕の為に、今屋内に入ろうとするところでした。

「いけないッ。賊は火薬に火をつけるのです。早くお逃げなさい。」

探偵は警官達を突き飛ばすようにして、林の中へ走り込みました。あっけにとられた警官達も、「火薬」という言葉に、胆《きも》をつぶして、同じように林の中へ。

「みんな、建物を離れろ！　爆発が起るんだ。早く、逃げるんだ。」

建物の四方を取りまいていた警官隊は、そのただならぬ叫声に、皆《みな》丘の麓《ふもと》へと駈け降りました。

どうして、そんな余裕があったのか、あとになって考えて見ると、不思議な程でした。二十面相は樽の蓋を開けるのに手間取ったのでしょうか。それともマッチが湿ってでもいたのでしょうか。丁度人々が危険区域から遠ざかった頃、やっと爆発が起りました。

それはまるで地震のような地響《じひびき》でした。西洋館全体が宙天《ちゅうてん》にふっ飛んだかと疑われる程の大音響でした。

でも、閉じていた目をおずおずと開いて見ると、賊の隠家《かくれが》は、別状もなく目の前に立っていました。爆発はただ地下室から一階の床を貫ぬいただけで、建物の外部には何の異状もないのでした。

しかし、やがて、一階の窓から、黒い煙がムクムクと吹き出し始めました。そして、それが段々濃くなって、建物を包み始める頃には、真赤な火焔《かえん》が、まるで巨大な魔物の舌のように、どの窓からも、メラメラと立昇り、見る見る建物全体が火の塊《かたま》りとなってしまいました。

このようにして、二十面相は最期をとげたのでした。

火災が終ってから、焼跡の取調が行われたのは申すまでもありません。しかし、二十面相が言った通り、肉も骨も木端微塵にくだけ散ってしまったのか、不思議なことに、怪盗の死骸は勿論《もちろん》、三人の部下の死骸らしいものも、全く発見することが出来ませんでした。

智恵の一太郎ものがたり（抄）

象の鼻

明石《あかし》一太郎君は、学校のお友だちや近所の人から、「智恵の一太郎」というあだなをつけられていました。それは、一太郎君がとても、うまい考《かんがえ》を出して、みんなをびっくりさせたことが、いくどもあったからです。

近所のおばさんやなんかは、一太郎君を「頓智《とんち》がうまい。」といってほめましたが、一太郎君の智恵はただの頓智ではなくて、何でもすじみちを立てて、よく考えてみるという智恵なのです。「なぜ」ということと「どうすれば」ということを、ほかの子供たちよりも、ずっとよけいに考える気質だったのです。

昔からのえらい発見や発明はみな、この「なぜ」と「どうすれば」の二つがもとになっていることは、みなさんもごぞんじでしょう。ニュートンという学者は、「ほかの物はおちるのに、なぜ、月だけはおちないのだろう」とふしぎに思い、その「なぜ」をどこまでもどこまでも考えていって、あの「引力の法則」というものを発見したのです。

また、飛行機を一ばんはじめに考え出した人は、「どうすれば、人間も鳥のように飛べるだろうか」ということを一心に考えつめたからこそ、それがもとになって、世界に今のような飛行機時代が来たのです。「なぜ」と「どうすれば」が、私たちにとって、どんなに大切かということは、このたった二つの例を考えただけでも、よくわかるではありませんか。

一太郎君はまだ国民学校の六年生ですから、そんな大学者や大発明家のような、えらい智恵はありませんが、でも、「なぜ」と「どうすれば」を考えることでは、学校のお友だちのだれにも、ひけはとりませんでした。

学科のうちでは算数と理科がとくいで、算数のむずかしい問題をといたり、理科の実験をしたり、飛行機や機関車の模型をつくったり、望遠鏡や顕微鏡をくふうしてこしらえたり、そういうことが何よりもすきで、少年発明品展覧会に、自分で考え出した模型を出品して、ごほうびをいただいたこともあるくらいです。

それから、一太郎君はむずかしい謎をとくのもとくいでした。頓智でとくのではなくて、すじみちを立てて、よく考えてとくのです。でも、ほかの人には、一太郎君が頭の中で考えたすじみちはわからないものですから、いきなりむずかしい謎をといてみせますと、みんなびっくりしてしまい、それが評判になって、いつのまにか「智恵の一太郎」などと呼ばれるようになったわけです。

私はこれから、一太郎君がみんなを感心させたお話のうちから、皆さんの参考になりそうなのをえらんで、毎月一つずつ書いて行くつもりですが、今月は最初のことですから、一太郎君がまだ五年生だったころの、ごくやさしいお話をいたしましょう。みなさんのうちには、一太郎君よりも、もっともっと考えぶかい、智恵のすぐれた方もいらっしゃるでしょうが、でも、このお話は、そういう方にも、きっとおもしろいだろうと思います。

それは、一太郎君がもう一月ほどで五年をおわって、六年に進もうという、ある春の日の夕方のことでした。お家《うち》から三百メートルほどはなれたところにある、広い原っぱで、一太郎君は五年生の木村良雄《よしお》君と、球投《たまな》げをして遊んでいました。一太郎君は考えぶかくはあるけれど、ひっこみ思案で、部屋にばかりくすぶっているような少年ではありません。頬が林檎《りんご》のようにつやつやして、目がクリクリと丸くて、いつもにこにこしていて、原っぱを走りまわったり、野球をしたり、兵隊ごっこをしたりするのが大すきだったのです。

「オーイ、こんどは、もうれつな直球だよ。」

良雄君は、大声にさけびながら、いきおいこめて、球を投げました。ところが、良雄君があまり力をいれすぎたものですから、球は、一太郎君の、はるか頭の上を飛びこして、うしろの池にボチャンとおちてしまいました。

「良《よっ》ちゃん、そんな暴投しちゃだめじゃないか。」

一太郎君は良雄君にどなっておいて、いそいで池のふちにかけつけ、ゴムまりを拾おうとしましたが、まりは池のふちから二メートルもはなれた水の上に、ポッカリと浮かんでいて、長い棒でもなければ、とても取ることができないのです。

良雄君もかけつけて来て、池のふちにしゃがんで、両手で水をこちらにかきよせてみましたが、そんなことをすれば、球はかえって向こうの方へ行ってしまうばかりです。

靴をぬいで、水の中にはいって、球のところまで行けばよいのですが、そこはどろ沼のようなきたない池でしたから、水の中にはいろうものなら、いきなりズブズブと底のどろの中へ足をふみこみ、ズボンも上着もどろまみれになってしまいます。どう考えても、長い棒がなくては、球はとれないのです。二人《ふたり》はしばらく、顔見合わせて立っていましたが、やがて良雄君が、

「僕、家へ行って竿竹《さおだけ》もってくるから、まっててね。」

といって、かけ出して行きました。良雄君のお家の方が、一太郎君のお家よりも近いからです。

それから三分ほどたって、良雄君は長い竹をかついで、息をきらして、池のそばへかけて来ましたが、そこに立ってにこにこ笑っている一太郎君を見ますと、びっくりして立ちどまってしまいました。これはまたどうしたのでしょう、ゴムまりは一太郎君の手の中に、ちゃんと、もどっていたではありませんか。

「ア、君、どうして取ったの？」

良雄君はさもさもふしぎそうな顔をして、一太郎君の腰から下を見つめました。でも、一太郎君のズボンも靴も靴下も、少しもぬれていないのです。球を取るために池の中へはいったのでないことは、一目でわかります。では、二メートルも向こうにある、あのまりをどうして、取ることができたのでしょう。

「だれかおとなの人に取ってもらったのじゃない。」

「君が行ってから、だれもここを通りゃしないよ。」

「じゃ、どうして取ったのさ。へんだなあ。ほんとうかい、君。ほんとうに君が取ったのかい？」

良雄君は、どう考えてもわからないという顔つきです。

「君が行ってから、じっと考えていると、やり方がわかってきたんだよ。よく考えれば何でもないんだよ。」

一太郎君はべつにとくいらしい様子もなく、にこにこしています。

「ア、わかった。智恵の一太郎が、またなんだか考え出したんだね。いってごらん。どうして取ったのさ。」

そこで、一太郎君は、話しはじめました。

「あのね、僕、動物園の象の鼻のことを思いついたんだよ。君、知ってるかい。象におせんべいを投げてやるだろう。そのおせんべいが、象の鼻のとどかない所へおちると、象はどうしておせんべいを取るか知ってるかい。僕、いつか見たんだ。象はね、おせんべいの向こうの壁に、鼻でフーッと息をふきつけるんだよ。そうすると、その息の風が壁にあたって、こちらへかえってくるだろう。象の鼻の息ってすごいよ。だから、おせんべいがこちらの方へ、コロコロところがるのさ。象のやつ、すました顔で、ころがって来たおせんべいを、鼻でつまんで、口の中へ入れるんだよ。」

「そうかい。さすがは智恵の一太郎だね。僕、知らなかったよ。で、それがどうしたのさ。ここには象なんていないじゃないか。」

「だから、象の鼻のかわりになるものを考えてみたのさ。なんでもないんだよ。ホラ、これさ。」

一太郎君は、そういって、足もとの地面をゆびさしました。でも、良雄君には、まだわからないのです。

「なんにもないじゃないか。石がころがっているばかりじゃないか。」

「だから、この石なんだよ。見ててごらん。君はきっと、なーんだ、そんなことかっていうにきまっているよ。ほら、あそこに木ぎれが浮いてるだろう。あれを取ってみるからね。」

一太郎君はそういいながら、しゃがんで、そのへんにころがっていた、にぎりこぶしほどもある石をひろって、いきなり、それを池の中へ投げこみました。

すると、石は木ぎれの五、六センチ向こうに落ちて、ドブンと大きな水しぶきをあげ、その水の動くいきおいにつれて、木ぎれは三十センチほども、岸の方へ、ただよいよりました。

波がしずまるのをまって、一太郎君は、またべつの石をひろい、前のように投げました。そして、次々と、五つの石を投げたのですが、一つ投げこむたびに、木ぎれは少しずつ岸の方へ近づいて、五つ目の石を投げた時には、木ぎれはもう、岸から手のとどくところに来ていました。一太郎君はしゃがんで、手をのばし、それをひろい上げました。

「ね、わかったかい。この石のたてる水しぶきが、象の鼻息のかわりなのさ。」

「なーんだ。そんなことか。」

良雄君は、さっきおどろいたのが、はずかしいというような顔つきです。

「ほらね、きっとそういうだろうと思った。」

一太郎君は、そういって、丸い目をクリクリさせながら、やっぱりにこにこと笑っていました。

みなさん、一太郎君の考えはほんとうに、なんでもないことでした。でも、「なーんだ。」という良雄君には、それが考えられなかったではありませんか。ですから、これはやっぱり一太郎君の考えぶかさをあらわしているのです。動物園の象の鼻を、気をつけてよく見ておいたおかげです。そして、この池ではどうすれば象の鼻と同じことが出来るかと、よく考えてみたおかげです。みなさん、「どうすれば」の大切なことがおわかりでしょう。

消えた足あと

　ある冬の日曜日の朝のことでした。その前の晩に、東京ではめずらしいほどの大雪が降って、庭も屋根も表《おもて》の道も、あつい綿《わた》につつまれたように、一面まっ白になっていました。

　明石一太郎君は、朝から近所の原っぱで、大ぜいのお友だちと、はげしい雪合戦をしました。その頃は支那事変の最中でしたし、こんどの大東亜戦争も、いつかははじまるものと、誰しも感じていましたので、雪合戦をするのにも、少年たちは、戦地の兵隊さんと同じような気持になって、実に勇ましく戦うのでした。

　十五、六人が敵味方にわかれて、三十分ほども、雪の手榴弾《てりゅうだん》を投げあいましたが、とうとう一太郎君の組の大勝利となって、ばんざいの声とともに、朝の原っぱの戦いはおわりました。一太郎君は同じ方角に帰る三人のお友だちと、高らかに愛国行進曲を歌いながら、雪をサクサクとふみしめて、歩いてきました。

「やあ、みんな、真赤《まっか》な顔をして、はりきっているじゃないか。どこへ行って来たんだい。」

声をかけられ、歌をやめて、その方を見ますと、大学生の高橋一郎さんが、自分の家の門の前に、ニコニコ笑って立っていました。この高橋さんは、いつもおもしろい、ためになるお話をしてくれたり、模型飛行機の競技会を開いてくれたり、野球の審判官になってくれたりするので、近所の少年たちに、たいへん人気のある、快活な学生さんなのです。

「雪合戦をして来たんだ。僕たちの組は大勝利だったよ。」

少年の一人《ひとり》の北川君が、とくいらしく答えました。

「ふーん、そりゃよかったね。僕に知らせてくれりゃ、原っぱへ行って、君たちに戦《いくさ》のしかたを教えてやるんだったのになあ。」

高橋さんは、どこかにまだ子供っぽいところがありましたので、雪合戦に加われなかったのが、いかにも残念だという顔をしましたが、ふと何かおもしろいことを思いだしたらしく、目をかがやかしていいました。

「あ、そうだ。君たちに一つ智恵だめしの問題を出してやろう。いいかい。戦争というものは、ただ力くらべをするだけじゃない。智恵くらべもしなければならないのだ。

戦争をやるのに、参謀部というものが、どんなに大切かということは、君たちもよく知っているだろう。もっと小さいことでいえば、斥候兵《せきこうへい》ね、あれがやっぱり力よりは智恵の仕事なんだよ。

ところで、かりに君たちが斥候兵として敵の様子をさぐりに行ったとするね。斥候のやり方にはいろいろあるが、もし雪がつもっていれば、その雪の上の足あとというものも、けっして見のがすことのできない、大切な手がかりなんだよ。

それについてね、僕は今ふと思いだしたんだが、君たちの智恵をためすのに、実にいいものがあるんだ。こちらへ来てごらん。」

高橋さんはそういって、自分の家の板塀《いたべい》のまがり角まで歩いて行き、そこのせまい横町《よこちょう》をのぞきこみました。

「ごらん、この横町はめったに人の通らないところだ。だから雪はゆうべつもったまま、少しもとけていない。まるで白い布をしきつめたようだ。ところが、ここにただ一つ、こちらから人の歩いて行った足あとがある。靴じゃない。つまさきのところが二つにわれた足あとだから、足袋《たび》か、指のわれた靴下をはいて、はだしで通ったのにちがいない。ね、わかるだろう。この足あとをふまないようにして、ずーっとあとをつけて行ってごらん。実に不思議なことがおこるんだから。」

四人の少年はいわれるままに、塀ぎわを歩いて、そのせまい横町へ入って行きましたが、十メートルも行ったかと思うと、先に立っていた北川少年が、「おや。」とびっくりしたような声を立てました。

その足袋はだしの足あとが、道の真中《まんなか》でぱったりととだえてしまっていたからです。そこから先には、雪の上にポツポツと小さな穴があいているばかりで、ずっとむこうの大通りまで、人の足あとというものは一つもありませんし、といって、あとへもどった足あともないのです。両がわには高い塀がつづいていて、塀ぎわまですきまなく雪がつもっているのですから、足あとを残さないで、どちらの塀へもたどりつくことはできません。ですから、足あとだけを見ますと、この人は雪の上をそこまで歩いて来て、とつぜん鳥のように空へまい上ってしまったのか、それとも、体がとけて、蒸気のように空中に立ちのぼってしまったとしか考えられないのです。

少年たちは、不思議さに、思わず顔を見合わせたまま、そこに立ちすくんでしまいました。

「どうだい、君たちはこの足あとの謎がとけるかね。この人は、いったい、ここまで歩いて来て、それからどうしたのだろう。まさかこのせまい横町へ、空から軽気球がおりて来て、その人をのせて行ったとは考えられないからね。もし君たちが斥候兵で、これが敵の足あとだったとしたら、君たちは隊長になんと報告すればいいのだろうね。敵兵は道の真中で、氷のようにとけてしまいましたっていうのかい。」

高橋さんは、どうだ、この謎はむずかしいだろうといわぬばかりに、ニコニコ笑っています。

「へんだなあ。」「わけがわからないや。」少年たちは口々にそんなことをいって、ただ立ちどまっているばかりでしたが、謎をとくことの大すきな明石一太郎君だけは、熱心にそのへんを歩きまわって、何か手がかりはないかと、しらべはじめました。

「みんなも、ただ驚いているばかりじゃいけない。明石君のように、もっとそのへんをしらべてごらん。謎をとくのには、人の気のつかない、こまかいことを、よく注意して見るということが一番大切なんだよ。そして、その見たことを、すじみちを立てて考えるのだ。算数でも理科でも、そういう風にしてやれば、いつでも正しい答が出てくるのだよ。」

高橋さんに教えられて、三人の少年が歩き出そうとしていた時でした。ずっと先の方へ行っていた明石一太郎君が、ニコニコしながら、かけもどって来ました。

「高橋さん、わかりました。これは啓《けい》ちゃんの足あとです。啓ちゃんは鳥じゃないから、空へまい上ったのではなくて、ちゃんとむこうの大通りまで歩いて行ったのですよ。」

啓ちゃんというのは、近所の酒屋さんの子供ですが、今朝の雪合戦には、仲間入りをしなかったのです。

一太郎君の答を聞きますと、高橋さんが何もいわぬ先に、横から北川君が口出しをしました。

「へえ、歩いて行ったんだって？　でも、足あとがないじゃないか。」

「足あとはないけれども、歩いて行ったんだよ。君、あすこをごらん。雪の上にポッポッと小さな穴があいているだろう。あれなんだと思う？」

それはさしわたし三センチほどの小さな穴が、たびはだしの足あとがとだえているへんから、七十センチぐらいの間をおいて、ポツポツとむこうの大通りまでつづいているのです。

「雪の上に石を投げた穴みたいだね。それとも、棒の先でつついたのかしら。」

木村君という少年が、小首をかしげていいました。

「アハハハ……、棒でつっついたんだって？　じゃ誰がその棒を持っていたんだい。その人の足あとがないじゃないか。」

北川君が、こういって木村君の考えをうちけしました。すると今度は、一太郎少年が、妙なことをいい出しました。

「北川君、君の方がまちがっているよ。あれは、やっぱり棒でつっついた穴なんだよ。」

「えっ、なんだって？　それじゃ君は、棒がひとりで動きまわったっていうのかい。」

北川少年は、あっけにとられて聞き返しました。

「そうじゃないよ。人が動かしたんだよ。君は、それじゃその人の足あとがつくはずだっていうのだろう。ところが、足あとをつけないで棒を動かすやり方が、たった一つあるんだよ。よく考えてごらん。なんでもないことなんだよ。」

一太郎君はいよいよへんなことをいいます。

「へえ、そんなことができるのかい。わからないなあ。」

北川君も、木村君も、もう一人の少年も、なにがなんだか、わけがわからないという顔つきです。

「君たちわからないの？　それじゃ、僕、啓ちゃんをここへつれて来るよ。そうすれば、一ぺんにわかってしまうんだから。ね、高橋さんいいでしょう。」

大学生の高橋さんは、少年たちの問答を、ニコニコしながら聞いていましたが、一太郎君に声をかけられて、大きくうなずいて見せました。

一太郎君はいきなりかけ出して行きましたが、しばらくしますと、むこうの大通りから、一太郎君のニコニコ顔があらわれ、そのうしろに、高い竹馬にのった酒屋の啓ちゃんが、ヒョイヒョイと両方の竹馬の先をあげて、やってくるのが見えました。

「なーんだ、竹馬だったのか。」

三人の少年は頭をかきながら、口をそろえてつぶやきました。この近所には、あまり竹馬にのるものがなく、お友だちの中では、啓ちゃんがただひとり竹馬を持っていることを、つい忘れていたのです。

あとで啓ちゃんが話したところによりますと、啓ちゃんは今朝、みんなが雪合戦をやっているころは、一人で竹馬にのって、そのへんの町を歩きまわったのですが、ちょうどこの横町の入口のところで、足袋のこはぜがはずれて、ぬげそうになったものですから、一度竹馬をおりて、それをなおして、そのまま十メートルほど、竹馬をかかえて歩いてから、また乗って行ったのです。大通りの方はたくさんの人の足あとで、雪がふみけされていたので、そのあとは残りませんでしたが、横町は誰も通っていなかったので、啓ちゃんが、たびをなおしてから歩いた足あとだけが、はっきり残ったわけです。

でも、もし啓ちゃんが、竹馬が下手《へた》でしたら、たぶん塀ぎわまで行って、塀にもたれて竹馬にのったでしょうから、雪の上にそのあとがついて、謎はもっと早くとけたのでしょう。ところが、雪合戦よりは竹馬の方が好きなほどの啓ちゃんですから、なかなかの名人で、道の真中でも平気で、ヒョイヒョイと竹馬に足をのせて、そのまま歩いて行くことができたものですから、足あとの謎をとくのが、あんなにむずかしくなったわけでした。

そこで、大学生の高橋さんは、一太郎君の考え深いのを、たいそうほめましたが、そのあとで、ほかの三人の少年たちに、こんなことをいいました。

「君たちは、なーんだそんなことかというけれど、そのなんでもないことが、君たちにはわからなかったじゃないか。足あとのかわりに、まるい小さな穴がならんでいるのは「なぜ」ということを、よく考えてみれば、竹馬という答のほかはないはずだよ。それを考えつくのが智恵というものだ。それに気がつかなかった君たちは、謎をとくことでは、やっぱり智恵の一太郎君には、かなわないわけだね。」

智恵の火

「お父さん、何かおもしろい謎の題を出して下さいよ。今日は、うんとむずかしいのをね。」

「そうら、また一太郎のいつものおねだりがはじまったね。よしよし、それじゃあ今夜は、お父さんも頭をしぼって、うんとむずかしい問題を出してやるぞ。」

赤々と炭火《すみび》のもえた火鉢《ひばち》をかこんで、明石一太郎君のおうちの人たちが、晩ごはんのあとの、うちくつろいだ一ときをすごしていました。白髭《しらひげ》を胸にたれて、いつもニコニコしていらっしゃる、一太郎君のお祖父《じい》さん、頭を兵隊さんのように坊主がりにして、口髭のりっぱなお父さん、そのとなりにはお母さんと、それからお母さんのお膝にもたれて、じっとみんなのお話をきいている、まだ幼稚園生の妹の妙子《たえこ》ちゃん。お父さんの正面には一太郎君が、お父さんの真黒《まっくろ》な口髭の下から、今にどんなむずかしい謎がとび出してくるかと、目をみはって待ちかまえています。

それは真冬の二月はじめのことで、庭のお池にはりつめた氷が、昼間もとけないで、一日一日と厚みをまして行くような、寒い寒いころでしたが、部屋の中は、大ぜいがあつまっているのと、火鉢のおかげで、心持よいあたたかさです。

「ウン、それじゃあ、こういう謎がとけるかね。」

しばらく考えておいでになったお父さんが、ニッコリして、おはじめになりました。

「いいかい。ここにお椀《わん》に半分ばかりの水があるとするね。その水でもって、どうすれば火をもやすことができるかというのだ。水から火をつくる法とでもいうかね。井戸の水でもいい。水道の水でもいい。だが、薬をつかってはいけないのだよ。お前も理科でならっただろうが、薬品をまぜあわせて火をもやすやり方はいろいろある。しかしお父さんのは、そういうことではなくて、ただの水をつかって、火をもやしてごらんというのだよ。わかったかい。どうだ、むずかしいだろう。」

お父さんはそういってお笑いになりましたが、なるほどむずかしい問題です。水というものは、火を消す力はもっていますけれど、火をもやす力なんて、まるでもっていないようにみえます。水と火とは、まったくあべこべのものです。そのあべこべの水でもって、火をつくれという難題ですから、さすがの智恵の一太郎君もびっくりしてしまいました。

「お父さん、それ頓智《とんち》の問題じゃないのですか。ほんとうに火がもえなくても、ただ口さきの頓智でうまく答えればいいのじゃないのですか。」

「いや、そんな頓智の問題じゃない。ほんとうに火がもえなくてはいけないのだよ。だから、この問題は謎というよりは、理科の智恵だめしといった方が正しいのだ。」

「だって、お父さん、そんなこと、ほんとうにできるのですか。」

「できるとも。お父さんができない問題なんか出すはずがないじゃないか。すじみちを立てて、よく考えてみるんだ。そうすれば、なあんだ、そんなことかと、びっくりするくらいやさしい問題なんだよ。ではね、少しばかり、考え方の手びきをしてあげよう。いいかい、こういう問題にぶっつかった時にはね、世の中に火をもやすやり方が幾《いく》つあるか、一つ一つ思い出してみるんだよ。さあ、お前の知っているだけ、それをいってごらん。」

「ええ、じゃあ言いますよ。マッチ、ライター、ええと、それから火打石《ひうちいし》――」

「ああ、火打石をよく知っていたね。明治以前にはマッチというものがなくて、みな火打石を使っていたんだ。石と鉄と打ちあわせてね、その火花を、お灸《きゅう》のもぐさのようなものにもえうつらせて、火をつくっていたんだよ。この火打石というものは、日本でも西洋でも、ずっと大昔から使われていたのだが、それよりもっと昔、歴史の本にものっていないころの人間は、どうして火をつくっていたか、お前知っているかね。」

「ええ、いつか先生からききました。かたい木を錐《きり》のようにけずって、そのとがった先を別の板にあてがって、錐をもむように、もむんでしょう。そうして長いあいだもんでいると、すれあっているところが、だんだん熱くなって、おしまいには火がもえ出すんですって。今でも野蛮人の中には、そうして火をつくっているものがあるんですってね。」

「そうだ。なかなかよく覚えていたね。大昔から今までに、私たち人間が火をつくる道具に使ったのは、まあ、そんなものだが、その外《ほか》にもまだ、いろいろのやり方がある。お前も知っているだろう。」

「ええ、知っています。老眼鏡の玉を太陽の光にあてて、もえやすい物に焦点を作れば、火がとれるんです。僕、いくどもやってみたことがあります。」

「そうだね。それからまだあるよ。電気の火花はお前もよく知っているね。それに電熱器もそうだし、大砲や魚雷《ぎょらい》のように、火薬を爆発させても、火をふき出す。その外にもまだいろいろ火をつくるやり方があるが、お父さんの問題はそんなにむずかしく考えなくてもいいのだ。誰にでもわかるやさしいことなんだよ。

水で火をもやすというと、なんだかとっぴに思われるけれど、実をいうと、さっきからお前が答えた中に、それと同じやり方があるんだ。今までかぞえ上げた火のつくり方を、一つ一つ思い出して、よく考えてごらん。そうすれば、ああれかと気がつくはずだ。びっくりするほどやさしいことなんだよ。」

お父さんが「やさしいやさしい。」とおっしゃるので、一太郎君は、そんなやさしい問題がとけなくては、くやしいので、いっしょうけんめいに考えましたが、今にもわかりそうでいて、なかなかわからないのです。「これですよ、これですよ。」といって、その謎の正体が、目の前でおどっているような気がするのですが、それがどうしても、はっきりとつかめないのです。

「ハハハ……、すっかり考えこんでしまったね。じゃあこれは明日《あす》までの宿題としておこう。明日は日曜でお父さんも家《うち》にいるから、お前が明日になっても考え出せなかったら、種あかしをしてあげるよ。まあ、もう少し考えてみるんだね。」

お父さんはそういって、火鉢の前から立上られましたが、ふと気がついたように、一太郎君を見て、こんなことをおっしゃるのでした。

「もう一つだけ言っておくことがある。それはね、水で火をもやすのは、今ごろのようなごく寒い時でないと出来ないということだよ。これが謎をとく一つの手がかりなんだ。どうだ、まだ気がつかないかね。お椀に水を半分ばかり、いや、三分の一ぐらいの方がいいかもしれない。ハハハ……、まあ、ゆっくり考えてごらん。」

お父さんが書斎へ行っておしまいになったものですから、一太郎君はお祖父さんやお母さんと、少しお話をしたあとで、自分も勉強部屋にこもって、この難題をいっしょうけんめいに考えました。そして、その晩眠る前に、なんだかニコニコしながら、お母さんにお椀を一つ借りて、自分の部屋へ持ってはいりました。一太郎君はうまく謎をといたのでしょうか。お椀で何をしようというのでしょう。

みなさんはもうおわかりですか。一太郎君が知っていただけのことは、みなさんもすっかりごぞんじなのですよ。もしまだわからなければ、ここで雑誌をおいて、一つ考えてみて下さい。

さて、お話は飛んで、そのあくる朝のことです。寒さはきびしいけれど、よく晴れた日曜日でした。朝ごはんの時、お父さんがゆうべの謎はとけたかとおたずねになりますと、一太郎君はニコニコ笑って、「ええ、今に水で火をもやして見せます。」と、さも自信ありげに答えましたが、やがて、ごはんがすんでしばらくしますと、庭の方で、何だかパチパチとたき火でもしているような音がきこえはじめました。

それに気づいて、お父さんとお祖父さんとが、縁側《えんがわ》に出てごらんになりますと、一太郎君が庭の真中に落葉《おちば》をあつめて、たき火をしていることがわかりました。

「一太郎、えらいぞ。うまく謎をといたんだね。」

「ええ、これで火をもやしつけたんですよ。」

一太郎君が大声に答えて、右手でつまんでさし出したものを見ますと、それは、さしわたし八センチほどの、大きな眼鏡《めがね》の玉の形をした氷のかたまりでした。

「僕、ゆうべあれから、いっしょうけんめいに考えていると、すっかり謎がとけちゃったんです。水で火をつくるのには、水を凸《とつ》レンズの形にこおらせて、それで太陽の火をとればいいんだということがわかったのです。ゆうべお父さんがお椀に三分の一の水っておっしゃったでしょう。だからハハアンと思ったのです。お椀の底は丸いから、その中で水がこおれば、凸レンズの形になるんですもの。

それで、ゆうべ寝る前に、お椀に水を入れて、窓の外へ出しておいたんです。けさ戸をあけてみると、お椀の水は底まで全部こおっていました。でも、それをお椀からとりはずすのがむずかしかったけれど、考えているうちに、お椀をあたためればいいということがわかったのです。それで、洗面器にお湯を入れて、その中へお椀をつけてみたら、わけなく氷のかたまりがとれたんです。

それから、お祖父さんのお灸のもぐさを少しいただいて、氷の凸レンズに太陽の光をあてて、火をつけたんです。それからね、新聞紙のきれっぱしを、火のついたもぐさにつけて、フーフーと口でふいていると、パッと火がもえて来たんです。それをもとにして、こんな大きなたき火が出来たんですよ。」

一太郎君は、みごとに水から火をつくりました。そして、それを実に順序正しく説明したのです。それを聞いて、お祖父さんも、お父さんも、すっかり感心なさいました。

「フーム、さすがは智恵の一太郎じゃ。白状すると、わしもゆうべ、あれから、お父さんの難題をいろいろ考えてみたのじゃが、どうしてもわからなかったのだよ。ハハハ……。」

お祖父さんは、胸にたれた真白なお髭をふるわせてお笑いになり、一太郎君の大てがらを、くりかえしおほめになるのでした。

名探偵

ある日、明石一太郎君が学校から帰って、茶の間のお母さんのところへ行って、「ただ今。」と言いますと、お母さんは待ちかねていたように、こんなことをおっしゃるのでした。

「一太郎さん、今日たいへんなことがあったのですよ。妙子ちゃんが、幼稚園から帰りに、そこの大通りでころんで、今にも自動車にひかれそうになったんですって。」

「え、自動車に?」

一太郎君は、かわいい妹の妙子ちゃんが、そんな目にあったときいて、びっくりして、思わず大きな声をたてました。

「いいえ、べつにけがはしなかったの。ちょうどあんたぐらいの国民学校の生徒さんが、妙子ちゃんを助けおこして、わざわざうちの門のところまでつれて来て下さったのです。

妙子ちゃんが言うのには、ころんだ時、カバンがひらいて、中のものが、みんな道へこぼれたのですって。筆入《ふでいれ》もふたがとれて、クレヨンがバラバラと、そのへんにちらばったのですって。そこへ、むこうから自動車が走って来たので、今いった国民学校の生徒さんが、とんで来て、妙子ちゃんを助けおこし、自動車をよけてから、こぼれたものを、みんなひろって、カバンの中へ入れて、それから、泣いている妙子ちゃんをつれて、門のところまで送って下さったのです。」

「誰だろう。僕の学校の生徒かしら。」

「ええ、そうらしいのよ、一太郎さんのお友だちかもしれないわ。お母さんが出て行くと、走っていってしまったので、うしろ姿だけは見たけれど、誰だかわからないのです。妙子ちゃんも知らないって言うの。

でも、妙子ちゃんが、ここの子だっていうことを知っていたのをみると、やはり一太郎さんのお友だちか知れないわ。あした学校へ行ったら、さがして、お礼を言って下さい。」

「そうですね。……でもね、お母さん、もしその生徒が、僕のなかよしの友だちだとすると、なかなかさがし出せないかも知れませんよ。」

「なぜなの？」

一太郎君が妙なことを言ったので、お母さんは不思議そうな顔をなさいました。

「あのね、僕の組で、なかよしの友だちが六人いるんです。その六人が約束して、一日一善っていう事をやっているんです。なんでもいいから、人のためになる事を、一日に一つはかならずやるっていう約束なんです。僕も毎日やっているんです。でも、何をしたかは言えません。言っちゃいけないっていう約束なんです。

ほめられたりお礼をいわれたりするためにやるんじゃなくって、ただいい事だからやるんでしょう。だから、人に知られないように、こっそりやらなけりゃいけないのです。もしそれを人に話したり、じまんしたりすれば、その日はなにもいい事をしなかったのと同じになっちゃうんです。零《れい》になっちゃうんです。だから、いくらたずねても、きっと言いませんよ。」

「まあ、そんな約束をしているの。感心ね。でも、今日のは特別にいいことなんだから、いっても零にならないことにして、その生徒さんを白状させなさいよ。わかったら、お母さんもお礼を言いたいのですから。」

「じゃ、僕、やってみます。」

一太郎は、それから、妹の妙子ちゃんのところへ行って、いろいろたずねてみましたけれど、なにをいうにも幼い子供のことであり、その時はまた夢中だったものですから、はっきりとしたことがわからず、これという手がかりもつかめません。一太郎君はこまったような顔をして、しばらく考えこんでいましたが、やがて、なにを考えついたのか、「あ、そうだ。」と、ひとりごとを言ったかと思うと、いきなり、妙子ちゃんのカバンの中から、黒地に赤い花の模様のあるセルロイドの筆入を取出《とりだ》しました。妙子ちゃんがころんだ時、中のクレヨンが道にちらばったという、あの筆入です。

「ちょっと、これを兄さんにかしてね。」

一太郎君はそう言って、その筆入をだいじそうに持って、自分の勉強部屋に入りました。そして、机のひきだしから、拡大鏡を取出し、筆入のふたを取って、その裏表を熱心にのぞきこんでいましたが、しばらくすると、なにを見つけたのか、

「あ、あったぞ、これだ、これだ。」

と、さもうれしそうにつぶやくのでした。皆さん、一太郎君は、いったい何を発見したのでしょう。

さて、そのあくる日は、朝からシトシトと雨の降りつづく陰気な日でしたが、一太郎君は何か楽しい事でもあるらしく、いそいそとして学校へ出かけました。

生徒たちは、広い雨天体操場に入って、授業のはじまるのを待つのでしたが、駈けまわるもの、とっくみ合いをするもの、あちらでもこちらでも、ワーッ、ワーッと、おも

ちゃ箱でもひっくり返したようなさわぎです。

一太郎君は、その中から「一日一善」の六人のお友だちをさがし出して、みんなに昨日《きのう》の事をたずねてみましたが、誰も僕がやったのだと言うものはありません。妙子ちゃんを助けてくれたのは、どうもその六人のうちの一人らしいのですが、みんな知らぬ顔をして、笑ってばかりいるので、どうしてもわからないのです。

一太郎君があまりくどくたずねるものですから、六人の中でも一番なかよしの中村君などは、こんなことを言って、からかうのです。

「そんなに疑うのなら、君の智恵で、僕らのうちの誰がやったのだか、さがし出せばいいじゃないか。君は智恵の一太郎じゃないか。」

すると、みんながおもしろそうに、ワーッとはやしたてるのです。

「ようし、それじゃ、僕にも考えがある。」

一太郎君は、くやしくなって、おこったような顔をして、きっぱりと言うのでした。

間もなく始業のベルが鳴り出しましたので、みんなはそのまま整列して教室に入りましたが、その第一時間目の授業がすんで、また雨天体操場にもどりますと、一太郎君は、何を思ったのか、一方のすみのガラス窓のそばへ行って、立ちどまったのです。

そして、窓のガラスにハーッと息をふきかけて、白くもったところへ、自分の両手の親指をぐっとおしつけました。すると、指の先のうずまきのあとが、ガラスの上にハッキリとあらわれたのです。一太郎君はポケットに用意してきた拡大鏡を取出して、その二つのうずまきのあとを、熱心にのぞきはじめたものです。

なかよしの六人のお友だちは、それを見つけると、何をやっているのかと、次々にそこへ集って来ました。そして、一太郎君の拡大鏡を、横からのぞきこみながら、「君、なにをしているの？」「なにが見えるの？」と、口々にたずねるのでした。

「君たち知ってるかい。これ指紋っていうんだよ。みんな自分の指の先を見てごらん。きれいなうずまきになっているだろう。このうずまきは、人によってみんなちがうんだって。何千人、何万人よっても、同じうずまきなんて、一つもないんだって。人間は一人一人顔がちがうように、指のうずまきもちがっているんだよ。君たちもこのガラスに、うずまきをうつして見るといいや。こうしてね、両手の親指をおしつけるんだよ。親指のうずまきが一等はっきりうつるから。」

一太郎君が、いかにもおもしろそうに、やって見せるものですから、みんなもそのまねをして、前のガラスにハーッと息をかけて、両手の親指をおしつけました。少したって、息のくもりが消えると、うずまきのあとも見えなくなってしまいますが、また、ハーッと息をかけると、ありありとあらわれて来るのです。

みんなは、次々と一太郎君の拡大鏡をかりて、自分の指のあとと、お友だちの指のあととをくらべたりして、おもしろがっていましたが、やがてそれにもあきると、六人は一太郎君を残して、どこかへ行ってしまいました。

みんながいなくなるのを待って、一太郎君は一方のポケットから、ハンケチに包んだ細長いものを、だいじそうに取出しました。ハンケチをひらくと、中から、妙子ちゃんの筆入のふたが出てきました。

一太郎君はその筆入のふたの裏がわに、ハーッと息をかけて、拡大鏡でしばらくのぞきこんでから、今度は、前の窓ガラスに、ハーッハーッと、いくども息をふきかけて、六人のお友だちの残して行った指のあとを、一つ一つ見くらべていましたが、やがて、

「あ、これだ、これだ。すっかり同じだ。やっぱりそうなんだ。妙子ちゃんを助けてくれたのは、北村君だったんだ。」

と、うれしそうにつぶやきました。

皆さん、もうおわかりでしょう。昨日《きのう》妙子ちゃんがころんだ時、カバンの中から筆入がとび出して、中のクレヨンが地面にばらまかれたのを、ひろい集めてくれましたね。その時の指のあとが、すべすべしたセルロイドの筆入に残っていたのです。

筆入のふたの表と裏には、妙子ちゃんのらしい小さい指のあとが、たくさんついていましたが、それとは別に、すこし大きい指のあとがいくつか残っていたのです。そして、ふたの裏がわに一ばんハッキリ残っていたのは、その生徒がふたをつかんだ時の、親指のあとにちがいないように思われたのです。

それで、一太郎君は、その筆入のふたを、妙子ちゃんにかりて、わざわざ学校へ持って来たのですが、今、窓ガラスのお友だちの指のあとと、一つ一つ見くらべますと、北村君の残して行った右の親指のうずまきが、筆入のふたの裏のうずまきと、寸分ちがわないことがわかったのです。

指のうずまきは、顔がちがうのと同じように、人によって皆ちがうのですから、こんなたしかな証拠はありません。その上、この親指には、小さい傷のあとが残っていて、筆入の方も、ガラスの方も、それがすっかり同じなのですから、もう少しもうたがいはありません。とうとう発見したのです。妙子ちゃんを助けたのは北村君だということが、はっきりわかったのです。

そこで、一太郎君は、北村君をさがし出して、証拠をつきつけて見せましたので、北村君もかくしきれず、昨日の事をすっかり白状してしまいました。そして、頭をかきながら、

「つまんないなあ。せっかくいい事をしたのに、これで昨日の一日一善が零になっちゃった。」

と、ざんねんそうに言うのでした。

一太郎君がお家に帰って、そのことを話しますと、お母さんが、さっそく北村君のところへお礼においでになりました。そればかりでなく、いつかこのことが先生のお耳にまではいってしまったのです。

ある日、先生が教室で、近頃こんな感心な出来事があったといって、みんなにこの事をくわしくお話しになりました。そして、

「こんないい事をして、かくしていた北村君もえらいが、それを智恵で見つけだした明石君もえらいものだ。一太郎君は名探偵だ。」と言って、たいそうおほめになったものですから、二人はうれしいような、はずかしいような気持で、思わず真赤になってしまいました。

超人ニコラ

もうひとりの少年

東京の銀座に大きな店をもち、宝石王といわれている玉村《たまむら》宝石店の主人、玉村銀之助さんのすまいは、渋谷区のしずかなやしき町《まち》にありました。

玉村さんの家庭には、奥さんと、ふたりの子どもがあります。ねえさんは光子《みつこ》といって高校一年生、弟は銀一といって中学一年生です。

あるとき、その玉村銀一くんの身の上に、じつにふしぎなことがおこりました。それがこのお話の出発点になるのです。

その夜《よ》、玉村くんは、松井くん、吉田くんという、ふたりの友だちと、渋谷の大東《だいとう》映画館で、日本もののスリラー映画を見ていました。

それは大東映画会社の東京撮影所で作られたもので、映画の中に、ときどき、東京の町があらわれるのです。

「あっ、渋谷駅だっ。ハチ公がいる。」

松井くんが、おもわず口に出していいました。それはおっかけの場面で、にげる悪者、追跡する刑事、カメラがそれをズーッとおっていくのですが、そこへ駅前の人通りがうつり、ハチ公の銅像も、画面にはいったのです。

「あらっ、玉村くん、きみがいるよ。ホラ、ハチ公のむこうに、ヤア、へんな顔して、笑ってらあ。」

吉田くんが、とんきょうな声を立てたので、まわりの観客が、みんなこちらをむいて、「シーッ。」といいました。

玉村くんは、スクリーンの上の自分の姿を見て、へんな気がしました。ハチ公の銅像の後ろから、こちらをのぞいて、ニヤニヤ笑っている自分の顔、それが一メートルほどに、大きくうつっているのです。

それがうつったのは、たった十秒ぐらいですが、たしかに自分の顔にちがいありません。玉村くんは、ここにうつっているのは、いつのことだろうと考えてみました。

「おやっ、へんだな。ぼくは渋谷駅で、映画のロケーションなんか見たことは、いちどもないぞ。」

いくら考えても、おもいだせません。知らないでいるまに、うつされてしまったのでしょうか。まさか、ロケーションに気づかないはずはありません。

そのばんは、うちにかえって、ベッドにはいってからも、それが気になって、なかなかねむれませんでした。

あれは、自分によくにた少年かもしれないとおもいましたが、しかし、あんなにそっくりの少年が、ほかにあろうとは考えられないではありませんか。

玉村くんは、なんだかしんぱいになってきました。自分とそっくりの人間が、どこかにいるとしたら、これはおそろしいことです。

それから一週間ほどたった、ある日のこと、玉村くんのしんぱいしたことが、じつにきみのわるい形で、あらわれてきました。

玉村くんと松井くんとは、明智《あけち》探偵事務所の小林少年を団長とする、少年探偵団の団員でした。ですから、ふたりはたいへんなかよしで、どこかへいくときは、たいてい、いっしょでした。

その松井くんが、ある日、学校がおわってから、玉村くんをひきとめて、校庭のすみの土手にもたれて、へんなことをいいだしました。

「玉村くん、ぼく、すっかり見ちゃったよ。きみは秘密をもっているだろう。」

「秘密なんかないよ。どうしてさ。」

玉村くんは、ふしんらしく、聞きかえしました。

「きみのうちは、お金持ちだろう。お金持ちのくせに、スリなんかはたらくことはないじゃないか。」

ますます、みょうなことをいいます。

「えっ、スリだって？」

「そうだよ。ぼくはすっかり見ちゃったんだよ。」

「ぼくがかい？　ぼくがスリをやったって？」

玉村くんは、びっくりしてしまいました。

「ホラ、八幡《はちまん》さまの石垣《いしがき》……。あの石垣の石が、一つだけ、ぬけるようになっているんだ。きみはその石の後ろに、からの紙入れを、たくさん、かくしたじゃないか。」

「なにをいっているんだ。ぼくにはちっともわからないね。もっとくわしく話してごらん。」

玉村くんは、あまりのいいがかりに、腹がたって、おもわず、つよい声でいいました。

「じゃあ、くわしく話すよ。」

松井くんは、ゆうべのできごとを、はなしはじめました。

スリ少年

きのうは八幡さまのお祭りでした。

こんもりした林にかこまれた、その八幡さまは、玉村くんのうちからも、松井くんのうちからも、そんなに遠くないところにありました。

ゆうべ、松井くんは、ただひとりで、その八幡さまの中をブラブラしていたのです。

五千平方メートルほどの、八幡さまの地面には、テントばりの見世物《みせもの》が二つと、おもちゃ屋の店や、たべものの店が、いっぱいならんで、そのあいだを、おおぜいの人が、ゾロゾロ歩いていました。テントばりの見世物の一つは、おそろしく古めかしい「クマむすめ」という、かたわものを十円で見せているのです。

「クマむすめ」というのは、二十才《さい》ぐらいのむすめの、肩のへん、いちめんに、まっ黒な、クマのような毛がはえているのです。まるで、人間とクマのあいの子みたいなので、「クマむすめ」とよんでいるのです。

いまどきめずらしい見世物なので、おおぜいの見物《けんぶつ》が、十円はらって、中へはいっていきます。

入《い》り口《ぐち》はテントの右のほう、出口は左のほうですが、松井くんが見ていますと、その出口からゾロゾロと出てくる見物の中に、玉村銀一くんが、まじっていたではありませんか。

「おやっ、玉村くんは、こんなつまらない見世物を見たんだな。」

と、おかしくなって、声をかけて、ひやかしてやろうと、そのほうへ、ちかづいていきました。そして、こちらへやってくる玉村くんと、バッタリ、であったのです。ふたりは二メートルほどの近さで、顔を見あわせたのです。

ところが、ふしぎなことに、玉村少年は、松井くんを見ても、ニッコリともせず、しらん顔をして、すれちがって、いってしまうではありませんか。

「ははん。あいつ、はずかしがっているんだな。わざと、しらん顔をして、にげだしたんだな。よしっ、そんならこっちは、どこまでも尾行してやるぞ。」

少年探偵団で練習していますから、尾行はおてのものです。松井くんは、玉村くんにさとられぬように、あとをつけはじめました。

玉村くんは、いつまでも八幡さまから出ないで、人ごみの中を、あちこちしています。わざと人だかりの中へ、もぐりこんでいくのです。そこを出ると、また、つぎの人だかりへもぐりこみます。玉村くんは、よっぽど人ごみがすきらしいのです。

一時間ほども、そんなことをくりかえしていましたが、やっと人ごみにもあきたのか、玉村くんは八幡さまを出て、外のくらい道をかえっていきます。

松井くんは、あくまで尾行をつづけました。

玉村くんは、八幡さまの外がわの長い石垣の、半分ぐらいのところまでくると、そこで立ちどまって、キョロキョロと、あたりを見まわした。だれか見ていはしないかと、気をくばっているらしいのです。

松井くんは、すばやく電柱のかげに、身をかくしました。ほかに人通りもありませんので、玉村くんは、安心したように、石垣のそばによって、そこにしゃがんでしまいました。

そして、石垣の一つの石に手をかけると、グーッとひっぱりだしました。その石だけが、ぬけるようになっていたのです。

玉村くんは、石をぬきとったあとのあなに、手をいれて、なにかやっていましたが、また石をもとのとおりにはめこむと、そのまま、立ちあがって、むこうへ歩いていきます。

松井くんは、あの石の奥に、なにかかくしたにちがいないとおもいました。そこで、玉村くんの尾行をあきらめて石の奥をしらべてみることにしました。

松井くんは、あたりを見まわして、人通りがないのをたしかめると、石垣のそばによって、さっきの石に両手をかけ、グッとひっぱりました。石はなんの苦《く》もなく、ズルズルとぬけてきます。

石をぬきとると、そのあとのあなに、手をいれて、さぐってみました。

ある、ある。一つ、二つ、三つ、四つ、五つ、それはみんな紙入れや、がまぐちでした。あけてみると、どれも中はからっぽです。

松井くんは、あきれかえってしまいました。玉村少年は、人ごみの中で、これらの紙入れや、がまぐちを、スリとったのです。そして、中のお金をとりだして、からの紙入れなんかを、この石がきにかくしたのです。

ふつうなら、紙入れなんかは、どこかへすててしまうのですが、用心ぶかく、からの紙入れまでかくすというのは、よっぽどなれたやつです。スリの名人といってもいいでしょう。

ああ、親友の玉村銀一くんが、スリの名人だったなんて、あまりのことに、松井くんは、あいた口がふさがりません。

あのお金持ちの玉村くんが、わずかのお金のために、スリをはたらくなんてまったく考えられないことです。これにはなにか、わけがあるにちがいない。おもいきって、玉村くんにきいてみよう。

松井くんは、そう決心をしたので、校庭のすみで、さっきのように、玉村くんを、といつめたのでした。

窓の顔

玉村くんは、すこしもおぼえのないことでした。

「ねえ、松井くん、ぼくとまったくおなじ顔のやつが、どっかにいるんだよ。あの映画のハチ公のそばに立っていたのも、けっしてぼくじゃない。また、きみの見たスリの少年も、むろん、ぼくじゃない。きみでさえ、まちがえるほど、ぼくとそっくりのやつが、いるのにちがいない。ぼくはなんだか、しんぱいだよ。いまのところは、そいつは、ぼくとなんのかんけいもないけれども、そいつがなにかわるいことをして、その罪を、ぼくにきせようとすれば、きせられるんだからね。」

玉村くんはそういって、考えこんでしまいました。

「まさか……。」

松井くんは、玉村くんをげんきづけるようにいいました。が、心の中では、玉村くんの心配は、むりではないとおもっているのでした。

それから、しばらく話したあとで、ふたりはわかれて、それぞれのうちへかえりましたが、それは、学校がひけて、一時間もたったころでした。

玉村くんがうちにかえってみますと、そこにはじつにおそろしいことが、まちかまえていたのです。

「ただいま。」といって、玄関にはいると、ちょうどそこに、ねえさんの光子さんが立っていました。

「あらっ、またかえってきたの？」

「えっ、またって？」

「だって、もうさっき学校からかえって、おへやでおやつをたべたじゃありませんか。わたしがコーヒーとおかしをもってってあげたら、うまいうまいって、たべたじゃないの。いつのまに、外へ出ていったのよ。そして、学校の道具なんかもって、またかえってくるなんて、どうかしてるわ。」

それをきくと、玉村銀一くんは、ゾーッとしました。

「ねえさん、ぼくをかつぐんじゃないだろうね。」

銀一くんは、しんけんな顔で、ねえさんをにらみつけました。

「おおこわい。なんてこわい顔するの？　銀ちゃんをかついだって、しようがないわ。たしかに、さっきかえったから、かえったっていうのよ。」

銀一くんは、それにはこたえず、くつをぬぐのももどかしく、おそろしいいきおいで、自分の勉強べやへ、かけていきました。

ドアをあけて、とびこんでみると、ああ、やっぱり、そこには、机の上にからになったかしざらとコーヒーの茶わんがのっていたではありませんか。

あいつがきたのだ。そして、ぼくがかえったのを知ると、大いそぎで、窓からにげだしたのだ。

ここからにげたといわぬばかりに、窓のガラス戸が、あけはなしになっていました。銀一くんは、いそいで、窓の外をのぞきますと、そこの地面に、大きな足あとが、いくつものこっているではありませんか。

しらべてみると、本箱の本のおきかたが、かわっています。あいつが本を動かしたのでしょう。机のひきだしをあけてみると、どのひきだしも、みんな、あいつがいじったらしく、紙などのかさねかたが、ちがっています。

じぶんとそっくりのやつが、うちへはいってきて、おやつをたべたり、本箱や、机のひきだしを、かきまわしたかとおもうと、なんともいえない、いやあな気がしました。

すぐに茶の間へ、とんでいって、おかあさんに、このことをしらせましたが、あんまりへんなことなので、おかあさんも、どうしていいかわかりません。おとうさんが、店からおかえりになったら、よく相談しましょうと、おっしゃるばかりでした。

しばらくして、銀一くんは、勉強べやにかえって本を読んでいました。もう夕ぐれで、庭はうすぐらくなっています。おやっ、あれはなんでしょう。本を読んでいる目のすみに、チラッと、動いたものがあります。窓の外でなにかが動いたのです。

ハッとして、そのほうを見ると、さっきしめた窓ガラスに、自分の顔がうつっていました。

しかし、なんだか角度がへんです。あんなところに、ぼくの顔がうつるかしら……あっ、もしかしたら！　銀一くんはギョッとして立ちあがると、窓ガラスへちかづいていきました。

やっぱりそうでした。ガラスにうつっているのではなくて、ガラスのむこうがわに、自分の顔があるのです。自分の顔ではない。自分とそっくりのやつが、ガラスの外から、のぞいていたのです。

十秒ほど、ガラスをへだてて、まったくおなじ二つの顔が、じっとにらみあっていました。じつに、なんともいえない、へんてこな光景でした。

ニコラ博士

十秒ほどにらみあったあとで、窓のむこうの顔は、パッとガラスをはなれて、庭の立ち木のあいだに、にげこんでしまいました。

銀一くんは、少年探偵団員だけあって、こういうときには勇かんです。うちの人にしらせるひまもないので、そのまま、窓からとびだすと、くつもはかないで、自分とそっくりの少年のあとを、おいました。

あいては、うらのコンクリートべいを、よじのぼって、そとの道路へ、とびおりたようです。銀一くんも、そのへいをのりこえました。

見ると、二メートルほどさきを、あいつが大いそぎで、あるいていきます。後ろ姿は、銀一くんと、まったくおなじ服装です。

こちらは、しずかに、へいからすべりおちて、追跡をはじめました。ほとんどくらくなっているので、あいてにさとられるしんぱいはありません。

それにしても、なんというふしぎな追跡でしょう。まったくおなじ顔の、おなじ服装の、ふたりの少年が、二、三十メートルをへだてて、トット、トットと、いそぎ足に、歩いているのです。

さびしい町から、さびしい町と、あるいているうちに、いつのまにか、あの八幡さまの石垣のところにきていました。

あいての少年は、石垣をとおりすぎて、八幡さまの林の中へはいっていきます。ゆうべでお祭りはすんだので、林の中はまっくらで、人っ子ひとりいません。

銀一くんも、すこしおくれて、八幡さまの中へ、はいっていきましたが、くらいので、なにがなんだかわかりません。あの少年はどこへいったのか、いくらさがしても姿が見えないのです。

むこうにボーッとひかったものがあります。八幡さまの社殿《しゃでん》の前に、うすぐらい常夜《じょうや》灯《とう》が立っているのです。

その社殿のえんがわのようなところにみょうな人間が、こしかけていました。はでなしまの背広をきた老人です。

老人は白いかみの毛をモジャモジャにして、長い白《しら》ひげを胸の前にたらしています。大きなめがねをかけていて、それが常夜灯の光を反射して、キラキラひかっているのです。

こんなまっくらな中で、社殿にこしかけているなんて、あやしい老人です。銀一くんは、きみがわるくなって、にげだそうかとおもいましたが、にげるのもざんねんです。勇気をだして、ぎゃくに、こちらからちかづいていきました。

「おじいさん、ぼくとおんなじ服をきた、おんなじ顔の子どもが、ここをとおらなかったですか。」

おもいきって、はなしかけてみました。すると、老人は、こしかけたまま、身動きもしないで、ニヤリと笑いました。

「おお、かんしん、かんしん、きみはなかなか勇気がある。きみとおんなじ顔をした子ども、あれはきみの分身じゃよ。」

地の底から、ひびいてくるような、いんきな声です。

「分身って、なんですか。」

「きみが、ふたりになったのじゃ。ひとりの子どもが、ふたりにわかれたんじゃよ。」

「どうして、そんなことができるのですか。」

「わしがそうしたのじゃよ。ハハハハハハ。」

老人はぶきみに笑いました。やっぱり、あやしいやつです。

「おじいさんはだれですか。」

「わしはニコラ博士というものじゃ。」

「ニコラ博士? じゃあ、日本人ではないのですか。」

「わしは十九世紀のなかごろに、ドイツでうまれた。だが、わしはドイツ人ではない。世界人じゃ。イギリスにも、フランスにも、ロシアにも、中国にも、アメリカにもいたことがある。そして、いたるところで、ふしぎをあらわして歩くのじゃ。わしは大魔術師じゃ、スーパーマンじゃ。わしにできないことはなにもない。神通力《じんつうりき》をもっているのじゃ。わしひとりの力で、この世界を、まったくちがったものにすることができる。そういう神通力をな。ウフフフフフ。」

老人はそういって、またしても、地の底からのような、いんきな声で、笑うのでした。

地底の牢獄《ろうごく》

宝石王といわれる玉村銀之助さんのこども、玉村銀一くんは中学の一年生でしたが、あるとき、この銀一くんの身のうえに、ふしぎなことがおこりました。

銀一くんと、顔もからだも、そっくりの少年があらわれたのです。その少年は、スリをはたらいたり、いろいろわるいことをしているらしいのです。

銀一くんは、きみがわるくて、しかたがありません。じぶんとおなじ顔をしたやつですから、そいつが、わるいことをすれば、そのうたがいが、銀一くんにかかってくるかもしれないのです。

やがて、もっとおそろしいことが、おこってきました。その少年が銀一くんになりすまして、銀一くんのうちに、はいってくるようになったのです。

ある夜《よ》、銀一くんの勉強べやのガラス窓の外から、銀一くんとそっくりの顔が、のぞいていました。

銀一くんは、ガラスに、じぶんの顔が、うつっているのかとおもいましたが、そうではなくて、そこにひとりの少年が立っていたのです。

ふたりは、ながいあいだ、にらみあっていました。まったくおなじ顔の、ふたりの少年が、ガラス窓をへだてて、むかいあっていたのです。じつにふしぎな、きみのわるいありさまでした。

それから、にせの銀一少年が、にげだしたので、ほんとうの銀一くんは、窓からとびだして、そのあとをおいました。

にせものは、さびしい町を一キロほども歩いて、八幡さまの森の中に、にげこみました。

銀一くんも、そのまっくらな森にはいっていきましたが、にせもの少年の姿は、どこにも見えません。そのかわりに、白ひげの老人が、社殿のえんがわに、こしかけていました。

「わしはニコラ博士というものじゃ。十九世紀のなかごろに、ドイツで生まれたが、わしはドイツ人ではない。世界人じゃ。世界のあらゆる国に住んだことがある。そして、いたるところで、ふしぎをあらわしてみせた。わしは、大魔術師じゃ。」

あやしい老人は、そんなことをいいました。

「十九世紀のなかばというと、一八五〇年ごろですね。」

銀一くんは、びっくりして、聞きかえしました。

「そうじゃ。わしが生まれたのは、一八四八年だよ。」

銀一くんは、しばらく、指をおって、かぞえていましたが、アッとおどろいて、おもわず大きな声を出しました。

「じゃあ、おじいさんは、百十四才ですね。」

「ウフフフフ、おどろくことはない。わしは、これからまだ、百年も二百年も生きるつもりじゃよ。わしは、あたりまえの人間ではない。スーパーマンだ。魔法使いだ。さて、玉村銀一くん。これから、わしがおもしろいところに、つれていってやる。そこにいけば、どうして、きみとそっくりの少年が、あらわれたか、その秘密が、わかるのじゃよ。さあ、わしといっしょに、くるがいい。」

怪老人ニコラ博士は、ちゃんと銀一くんの名まえを知っていました。玉村家にたいして、なにかおそろしいことを、たくらんでいるのかもしれません。

ニコラ博士は、社殿のえんがわからおりると、銀一くんの手をとって、神社のうらてのほうへ、歩いていきました。

森を出はずれると、さびしい、広い道があって、そこに、りっぱな自動車がとまっていました。

銀一くんは、こんな自動車で、どこへつれていかれるかわからないと思うと、こわくなってきました。

「ぼく、うちにかえります。」

そういうと、いきなり、にぎられていた手を、ふりはなして、にげだそうとしました。

「どっこい、そうはいかないぞ。きみはもう、わしのとりこなのじゃ。」

白ひげのニコラ博士は、すばやく銀一くんをつかまえて、自動車の中に、おしこもうとしました。

そこで百十四才の老人と、十三才の少年との、ふしぎなとっくみあいが、はじまったのです。ふつうならば、百才をこえた老人のほうが、まけてしまうはずですが、超人ニコラ博士は、おそろしくつよくて、銀一くんは、とてもかてないのです。

ニコラ博士は、銀一くんを、身動きもできないように、だきしめて、ポケットから、大きなハンカチをとりだし、それをまるめて、銀一くんの口の中におしこみました。もう声をたてることもできません。そのまま自動車の中に、おしこまれてしまいました。すると、ハンドルをにぎって、まちかまえていた運転手が、すぐに車を出発させるのでした。

二十分ほど走ると、さびしい町の、石のへいにかこまれた洋館の前につきました。ニコラ博士は、銀一くんの手をひっぱって、その門の中にはいっていきます。まるで鉄のようにつよい手です。とてもにげることはできません。

洋館にはいると、広いろうかをとおって、地下室への階段をおりていきました。

地下室は、三十平方メートルほどの物おきべやです。ふるいいすやテーブルや、いろいろな木の箱などが、ゴタゴタとつみかさねてあります。

「ここは、あたりまえの物おきじゃ。地下室は、これでおしまいのように見えるじゃろう。ところが、このおくに、秘密のへやがあるのじゃ。まさか地下室のおくに、もうひとつ地下室があるなんて、だれも考えないからね。たとえ、家《や》さがしをされても、だいじょうぶなのだ。ホラ、ここに秘密のドアがある。」

ニコラ博士は、そういって、コンクリートのかべの、かくしボタンをおしました。すると、目の前のかべが、スーッと、音もなく、むこうにひらいていって、そこに、四角なあながてきました。

そのあなをくぐって、ろうかのようなところをすこしいきますと、両がわに、鉄棒のはまった、動物園のおりのようなへやが、ならんでいました。

ニコラ博士は、銀一くんの口から、ハンカチのさるぐつわを、とりだしてから、そのおりのようなへやのドアを、かぎでひらいて、銀一くんを中におしこみ、ドアをしめて、またかぎをかけてしまいました。

「ここで、ゆっくりしているがいい。ベッドもあるし、便器もおいてある。食事も、なるべくおいしいものを、三ど三ど、はこばせるよ。じゃあ、またくるからね。」

ニコラ博士は、そういいのこして、どこかへたちさってしまいました。

地底の牢獄です。銀一くんは、おそろしいとりこになってしまったのです。いつになったら、ここを出られるのでしょう。ひょっとしたら、一生《しょう》がい、出られないのではないでしょうか。

「おい、きみ、おい、きみ。」

どこからか、人の声がきこえてきました。前のろうかの、むこうからのようです。

銀一くんは、おりの鉄棒につかまって、そのほうを見ました。ろうかのてんじょうに、うすぐらい電灯がついているだけですから、おりの中は、ぼんやりとしか見えません。むこうがわのおりの中に、なにか動いているものがあります。

じっと見つめていますと、だんだん目がなれて、その姿が、はっきりしてきました。それは、銀一くんよりは二つ三つ年上らしい少年でした。

「おい、きみ、わかるかい。ぼくだよ。きみもぼくと、おんなじめに、あったらしいね。きみのかえ玉が、きみのうちにはいり、ほんもののきみは、ここにとじこめられたんだろう。」

「そうですよ。きみもそうなんですか。」

「うん、ぼくのうちには、いま、ぼくのかえ玉がいるんだ。おとうさんも、おかあさんも、かえ玉とは気がつかない。それほど、ぼくとそっくりなんだ。ニコラ博士は、おそろしいスーパーマンだよ。人間の顔を、どんなにでも、かえることができるんだ。ぼくとそっくりの人間をつくることもできるし、また、ぼくを、まるでちがった顔に、かえてしまうことだってできるんだ。で、きみは、なんていうの？　きみのうちは、なにをやってるの?」

「ぼく、玉村銀一。おとうさんは玉村宝石店をやっているのです。」

「あっ、そうか、あの有名な宝石王だね。ぼくは白井《しらい》保《たもつ》。ぼくのうちは、銀座の白井美術店だよ。」

「知ってます。あの大きな美術店でしょう、仏像やなんか、たくさんおいてある。」

「そうだよ。きみ、わかるかい。ニコラ博士は、宝石や美術品をねらっているんだぜ。そして、まず、ぼくたちのかえ玉をつくって、人間の入れかえをやったんだ。このつぎに、あいつがなにをやるか、ぼくには、わかっているよ。ああ、おそろしいことだ。はやくだれかに知らせなければ、とりかえしのつかないことになる。」

白井保少年は、おりの鉄棒にしがみついて、じだんだをふまんばかりでした。

こじきむすめ

それから一週間ほどたったある日の午後、玉村さんのうちでは、おとうさんの銀之助さんは銀座のお店へ、おかあさんは麴町《こうじまち》の親類へおでかけになって、高校一年の光子さんと、銀一くんのふたりが、書生《しょせい》さんや、女中さんたちといっしょに、おるす番をしていました。

光子さんと銀一くんは、光子さんのへやで、おやつのおかしをたべおわったところです。

「おねえさん、それじゃあ、ぼく、じぶんのへやで、宿題をやるからね。」

銀一くんは、そういって、へやを出ていきました。なんだか、へんですね。銀一くんは、あの地底の牢獄から、にげだしてきたのでしょうか。そんなにやすやすと、にげられるはずはありません。

ひょっとしたら、いまうちにいる銀一くんは、にせもののほうではないのでしょうか。まったくおなじ顔をしているので、おとうさんも、おかあさんも、おねえさんも、すっかりだまされてしまって、にせものを、ほんとうの銀一くんと、しんじているのではないでしょうか。

銀一くんがいってしまうと、光子さんは、つくえの前のいすにかけたまま、窓のほうをむいて、広い庭を、ながめていました。

すると、庭の木のしげみのおくから、みょうな人間が、あらわれてきたではありませんか。

女のこじきです。年は光子さんとおなじ十六ぐらいに見えます。かみの毛はモジャモジャになって、ひたいにかぶさり、服はボロボロにやぶけて、肩から、腰から、たくさんのひもがぶらさがっているように見えます。それに、くつ下も、くつもはかない、どろまみれの足です。

そのこじきむすめが、じっと光子さんを見つめて、こちらにちかづいてくるのです。

ふつうのむすめさんなら、こんなものを見たら、おくへにげこんでしまったでしょうが、光子さんは、にげません。光子さんは、たいへん、なさけぶかいたちで、かわいそうな人を見ると、だまってはいられないのです。

あるとき、道ばたにすわっている、おばあさんのこじきを見ると、つくったばかりの外《がい》とうをぬいで、そのこじきにきせかけたまま、さっさとかえってきたことがあります。

また、あるときは、こどものこじきを、自動車の中にひろいあげて、うちにつれてかえり、おかあさんに、そのこじきの子を、うちにおいてくださいと、たのんだこともあります。

光子さんは、そんなふうに、なみはずれた、なさけぶかい心をもったおじょうさんでした。

ですから、庭にあらわれた、こじきむすめを見ても、にげだすどころか、ちかづいてきたら、なにかしんせつなことばを、かけてやろうと、じっとまちかまえているのでした。

こじきは、やがて、窓の下までくると、そこに立ったまま、ジロジロと光子さんをながめながら、みかけによらぬ、きれいな声でいいました。

「おじょうさん、なぜにげないの？　あたしがこわくないの？」

光子さんは、それをきくと、この子はひがんでいるのだ。だから、こんな、ひにくなことをいうのだと、かなしく思いました。そこで、できるだけ、やさしい声で、たずねてみました。

「あんた、どこから、はいってきたの？」

「門からよ。だって、ねるところがなければ、どこにだって、はいるわ。ゆうべは、お庭のすみの物おき小屋でねたの。」

あんがい、ちゃんとしたことばをつかっている。

このむすめは、生まれつきのこじきではないらしいと、光子さんは考えました。

「おなかがすいているんでしょう。あんた、おとうさんや、おかあさんは？」

「なんにもないの。みなし子よ。そして、おなかのほうは、おさっしのとおり、ペコペコだわ。」

「じゃあね。人にしれるといけないから、この窓から、はいっていらっしゃい。いま、わたしが、なにか、たべるもの、さがしてきてあげるわ。」

「だれも、きやしない？」

「だいじょうぶよ。このうちには、いま、わたしと弟きりで、あとは書生や女中さんばかりよ。このへやには、だれもこないわ。」

それをきくと、こじきむすめは、窓をのりこえて、はいってきました。光子さんは、こじきをいすにかけさせておいて、へやを出ていきましたが、やがて、クッキーのカンと、牛乳のびんを二つと、コップをもって、かえってくると、それをこじきの前のテーブルにおき、「さあ、おあがりなさい。」とすすめるのでした。こじきは、よっぽど、おなかがすいていたとみえて、クッキーをわしづかみにして、口にほおばりましたが、そのとき、ひたいにたれていた、かみの毛をうるさそうに、かきあげたので、はじめて、こじきの顔が、はっきり見えました。

ああ、なんて美しいこじきでしょう。きたない服にひきかえて、顔だけは、すこしもよごれていないのです。色白のふっくらとしたほお、パッチリとした、美しい目、赤いくちびる。

「まあ、あんた……。」

光子さんは、さけぶようにいって、思わず立ちあがると、ドアのほうへ、にげだしそうにしました。

光子さんは、ひどくおどろいたのです。こじきが、美しい顔をしていたためばかりではありません。もっと、びっくりすることがあったのです。

するとこじきむすめは、ニッコリ笑って、

「ああ、うれしい。おじょうさんにも、やっぱり、そう見えるの？　あたし、ほんとうに、うれしいわ。こんなきたないこじきの子が、このりっぱなおやしきの、おじょうさんと、そっくりだなんて。」

ほんとうに、そっくりでした。一方は、ちゃんとときつけたかみの毛、きれいな服、一方はモジャモジャ頭、ボロボロの服、そのちがいをべつにすると、ふたりは、背の高さから、肉づきから、顔かたちまでまるで、ふたごのように、おそろしいほど、よくにているのです。

「あたし、もうずっと前から、おじょうさんと、あたしと、ふたごのように、よくにていることを知っていました。もし、あのおじょうさんと、ひとことでも、お話ができたらと、もうそれが、あたしの、一生ののぞみだったのです。いま、そののぞみがかなって、あたし、こんなうれしいことはありませんわ。」

こじきむすめは涙ぐんでいました。

「まあ、こんなふしぎなことって、あるもんでしょうか。」

光子さんは、それまでよりも、十倍も、なさけぶかい心になって、ため息をつきながらいうのでした。

まるでたちばのちがう、このふたりのむすめは、たちまち、きょうだいのように、なかよしになってしまいました。

光子さんがたずねますと、こじきむすめは、あわれな身のうえ話をしました。光子さんは、涙をこぼして、それをきいていましたが、話しているうちに、ふたりは、顔ばかりでなく、気質まで、よくにていることが、わかってきました。

しめっぽい身のうえ話がすむと、ふたりは、だんだん快活になって、笑い声をたてながら、話しあっていましたが、やがて、光子さんは、こんなことをいいだすのでした。

「ああ、いいことを思いついたわ。まあ、すてきだわ。ねえ、あんた、わたし、いま、それはおもしろい遊びを、考えついたのよ。」

「あら、おじょうさんと、あたしとが、なにかしてあそぶんですの?」

こじきむすめは、びっくりして、ききかえします。

「ええ、そうよ。わたしね、子どものとき『乞食王子』って本を、よんだことがあるの。それで思いついたのよ。あのね、わたしがあんたになるの。そして、あんたがわたしになるの。わかって? つまりね、あんたとわたしが、服やなんか、すっかり、とりかえてしまうのよ。ふたりは、顔がおんなじでしょう。だから、服をかえて、かみの毛のくせをかえれば、あんたがわたしになり、わたしがあんたになれるのよ。」

この思いつきも、半分は光子さんのなさけぶかい心から出ているのでした。かわいそうなこじきむすめに、ひとときでも、宝石王の令嬢になった夢を見せてやりたいと思ったのです。

「まあ、あたしと、おじょうさんと、いれかわるの？　ワア、すてき。あたしに、そのきれいな服をきせてくださるのね。」

こじきむすめは、もうむちゅうになっていました。

光子さんは、洗面器にお湯をいれて、てぬぐいと、足ふきをもってきて、まず、こじきの顔や手を、それから足を、きれいにふいてやりました。そして、かみの毛を、ていねいになでつけてやり、服をとりかえました。

きたないこじきむすめが、たちまち、美しいおじょうさんにかわってしまいました。

光子さんは、こじきを三面鏡の前に、つれていきました。

「どう、さっきまでのわたしと、そっくりでしょう。」

「ワア、これがあたし？　ほんとかしら……。」

こじきむすめは、そういって、じぶんのほおをつねってみるのでした。

つぎは光子さんの番でした。きたないボロボロの服をきて、かみの毛を、指でかきまわして、モジャモジャにして、鏡をのぞきこみました。

「あら、そんな美しいこじきって、ないわ。顔に、まゆずみを、うすくぬってあげましょうか。そうすれば、ほんとうのこじきに見えるわ。」

こじきむすめは、ちょうしにのって、そんなことまでいいだしましたが、光子さんは、かえっておもしろがって、学校の仮装会のことを思いだしながら、こじきむすめのいうままに、顔いちめんに、まゆずみをぬらせるのでした。

人間いれかえ

『乞食王子』という、有名なアメリカの小説があります。大むかしのイギリスのことを書いたもので、イギリスの少年の王子さまが、じぶんとそっくりの顔をした、こじきの少年と出あって、きゅうになかよしになり、へやにつれこんで、おたがいの服をとりかえっこしてあそんでいました。すると、王さまの家来たちは、きたないこじきの服をきた王子さまを、ほんとうのこじきと思いこみ、お城からつきだしてしまいます。

こじきにされてしまった王子さまは、いくらこういうわけだといっても、だれも信用してくれません。とうとう、ほんとうのこじきになって、ながいあいだ苦労をするというお話です。

しかし、そんなことは、めったにおこるものではありません。ふたごでなくて、そんなによくにた人間なんて、この世にいるはずがないからです。

ところが、その『乞食王子』とおなじことが、いまの東京でおこったのです。

どうして、そんなばかばかしいことがおこったのか、すこしもわけがわかりません。これにはなにか秘密があるのです。ふかいわけがあるのです。しかし、だれも、その秘密を知っているものはありません。

それは銀座に宝石商の店をもち、日本一の宝石王といわれている、玉村銀之助さんの、渋谷のすまいでのできごとでした。

玉村さんのむすめの高校一年生の光子さんが、じぶんのへやで、光子さんとそっくりの顔をした、こじきむすめと、服のとりかえっこをしたのです。

光子さんは、こじきのボロボロの服をきて、頭の毛をモジャモジャにして、まゆずみで、顔を黒くして、すっかり、こじきむすめにばけてしまいました。

「こっちへいらっしゃい。ふたりならんで、鏡の前に立ってみるのよ。」

こじき姿の光子さんが、光子さんの服をきたこじきむすめの手をとって、鏡の前につれていきました。

「あらっ、あんた、あたしとそっくりだわ。そして、あたしは、あんたとそっくりね。だれにも見わけられないわ。」

「わたし、うれしいですわ。こんなきれいなおじょうさんになれたんですもの。でも、いけませんわ。だれかに見られるとたいへんですわ。はやく服をとりかえましょうよ。」

「なあに、いいのよ。みんなをびっくりさせてやりたいわ。ね、あんた、もっとぐっとおすまししてね、あちらへいって、書生や女中に、なにかいってごらん。お紅茶をもってくるようにいいつけてもいいわ。そして、だれにもうたがわれないで、ここにかえってきたら、そうね、なにかごほうびをあげるわ。おこづかいをあげてもいいわ。」

光子さんは、このいたずらが、たのしくてたまらないという、顔つきです。

「だって、わたし、こわいわ。きっとみつかりますわ。」

光子さんとそっくりのこじきむすめは、なかなか決心がつかないらしいのです。

「みつかるもんですか。ホラ、鏡をごらんなさい。ね、あんた、あたしとそっくりだわ。だいじょうぶよ。さあ、いっていらっしゃい！」

光子さんは、そういって、こじきむすめを、ドアのところにつれていくと、グッと、ろうかに、おしだしてしまいました。

にせものの光子さんは、しかたなく、ろうかを歩いていきます。

一つかどをまがると、むこうから書生がやってくるのに、パッタリであいました。こじきむすめは、びっくりして、にげだしたでしょうか。

いや、いや、そのとき、じつにおそろしいことがおこったのです。ほんとうの光子さんが、まるで考えてもいなかったことが、おこったのです。

こじきむすめは、いきなり、書生のそばにかけよりました。そして、こんなことをさけんだのです。

「はやくきて！　たいへんなのよ。あたしのへやに、こじきの子が、はいっているのよ。はやく、あれをおいだしておくれ。」

光子さんになりすましたこじきむすめが、とほうもないことを、いいだしたのです。

書生は、すこしもうたがわず、このことばをまにうけてしまいました。

「えっ、こじきが？　おじょうさんのおへやに？　とんでもないやつだ。ここにまっていらっしゃい。すぐにつかみだしてやりますから。」

書生は、いきなり、かけだして、光子さんのへやに行ってみますと、黒い顔をした、きたないこじきが、鏡の前にこしかけて、じぶんの顔をうつしながら、ニヤニヤ笑っているではありませんか。

「こらっ、きさま、どうしてここにはいってきたんだ。はやく出ていけ。ぐずぐずしていると、警察にひきわたすぞっ。」

いくらどなっても、あいては、へいきな顔をして、こんなことをいうのです。

「あらっ、なにをそんなにおこっているの？　ちょっといたずらをしてみたのよ。おこることはないわ。」

書生は、光子さんのことばの意味を、とりちがえました。

「ばかっ、ちょっといたずらに、へやの中にはいられてたまるかっ。さあ出ろ。出なければ、こうしてやるぞっ。」

書生は、こじきむすめ(ほんとうの光子さん)の首すじをつかんで、窓のそばにつれていき、いきなり、窓の外に、つきおとしてしまいました。

こじきむすめは、窓の下にころがって、からだじゅう、砂まみれになりました。

「青木っ、なにをするの。あたしをだれだと思っているの。」

光子さんは、やっとおきあがると、窓からのぞいている書生に、せいいっぱいの声で、どなりつけました。青木というのは、書生の名です。

「なまいきいうなっ。だれとも思っていない。こじきだと思っているよ。さっさと出ていけ。出ていかないと、もっと、いたいめをみせてやるぞっ。」

書生は、いまにも、窓からとびだしてきそうないきおいです。

光子さんは、ただどなっていたってしかたがない、わけをはなそうと思いました。

「ねえ、青木さん。あんたが思いちがいをするのも、むりはないわ。でもあたしは光子なのよ。庭からはいってきた、こじきむすめと、服のとりかえっこをしたのよ。」

それをきくと、書生は、声をたてて笑いました。

「アハハハハハハ、なにをつまらないことをいっている。あっ、ちょうどいい、光子さんがこられた。ねえ、おじょうさん、こいつ、あなたと服をとりかえたんだといってますよ。」

すると、窓に、二つの顔があらわれました。にせの光子さんと、それから、弟の銀一くんです。

「あっ、あんた、そこにいたの。はやく、あたしをたすけてちょうだい。あんたがあたしの服をきて、あたしがあんたの服をきているんだわね。」

それをきくと、光子さんにばけたこじきむすめは、目をまんまるにして、わざとおどろいてみせるのです。

「まあ、おそろしい。なんといういいがかりをつけるのでしょう。そんなばかなことを、だれが信用するものですか。青木さん、はやくこのこじきを、門の外へ、ほうりだして。」

こじき姿の光子さんは、びっくりしてしまいました。

「あらっ、なにをいうの。あんたこそ、おそろしい人だわ。ねえ、銀ちゃん、あんたはわかってくれるわね。ホラ、おねえさんの光子よ。」

弟の銀一くんによびかけて、顔を窓のほうへつきだしましたが、銀一くんも、とりあってくれません。

「光子ねえさんはここにいるよ。そんなきたないねえさんなんてあるもんか。おまえなんか、はやく、どっかへいっちまえっ。」

たのみの綱が、きれはてました。

ああ、とんだことをしてしまった。あんな気まぐれをおこして、服のとりかえっこをしたばっかりに、おそろしいめにあわなければならない。光子さんは後悔しましたが、いまさらおっつきません。

あっ、書生が縁《えん》がわからまわって、庭に出てきました。おそろしい顔をしています。

「さあ、門の外にでるんだ。そして、おまえのこじき小屋にかえるんだ。」

そういって、光子さんのえり首をつかむと、グングン門のほうへおしていくのです。

おとうさんは銀座のお店です。おかあさんは麴町の親戚におでかけです。もうたすけをもとめる人もありません。

それにしても、弟の銀一が、どうして、あたしを見わけてくれなかったのだろうと、光子さんはふしぎに思いました。

しかし、読者諸君はごぞんじです。これは銀一くんとそっくりの顔をした、にせものです。ほんとうの銀一くんは、ニコラ博士という白ひげのじいさんにつれていかれ、地下室にとじこめられているのです。

ああ、これはどうしたことでしょう。怪人ニコラ博士は、いったい、なにをたくらんでいるのでしょう。まず銀一くんをにせものといれかえ、いまはまた、光子さんをいれかえたのです。おそろしい計画は、つぎつぎと、なしとげられていくようにみえます。

「さあ、はやく、あっちへいけっ。」

書生は、門の鉄のとびらをひらいて、光子さんを外につきとばし、そのまま、パタンととびらをしめて、うちにはいってしまいました。

人形紳士

光子さんは、書生につきとばされたとき、ひざを強くうったので、いたさに、そこにうつぶしたまま、シクシクと泣いていました。

ああ、「乞食王子」のまねなんかしなければよかった。あんな小説をおぼえていたばっかりに、とんだことになってしまった。あたしは、どうすればいいんだろう。クヨクヨと、おなじことを、くりかえし、考えているうちに、ふと気がつくと、なにかおしりをつっつくものがあります。

おどろいて、うつむいていた顔をあげてみますと、いつのまにか、六人ほどの子どもたちにとりかこまれていました。

近くのいたずら小僧どもが、きたないこじきむすめがたおれているのを見て、あつまってきたのです。その中のひとりが、棒きれをもって、光子さんのおしりをつっついたのです。

光子さんは、その子をにらみつけて、おきあがりました。すると、子どもたちは、ワーッといって、むこうへにげていきます。

もうこんなところに、たおれているわけにはいきません。子どもたちが、またいたずらをするにきまっているからです。

光子さんは、ひざのいたみをこらえて、たちあがり、トボトボと、歩きだしました。

「ワーイ、ワーイ、ばっちいおねえちゃんよう。どこへいくんだよう。」

あとから、子どもたちがゾロゾロついてきます。

ふりむいて、こわい顔で、にらみつけますと、子どもたちは、ワーッといって、にげますが、しばらくすると、また、ちかづいてきて、下品なことばで、からかうのです。

光子さんは、ワーッと声をあげて、泣きだしたくなりました。しかし、じっとこらえて、くちびるをかみしめて、トットと、急ぎ足に歩きました。

町かどを、まがりまがり、四百メートルも歩くと、いつのまにか、子どもたちは、あとをつけてこなくなりました。

ああ、たすかったと思いながら、バスの停留所のほうへ歩いていきます。いまから銀座のお店にいこう。そして、おとうさんにわけを話して、たすけてもらおう。そのほかにてだてはない。光子さんは、そう考えて、バスに乗るつもりでいたのですが、ふと気がつくと、一円もお金がないのです。といって、歩いて銀座までいくのは、たいへんです。どうしたらいいだろうと、思案にくれるのでした。

光子さんは、すこしも気がつきませんでしたが、さっきから、いたずら小僧たちとはべつに、光子さんのあとをつけてくる、ひとりのあやしい男がありました。ねずみ色の背広に、ねずみ色のオーバーをきて、おなじ色の鳥打帽《とりうちぼう》をかぶっています。ひげのないツルッとした顔に、まんまるなめがねをかけているのですが、その顔が、なんだかへんなのです。

顔色がよくって、しわがなく、スベスベしていて、洋服屋のショーウインドーにかざってあるマネキンのような顔なのです。人形のような紳士です。

光子さんが、お金がなくて、バスに乗れないので、思案にくれて、たちどまっていますと、その人形紳士は、なにげなく、光子さんを、おいこして、歩いていきましたが、そのとき、ポケットから銀貨をとりだして、そっと地面におとし、そのまま、むこうのかどをまがりました。

かどをまがったかとおもうと、そこにたちどまって、へいのかどから、目ばかり出して、そっと光子さんのほうを、のぞいているのです。

光子さんは、立ちどまっていても、しかたがないので、うなだれたまま、歩きだしましたが、目が地面にそそがれているので、すこし歩くと、さっき人形紳士がおとしていった銀貨をみつけました。ひろいあげてみると、百円銀貨です。これがあればバスにのれます。だれがおとしたのかしらないが、しばらくおかりしておこうと、心をきめました。それからは、急ぎ足になって、停留所につくと、銀座を通るバスをまって、乗りこみました。

さいわい、立っている人が多いので、車内のみんなに、きたない姿を見られることはありませんでしたが、車のすみに、ソッと立っていても、すぐ近くの人からは、ジロジロながめられました。車掌さんまでが、顔をしかめて、じっと、こちらを見ているのです。

光子さんは、そのはずかしさがいっぱいで、すこしも気づきませんでしたが、あのマネキンのような顔をした人形紳士も、このバスに乗っていました。

光子さんのあとから、乗りこんで、光子さんから、できるだけはなれて、そっぽをむいて、そしらぬ顔で、つりかわにぶらさがっているのです。

ときどき、チラッ、チラッと、光子さんのほうを、ぬすみ見るのですが、光子さんは、銀座でおりるまで、気づかないでいました。

バスをおりると、光子さんは、すぐそこの玉村宝石店へいそぎましたが、人形紳士もそこでおりて、光子さんのあとをおいました。にぎやかな銀座通りのことですから、もう光子さんにかんづかれる心配はありません。

光子さんは、玉村宝石店のきらびやかなショーウインドーのあいだから、店にはいっていきました。

「おいおい、きみ、こんなとこにはいってきちゃいけない。おもらいなら、うらへまわりなさい。」

わかい店員が、光子さんのこじき姿を見て、どなりつけました。

光子さんはその店員をよく知っていました。しかし、あいてには、こちらがわからないのです。

「ねえ、あたし、わけがあって、こんななりをしているけど、玉村光子よ。おとうさん、おくにいらっしゃるでしょう。通ってもいいわね。」

店員はびっくりして、まゆずみでよごれた光子さんの顔を、ジロジロとながめました。

「なんだって？　光子さんだって？　おじょうさんが、そんなきたない服をきられるわけがないじゃないか。おどかさないでくれよ。さあ、出ていった、出ていった。」

「いいえ、どうしても、おとうさんにあいます。じゃましないで、おくにとおしておくれ。」

「いけない。いけないったら。こいつ気ちがいだな。さあ、出ていけ。出ていかないと、なぐるぞっ。」

そのさわぎをききつけたのか、そのとき、おくとのさかいのガラスのドアが、サッとひらいて、おとうさんの玉村銀之助さんの姿があらわれました。

「かまわないから、表《おもて》にほうりだしてしまいな。そいつはおそろしいかたりだ。顔がにているのをさいわい、光子だといって、わしをゆするつもりなんだ。はやく、ほうりだしてしまえ。」

ああ、おとうさんまでが、と思うと、光子さんは泣きだしたくなりました。

「おとうさん、わけをはなしますから、きくだけきいてください。こんななりをしていますが、あたしは光子にちがいないのです。」

死にものぐるいで、すがりつくようにたのみましたが、玉村さんは、とりあってくれません。

「そのわけは、もうちゃんとしっている。ほんとうの光子からきいている。光子、あいつに顔を見せてやりなさい。」

その声におうじて、光子さんになりすました、あのこじきむすめが、玉村さんの後ろから、美しい顔を出しました。

ああ、なんというすばやさ！　にせ光子は、ほんとうの光子が、おとうさんのたすけをもとめて、ここにくることをさっして、自動車でさきまわりをしたのでしょう。そして、おとうさんをときつけて、いつほんものがあらわれても、だいじょうぶなようにしておいたのです。

それにしても、玉村さんまでが、にせものを信じるというのは、にせものが、ほんものと、すこしもちがわないからです。どうして、こんなにもよくにた人間がいたのでしょう。考えられないことです。おそろしい夢でも見ているようです。これにはなにか、ふかいわけがあるのでしょう。いままでの科学では、とけないような、おそろしい秘密があるのでしょう。

しかし、光子さんは、そこまでは考えませんでした。ただ、くやしくて、かなしくて、はらわたがにえくりかえるようです。

「ちがいます。そいつが、にせものです。服をとりかえたのです。あたしの服を、そいつがきているのです。あたしがほんとうの光子です。」

きちがいのように、泣きわめく、こじきむすめを、玉村さんは、おそろしい顔で、にらみつけました。

「わかっている。おまえのいいぐさは、もうちゃんとわかっているのだ。おい、みんな、かまわないから、そいつを、表にほうりだしてしまえ。」

もう、どうすることもできません。光子さんのこじきむすめは、おおぜいの店員に、こづきまわされて、表につきだされてしまいました。

光子さんは、しばらく店の前に、うずくまっていましたが、やがて、あきらめはてたように、トボトボと、歩きはじめました。

すると、さっきの仮面のような顔の人形紳士が、どこからかあらわれて、光子さんに声をかけました。

「光子さん、きみが光子さんだということは、わしがよく知っている。きっとあかしをたててあげる。しかし、いまはいけない。ひとまず、わしのうちにきなさい。そして、計画をたてて、出なおすのだ。わかったね。さあ、わしのうちにいこう。」

ボソボソと、耳のそばで、ささやくようにいうのです。

「あなた、どなたですか。」

光子さんはびっくりして、ききかえしました。

「きみをよく知っているものです。あんしんしてついておいでなさい。さ、いきましょう。」

人形紳士は、そういったまま、しずかに歩きだしました。光子さんは、目に見えぬ糸でひっぱられでもするように、フラフラと、怪紳士のあとから、ついていくのでした。

小林少年

超人ニコラ博士は、ふしぎな妖術を使って、宝石王玉村さんのこどもの銀一くんと、そのおねえさんの光子さんを、にせものと、とりかえてしまいました。

おとうさんや、おかあさんにも、見わけられないほど、そっくりのにせものが、どこからか、やってきて、玉村さんのうちにはいり、ほんとうの光子さんと銀一くんは、どこかへつれていかれてしまいました。

銀一くんのときは、白ひげのじいさんがあらわれ、光子さんのときは、人形みたいな顔の紳士があらわれて、どこともしれぬ、あやしい家へつれていき、そこの地下室に、とじこめてしまったのです。

玉村さんのうちには、にせの光子さんと銀一くんが、ちゃんといるのですから、だれも、人間がいれかわったとは気がつきません。光子さんのにせものも、銀一くんのにせものも、じつにうまく、ほんもののまねをしていたのです。

ところが、たったひとり、にせの銀一くんをうたがっている少年がありました。それは、いつか銀一くんがスリをはたらくところをみつけた、松井少年です。銀一くんの同級生の松井くんです。

松井くんは、玉村銀一くんとそっくりの少年が、もうひとりいることを、知っていました。もしその少年が、銀一くんといれかわったら、どうなるだろうと思うと、なんだかおそろしくなってきました。

ある日、松井くんは、休みの時間に、学校の運動場を、玉村銀一くんと、肩をならべて歩いていました。

「ねえ、玉村くん、きみ、ほんとうに玉村くんだろうね。」

松井くんがみょうなことをいいました。

「なにをいってるんだ。ぼくは玉村だよ。どうして、そんなことをきくんだい。」

銀一くんは、おこったような顔をしました。

「きみ、それじゃあ、少年探偵団のバッジをもってるかい?」

「きょうはもってないよ。うちにあるよ。」

松井くんも玉村くんも、少年探偵団員でした。団員はＢＤ《ビーディー》バッジを二十個以上、いつもポケットに入れていなければならない規則です。悪者につれていかれるようなとき、道にばらまいて、いくさきをしらせるためです。玉村くんはその規則を知らないのでしょうか。

「じゃあ、七つ道具は?」

「えっ、七つ道具って?」

少年探偵団の七つ道具は、①ＢＤバッジ ②万年筆型の懐中電灯 ③呼び子の笛 ④虫めがね ⑤小型望遠鏡 ⑥磁石 ⑦手帳と鉛筆です。

「それももってないんだね。」

「うん、きょうはもってないよ。」

「じゃあ、なにとなにだかいってごらん。」

玉村くんは、きゅうには答えられないで、しばらく考えていましたが、やがて、どもりながら、こんなことをいうのです。

「ＢＤバッジ、それから懐中電灯、えーと、それから、おもちゃのピストル、とびだしナイフ、えーとそれから……。」

そこで、いきづまってしまいました。

玉村くんは、七つ道具を知らないのです。

「じゃあね、七つ道具のほかに、団長と中学生の団員だけがもっている道具があるんだよ。なんだかしってる。」

玉村くんは、口をもぐもぐさせていますが、答えることができません。知らないらしいのです。

「なわばしごだよ。」

松井くんがおしえますと、玉村くんは、いかにも知ったかぶりに、

「そうだよ。なわばしごだよ。二本のなわに、足をかける木の棒が、たくさんくくりつけてある。」

「ちがうよ。黒いきぬ糸を、よりあわせたひもだよ。二本じゃない。一本きりだよ。そのきぬひもに、三十センチおきに、足の指をかける、むすび玉がついているんだよ。」

「あっ、そうだ。ぼく、うっかりしてたよ。黒いきぬ糸だったねえ。」

玉村くんはそういって、ごまかそうとしましたが、ほんとうは、なにも知らないことが、わかりました。

松井くんは、いよいよ、こいつはにせものにちがいないと、思いました。その場は、なにげなくわかれて、その日、学校がひけてから、明智探偵事務所の小林少年をたずねました。

明智先生は北海道に事件があって、旅行中でした。小林少年は、少女助手のマユミさんとふたりで、るす番をしていました。

小林くんは、少年探偵団長です。すぐに松井くんを応接室にとおして、話をききました。

松井くんは、お祭りの日に、玉村銀一くんとそっくりの少年を見たことから、きょう学校でのできごとまで、すっかり話しました。

「だから、ひょっとすると、玉村くんは、にせものといれかわっているんじゃないかと思うのです。そんなによくにた人間がいるなんて、ふしぎでしようがないけれど、ほんとうなんです。ぼくは、そいつがスリをはたらいているところを、ちゃんと見たんですからね。」

「へんな話だねえ。ふたごでもないのに、そっくりの人間が、ふたりいるなんて、ちょっと、考えられないことだねえ。」

さすがの小林少年も、こんな話をきくのは、はじめてでした。

「だから、ふしぎなんですよ。しかし、たしかに、ふたご以上に、よくにたやつがいるんです。そいつが、玉村くんのまわりに、ウロウロしていたんですからね。ぼくはどうもあやしいと思うんです。バッジももっていないし、七つ道具のことも知らないのは、ほんとうの玉村くんでないしょうこですよ。」

「なにか、たくらんでいるのかもしれないね。」

「玉村くんのおとうさんは、宝石王でしょう。宝石を手にいれるための陰謀かもしれません。玉村くんのおとうさんに、このことを知らせてあげなくてもいいでしょうか。」

「うん、そうだね。明智先生がいらっしゃるといいんだが、一週間ぐらいはお帰りにならない。しかし、きみの話だと、ほってもおけないようだから、ぼくが玉村くんのおとうさんにあって、このことをお話ししておいたほうがいいかもしれないね。」

「ええ、ぼくもそう思うんです。にせものといれかわった玉村くんが、どっかで、ひどいめにあっていると、たいへんですからね。」

「じゃあ、電話をかけて、玉村さんのつごうを聞いてみよう。いまは銀座の店におられるだろうね。店をたずねるのがいい。すまいのほうにはにせの銀一くんがいるんだからね。」

そこで、小林くんが電話をかけますと、玉村銀之助さんは、ちょうど店にいて、電話口に出ました。

玉村さんは小林くんをよく知っていました。名探偵明智小五郎《こごろう》の少年助手として、たびたびてがらをたてて、新聞にのるものですから、小林少年の名を知らない人はありません。ことに玉村銀一くんは少年探偵団員なので、その団長の小林くんには、おとうさんも、したしみをかんじていたのです。

「うちの銀一が、いつもおせわになります。」

玉村さんは、電話口で、そんなあいさつをするのでした。

「その銀一くんのことで、至急にお話ししたいことがあるのです。これからお店のほうに、おじゃましていいでしょうか。」

といいますと、それでは、お待ちしていますから、どうかおいでください、という返事でした。

それから三十分ほどたって、銀座の玉村宝石店の社長室には、社長の玉村銀之助さんと、小林少年と、松井少年とが、テーブルにむかいあっていました。

小林くんが、松井くんから聞いたことを、くわしく話しますと、玉村さんは、はじめは、そんなばかなことがと、とりあげようともしませんでしたが、小林くんが、うたがわしいわけを、だんだん、話していきますと、玉村さんは腕をくんで、考えこんでしまいました。

そして、しばらくすると、ひとりごとのように、つぶやくのでした。

「そうすると、あのこじきむすめも、ほんとうの光子だったかもしれないぞ。」

「えっ、こじきむすめですって？」

小林くんが、おどろいて聞きかえします。

「二、三日前に、こじきむすめが、この店にやってきましてね。わたしがほんとうの光子だ。おとうさんのそばにいるのは、にせものだといいはるのです。

光子というのは、銀一の姉ですが、その光子が、じぶんとよくにたこじきむすめと、服のとりかえっこをしたというのです。

だが、そんなばかなことは、しんじられないので、こじきむすめを、店からつきだしてしまいましたが、思いだしてみると、そのこじきは、光子とそっくりの顔をしていました。

銀一がにせものだとすると、光子もにせものと、いれかわっているかもしれない。

だが、まさかそんなことが……いや、いや、そうかもしれない。ああ、おそろしいことだ。このふしぎなできごとのうらには、なにかの、ふかいたくらみがあるのかもしれない。

しかし、そんなによくにた人間がいるものかしら。小林さん、きみはどう思います?」

「わかりません。なにか、とほうもない魔術がおこなわれているのです。この事件のうらには、おそろしい悪人がかくれているのかもしれません。

ぼくはこの事件を、探偵してみたいと思います。明智先生がおるすなので、ざんねんですが、ぼくにできるだけのことを、やってみたいと思います。」

「ああ、それは、わたしからおねがいしたいところです。わたしも、それとなく、光子と銀一のようすを注意しますが、あなたも外から、さぐってください。もし、にせものとすれば、どこかにかくれている、このたくらみのなかまと連絡をとるでしょうからね。」

それから、いろいろ、うちあわせをしたうえ、小林、松井の二少年は、玉村さんにいとまをつげて、それぞれの家に帰りました。

小林くんは、そのばんから、きたないこじき少年にばけて、渋谷の玉村さんのうちの見はりをつづけました。

はじめの夜は、なにごともありませんでしたが、ふたばんめに、おそろしいことがおこりました。

月もない、まっくらな夜です。八時ごろでした。

玉村さんのやしきの、うらてのコンクリートべいの下に、一枚のむしろが、すててあります。

とおくの街灯の光で、それがぼんやりと見えています。

あっ、そのむしろが、モゾモゾと動きました。よくみると、むしろの下に人間がいるのです。こじきが、むしろをかぶって、寝ているのかもしれません。

そのへんは、さびしいやしき町ですから、なんのもの音もなく、死んだように、しずまりかえっています。

しばらくすると、町のむこうから、まっくろな大きなものが、スーッと、こちらへ近づいてきました。

ヘッドライトをけした自動車です。

そのあやしい自動車は、こじきの寝ているむしろのそばに、とまりました。

自動車のドアが、音もなくひらいて、へんてこな大きなものが、とびだしてきました。

金色に光っています。それは人間ではなくて、四つ足で歩く猛獣でした。トラです。黄金のトラです。

東京の町の中にトラがあらわれたのです。しかも、そいつは自動車に乗ってやってきたのです。

金色に光るトラは、そのへんをノソノソと歩いていましたが、グッと首をひくくして、ねらいをさだめたかと思うと、パッと、ひととびで、コンクリートべいの上にかけあがり、まるで綱わたりのように、せまいへいのてっぺんを歩いていきます。

地面のむしろの下の人間は、首をもたげて、じっと、それを見つめていました。

へいの上を十メートルほど歩くと、黄金のトラは、玉村さんのやしきの中に、ピョイととびおりて、姿をけしてしまいました。

地面のむしろが、パッとはねのけられ、その下に寝ていた人間が、立ちあがりました。少年です。ボロボロの服をきた、こじき少年です。

少年は、すぐそばにとまっている自動車の中をのぞきました。そして、思わず、「おやっ。」と声をたてました。

自動車にはだれもいないのです。運転手もいないのです。では、あの金色のトラが、自動車を自分で運転してきたのでしょうか。そんな器用な猛獣がいるのでしょうか。

こじき少年は、だれもいないことをたしかめると、車の後ろにまわって、そこのトランクのふたに手をかけて、もちあげてみました。

すると、かぎがかけてないとみえて、ふたはスーッとひらきました。中をのぞくと、荷物もなく、からっぽです。

こじき少年は、トランクにはいりこんで、その中に身をかくし、ふたをしめてしまいました。尾行するつもりなのです。

いまに黄金のトラがもどってくるでしょう。そして、自動車を運転して、どこかへいくでしょう。こじき少年は、そのいくさきを、つきとめるつもりなのです。

それから十分ほど、なにごともおこりませんでした。すこしのもの音もなく、すこしの動くもののもありません。

やがて、コンクリートべいの上から、金色のものが、ヒョイとのぞきました。トラの顔です。らんらんと光る目で、じっとへいの外をながめています。

それから、へいの上にのぼって、ノソノソと歩きはじめ、自動車の近くまでくると、ピョイと地面にとびおりて、車の運転席にはいりこみました。

やっぱり、この猛獣は、自動車の運転ができるのです。

自動車は、さびしい町から、さびしい町へと走っていきます。

二十分もたったころ、大きな洋館の門の中にはいって、そこでとまりました。

黄金のトラは、自動車からおりて、四つんばいになって、玄関のドアの前までいくと、あと足で立ちあがり、まるで人間のように、ドアをひらくと、その中に姿をけしてしまいました。

こじき少年は、トランクのふたを、ほそめにひらいて、そのようすを見ていましたが、トラが中にはいってしまうと、ふたをぜんぶひらいて、トランクからはいだし、玄関のドアのそばまでいって、中のようすに、耳をすましました。

しばらくまって、ソッとドアをひらいて、のぞいてみますと、どこかに、うすぐらい電灯がついていて、そのへんがボンヤリと見えています。

玄関のホールから、ろうかがおくへつづいていますが、そこには人影もありません。いやトラの影もありません。

こじき少年は、だいたんにも、ドアの中にしのびこみ、足音をしのばせながら、ろうかを、おくのほうへすすんでいきました。

二十メートルもいくと、むこうにキラッと光るものが見えました。黄金のトラのせなかです。そいつは、やっぱり、あと足で立って歩いているのです。

「ウフフフフ……。」

どこからか、みょうな笑い声が聞こえてきます。

こじき少年は、びっくりして、たちどまりました。

ああ、やっぱりそうです。トラが笑ったのです。

「ウフフフフ……。」

そして、ヒョイと、こちらをふりむきました。らんらんと光る目が、ほそくなって、口は三日月形に笑っているのです。

「おい小林くん。きみは、こじきにばけているが、明智の助手の小林だろう。うまく、おれの計略にかかったな。きみはきっと、おれを尾行するだろうと思った。それで、さそいをかけたのだよ。」

トラが人間のことばをしゃべったのです。

こじき少年は、やっぱり小林くんでした。小林くんは、まんまと敵のわなにかかってしまったのです。

これはいけないと思い、いそいで、にげだそうとしました。

「おっと、にげようたって、にげられやしないよ。ホラね。ワハハハ……。」

黄金のトラが、おそろしい声で笑いだしました。

その笑い声といっしょに、ダーッという音がして、てんじょうから大きな鉄ごうしがおちてきました。

ろうかいっぱいの鉄ごうしです。もう、後ろへはいけません。

しかたがないので、前へつきすすもうとすると、またしても、ダダーッという地ひびきがして、前にも鉄ごうしがおちてきました。

前と後ろに鉄ごうしがおちたのですから、おりの中にとじこめられたのとおなじことです。

「ワハハハハ……、どうだ、このしかけには、おどろいたか。さすがの小林少年探偵も、きょうから、おれのとりこだ。いまに、べつのへやにいれてやるから、ゆっくり、とうりゅうしていくがいい。」

鉄ごうしのむこうから、トラがしゃべっているのです。ものをいうたびに、口がガッとさけて、赤い舌がペロペロと動くのです。

「きみは、いったい何者だっ。」

小林くんは、せいいっぱいの声で、どなりつけました。

「おれは人間だよ。しかし、きまった顔をもたない人間だ。だれにでもばけることができる。このとおり、猛獣にだってばけられる。トラにはかぎらない。シシにだって、ヒョウにだって、大蛇《だいじゃ》にだって、ばけられるのだ。

おれの名をおしえてやろう。おれは百十四才になるニコラ博士という魔術師だ。スーパーマンだ。」

「玉村銀一くんとそっくりの少年をつれてきて、人間の入れかえをやったのは、きみだなっ。いったい玉村くんをどこへかくしたのだ。」

「銀一くんは、ここのうちにいるよ。いや、銀一くんだけじゃない。いろいろな人間が、とりこにしてある。銀一くんのねえさんもいるし、そのほかにも、きみのしらない人間がたくさんいる。」

「みんな、かえだまと、いれかえたんだな。」

「アハハハハ……、だんだんわかってきたようだな。おどろいたか。おれはどんな人間のかえだまでも、つくることができるのだ。たとえば、きみとそっくりのかえだまだって、わけなくできる。魔法博士の神通力だよ。アハハハハ……。」

黄金のトラは、あと足で立ちあがって、自由自在に、人間のことばをしゃべっているのです。じつに、なんともいえない、ふしぎなありさまです。

聞いているうちに、小林くんは、ゾーッとおそろしくなってきました。

この金色のトラのいうことが、ほんとうだとすると、小林少年は、ここにとじこめられたまま、小林少年とそっくりのかえだまが、明智事務所に帰っていくことになるかもしれません。すると、どんなことがおこるでしょう。考えれば考えるほど、おそろしくなってくるではありませんか。

猛獣自動車

怪人ニコラ博士は、宝石王玉村さんのふたりのこども、光子さんと銀一くんに、まるでふたごのように、そっくりな人間を、どこからかつれてきて、いれかえてしまいました。

そして、ほんものの光子さんと銀一くんは、渋谷区のはずれにある、あやしい洋館の地下室にとじこめられているのです。

それればかりではありません。名探偵明智小五郎の助手の小林少年も、金色のトラにおびきよせられて、やっぱり、おなじ地下室にとじこめられてしまいました。

宝石王の玉村銀之助さんは、じぶんのやしきのまわりを見はっていた小林少年が、怪人につれさられたことは、すこしもしりません。あのトラが自動車を運転するという奇妙な事件のあった翌日、午前十時ごろ、玉村さんはいつものように、自動車にのって、銀座の店へ出かけるのでした。

道路は自動車でいっぱいです。とある交差点で、何十台というトラックや、バスや、乗用車が、三列にならんでとまっていました。そうして、十分もじっとまっていなければならないのです。玉村さんは、車のこんざつには、なれていましたから、イライラしてもしかたがないと、じっと目をつぶって、クッションにもたれていました。

右の窓のガラスが、半分ひらいてあります。そのガラスをコツコツとたたくものがありました。

オヤッとおもって、目をひらきますと、右がわすれすれに、一台の乗用車がとまっていて、その窓が、こちらの窓のすぐそばにあるのです。

玉村さんが、そこを見たときには、窓は、なにかボール紙のようなものでふさがれていて、中は見えませんでした。

しかし、さっき、コツコツと、こちらのガラスをたたいたのは、たしかに、その窓の中にいる人です。たたいておいて、ボール紙で窓にふたをして、かくれてしまったのでしょうか。

「へんだな。」とおもって、じっと見ていますと、ボール紙がすこしずつ下のほうへさがっていって、その後ろから、黄いろくひかったものが、のぞきました。

まだボール紙が、半分しかひらいていないので、そのものの姿は、はっきりわかりませんが、なんだか、とほうもない、へんてこなものです。

ボール紙は、またジリジリと下のほうへさがっていきます。そして、窓の中が、すっかり見えるようになりました。

玉村さんはギョッとして、おもわず、車の中で立ちあがりそうになりました。

半分ひらいたガラスの中に、おそろしいトラの顔があったのです。

ランランとかがやく、大きな目で、じっとこちらをにらんでいます。

玉村さんは、だれかが、でっかいトラのおもちゃを、ひざの上にのせているのではないかとおもいました。

しかし、そのトラの顔は、人間の顔の倍もあるのです。そんなでっかいおもちゃがあるのでしょうか。

いや、おもちゃではありません。

トラの目が動きました。口がひらきました。口の中で、まっかな舌がヘラヘラと動きました。

「ウヘヘヘヘ……。」

なんともいえない、へんな声で、トラが笑ったのです。まるで人間の老人のような、しわがれた声で、うすきみわるく笑ったのです。

笑えるのは人間だけで、ほかの動物は笑えないはずです。

しかも、トラのような猛獣が笑うなんて、おもいもよらないことです。

玉村さんは、あまりのふしぎさに、あっけにとられて、こわさもわすれて、ぼんやりしていました。

すると、こんどは、もっとへんなことがおこりました。トラがものをいったのです。

「用心するがいい。いまに、おそろしいことがおこる。」

たしかに、猛獣が人間のことばを、しゃべったのです。

玉村さんは、夢を見ているような気もちで、まだぼんやりしていましたが、ふと気がつくと、ここは自動車の行列のまんなかです。大きな声をたてれば、みんなが、力をかしてくれるでしょう。いくら猛獣でも、このこんざつのなかを、うまくにげられるものではありません。

玉村さんは、前にいる運転手の肩をつついて、ささやきました。

「見たか。」

「ええ、見ました。」

ふたりで、もういちど、そのほうをふりむくと、むこうの窓は、またボール紙でふたをされて、トラの姿は見えませんでした。

「みんなに知らせよう。大きな声で、さけぶんだ。」

はんたいがわのドアをひらいて、からだをのりだし、

「オーイ、たいへんだあ。ここの車の中にトラがいるぞう……。」

と、なんども、くりかえして、さけびました。

自動車にトラがのっているなんて、あんまりとっぴなことなので、はじめは、だれも信じませんでしたが、こちらが、しんけんにさけぶものですから、勇気のある運転手たちが、自動車からとびおりて、あつまってきました。

その人数がだんだんふえ、やがて、交通整理のおまわりさんまで、ピストルをにぎって、かけつけてきました。

みんなが、あやしい自動車のまわりをとりかこみました。

そのときには、窓のボール紙はなくなって、中が見とおせるようになっていましたが、そこにはひとりの紳士がこしかけているばかりで、トラなど、どこにも見えません。おまわりさんが、その紳士に声をかけて、ドアをひらき、中をのぞきこみました。

「この窓からトラの顔が見えたというんですが、まさか、トラといっしょにのっていたのではないでしょうね。」

「ハハハハ……、なにをおっしゃる。そんなばかなことが、あるはずはないじゃありませんか。だれが、そんなことをいったのですか。」

「この人ですよ。」

おまわりさんが、そこに立っている玉村さんを指さしました。

「ハハハハ……、あなた、夢でも見たんでしょう。車の中でうたたねしていたんじゃありませんか。」

「いや、たしかに、金色のトラが……。」

玉村さんはいいかえしましたが、見たところ、トラのかげも形もないのですから、けんかになりません。

「なあんだ、夢か。いくらなんでも、トラが自動車にのっているなんて、おかしいとおもったよ。」

みんな、チェッと舌うちをして、じぶんたちの自動車へかえっていきます。

おまわりさんは、ぐずぐずしていると、自動車がたまるばかりですから、どの車も、そのまますすむように、あいずをしました。

玉村さんも、あわてて車にのりこみ、出発しましたが、車の列は、交差点で三方にわかれ、いつのまにか、あのあやしい自動車を見うしなってしまいました。

大時計の怪

玉村さんは銀座の店につくと、すぐに明智探偵事務所に電話をかけて、小林少年に店のほうへきてくれるようにたのみました。

それから三十分もすると、小林少年が、玉村宝石店の社長室へはいってきました。

読者のみなさん、なんだかへんですね。小林少年は、ゆうべ怪人のためにあやしい洋館の地下室に、とじこめられたはずではありませんか。小林くんは、はやくも、そこからぬけだしてきたのでしょうか。いやいや、そうではなさそうです。そのことは、みなさんがよくごぞんじです。

しかし、玉村さんはなにも知りません。そこへやってきたのは、ほんとうの小林少年だと思いこんでいます。

玉村さんは小林くんに、さっきの事件をくわしく話してきかせました。

「そのトラがね、わたしの顔を見て、用心するがいい、いまに、おそろしいことがおこる、といったのだよ。」

「えっ、トラがですか。」

小林くんは、びっくりしたように、ききかえしました。ほんとうの小林少年なら、じぶんも、ゆうべ、金色のトラがしゃべるのをきいたはずではありませんか。

「そうだよ。トラがしゃべるなんて、信じられないことだ。しかし、ほんとうにしゃべったんだよ。」

「人間がトラにばけていたのでしょうか。」

「ウン、わたしもそう思う。超人ニコラ博士だ。ニコラ博士は、なんにでも、ばけられるというじゃないか。

まずトラにばけて、わたしをおどかしておいて、それから、みんなにかこまれたときには、紳士にばけかわって、すましていたのかもしれない。」

「でも、おそろしいことがおこるぞと、予告をしたのですから、ゆだんはできませんね。」

「ウン、それで、きみにきてもらったのだよ。この店には、たくさんの店員がいるけれども、あいてはおばけみたいなやつだからね。やっぱり名探偵のきみの知恵をかりたほうがいいとおもってね。」

「ありがとうございます。なによりも渋谷のおうちのほうが心配ですね。警察の力をかりるほかないでしょう。ぼくから警視庁の中村警部に電話でたのみましょう。そして、おうちのまわりを、まもってもらうようにしましょう。」

玉村さんもそれがいいというので、小林くんは警視庁に電話をかけましたが、中村警部はすぐにしょうちして、その手配をしてくれました。中村警部は明智探偵の親友ですから、小林くんをよく知っていて、少年だからといって、けいべつするようなことはないのです。

「ぼくはここにいて、あなたをまもります。なんだか、きょうは、あなたがあぶないような気がするんです。」

小林くんは、そんなことをいって、へやの中をコツコツと、歩きまわるのでした。

しばらくすると、若い店員が社長室へはいってきました。

「れいの大時計をトラックではこんできましたが、ごらんになりますか。」

「ウン、ここにはこんで、ここでひらいてもらおう。なにしろ、いまではめったに手にはいらない美術品だからね。」

店員はそれをきくと、店のほうへもどっていきましたが、まもなく、ドカドカと足音がして、二メートルもある長方形の木箱を、ふたりの運送屋の男が、はこびこんできました。

この木箱の中には、西洋では「おじいちゃん時計」といわれている、人間よりも背のたかい、ふりこ時計がはいっているはずです。

玉村商店は宝石商ですが、西洋の時計などもあつかっているので、ときどき、みょうな注文をうけることがあります。

あるお金持ちのおとくいが、明治時代にはやった「おじいちゃん時計」がほしいというので、さがしていたところが、りっぱな大時計がみつかったので、きょう、それを見せにきたというわけです。

その時計をみつけたブローカーの男が、ふたりの運送屋にはこばれる木箱につきそって、はいってきました。

「やあ、橋本さん、ごくろうさま。これがこのあいだお話しの時計ですね。」

玉村さんは、この橋本というブローカーとは、ついこのあいだ、はじめてあったのです。

「はい、じつにりっぱな美術品でございますよ。」

「機械もくるっていないのですね。」

「ふしぎと、くるっておりません。ただしい時を知らせてくれますよ。」

「それはめずらしい。じゃあ、店のものもここによぶことにしましょうか。」

「いや、まず社長おひとりで、ごらんください。もったいぶるわけではありませんが、ひじょうにめずらしい品ですから。」

「わたしひとりでね。それもいいでしょう。しかし、この小林くんは、ここにいてもかまいませんね。こんな小さいからだをしているが、じつは、わたしのボディガードなんですよ。」

「かまいませんとも。そのかたがボディガードですか。」

ブローカーはけげんそうな顔つきです。

「民間探偵明智小五郎さんの助手の小林くんです。」

「ああ、あの有名な小林少年ですか。そういえば新聞の写真で、よくお目にかかってますよ。なるほど小林さんなら、たのもしいガードですね。」

そういうわけで、小林少年は、このめずらしい「おじいちゃん時計」を、玉村さんといっしょに見ることになったのですが、そうときまると、小林くんはなにを思ったのか、玉村さんのそばによって、

「ドアのかぎを。」

と、ささやいて、手をだしました。

玉村さんは、ボディガードにかぎをわたしておくのはあたりまえだとおもい、べつにうたがいもせず、ポケットからかぎを出してわたしました。

「では、箱をひらくことにします。」

ブローカーが、ふたりの運送屋の男に目くばせすると、ふたりは、くぎぬきをもって、ギイギイと、木箱のくぎをぬきはじめました。

そのとき、玉村さんが箱に気をとられているすきに、小林少年が、みょうなことをしました。

小林くんは、玉村さんのほうをむいたまま、横いざりに、ドアの前までいって、手を後ろにまわして、なにくわぬ顔で、ドアにかぎをかけてしまったのです。

もっとへんなことがあります。小林くんは、こちらをむいたまま、おしりのポケットから、大きなハンカチをまるめたようなものを、とりだして、ギュッと右手ににぎって

いるではありませんか。いったい、なにをしようというのでしょう。

「さあ、よくごらんください。」

ブローカーが、もったいぶったちょうしでいいました。

ふたりの男が、くぎをぬいてしまった木箱のふたを、横にのけますと、白い布でつつんだものが、箱いっぱいによこたわっています。

そのとき、へやの中が、おそろしく、しんけんな空気で、みたされました。

ブローカーは、両手を、にぎりこぶしにして、おそろしい顔つきで、玉村さんをにらみつけています。

小林少年は、ドアの前から、ジリジリと、玉村さんの後ろへと、ちかづいていきます。手には、あの白いきれをまるめたものを、いつでもつかえるように、用意しながら。

ふたりの男は、箱の中の白布《しらぬの》の、両はしをもって、一、二、三で、パッとはねのけようと、身がまえしています。
一、二、三の号令がかかったわけではありません。しかし、ブローカーのぶきみな目が、それとおなじはたらきをしました。
パッと、白布が、めくりとられました。

「アッ!」

玉村さんは、おもわずさけんだまま、身動きもできなくなってしまいました。木箱の中には、大時計ではなくて、ひとりの人間がよこたわっていたのです。死人《しびと》でしょうか。いやいや、生きています。しかも、それは、じつにおどろくべき人間だったのです。

その男は、箱の中でゆっくりと上半身をおこし、それからヒョイと立ちあがると、箱の外へでました。

ああ、ごらんなさい。玉村さんが、ふたりになったではありませんか。いま箱からでた男は、玉村さんとそっくりの顔をしています。背広やネクタイまで、玉村さんのとおなじです。

ふたりの玉村さんが、むかいあって、一メートルのちかさで、顔をにらみあって、立ちはだかっているのです。

じつにふしぎなありさまでした。じっと見ていますと、どちらがほんもので、どちらがにせものだか、わからなくなってきます。

こんなにもよくにた人間が、この世にあるものでしょうか。超人ニコラ博士の魔術にちがいありません。しかし、このおそろしい魔術は、いったい、どんなたねがあるのでしょうか。

玉村さんも、そこに気がつきました。このまま、じっとしていたら、箱からでてきた男が、じぶんになりすまし、じぶんは箱づめになって、どこかへ、つれさられるのにちがいないと、気がついたのです。

店にはおおぜいの店員がいます。大声でたすけをもとめたら、すぐにかけつけてくるはずです。

玉村さんは、口をいっぱいにひらいてわめき声をたてようとしました。

しかし、そのときはもうおそかったのです。いっぱいにひらいた口に、パッと、白いハンカチのようなものが、とびついて、ふたをしてしまいました。小林少年が、後ろから手をまわして、麻酔薬《ますいやく》をしませたきれを、玉村さんの口と鼻に、おしつけたのです。

それからあとは、手ばやくパタパタとことがはこばれてしまいました。

麻酔薬で気をうしなった玉村さんは、木箱の中にねかされ、箱のふたが、くぎづけになりました。

にせの玉村さんは、ゆったりと安楽いすにこしかけて、さも社長さんらしい口ぶりで、さしずをしました。

「小林くん、ドアをあけて、店のものをよんでくださらんか。」

小林少年は、いうまでもなく、これもにせものですが、さっきのかぎをポケットから

だして、ドアをひらき、

「店のかた、ちょっときてください。」

と、声をかけました。

ひとりの若い店員が、いそいではいってきました。

「じつにけしからん。きみ、これをすぐに、もってかえってください。こんなにせものに、ごまかされるわしじゃあない。」

といって、いまはいってきた店員のほうにむきなおり、

「この人をおくりだしてくれたまえ。この人は、とんだごまかしものを、もちこんできたのだ。」

ブローカーの男は、首うなだれて、ふたりの運送屋に木箱をはこばせ、しおしおと店をでていきました。

外にはトラックがまたせてあったので、木箱をそれにのせ、ブローカーもそのわきにのって、トラックは、どこともしれず、走りさってしまいました。

最後のひとり

宝石王といわれる玉村さんのこどもの、光子さんと銀一くんは、ソックリおなじ顔の、

べつのこどもといれかえられ、ふたりはどこともしれぬ怪屋《かいおく》の地下室に、とじこめられてしまいました。そして、玉村家には、にせものの光子さんと銀一くんが、なにくわぬ顔で、すんでいるのです。

それから、明智探偵の助手の小林少年も、にせものといれかえられ、つぎには、光子さんと銀一くんのおとうさんの玉村銀之助さんが、銀座の店の社長室で、大時計の箱の中のにせものと、すりかえられてしまいました。

あとにのこるのは、光子さんと銀一くんのおかあさんの玉村夫人、あき子さんだけです。玉村家の家族のうち、ほんものは、このあき子さんただひとりで、あとはぜんぶ、にせものにかえられてしまったのです。

このふしぎな人間いれかえは、超人ニコラと名のる怪人物のしわざなのです。どうして、そんなソックリおなじ人間をつくることができるのか、その秘密は、だれにもとくことのできないナゾでした。

さて、銀座の店で、玉村銀之助さんが、にせものといれかえられたあくる日の夕方、渋谷区の玉村さんの家に、またしても、おそろしいことがおこったのです。

にせものの光子さんと、銀一くんは、一階のこどもべやの窓から、庭をながめていました。あたりはもううす暗くなっていて、木のしげった中は、まっくらです。

そのまっくらな中で、チラッと、金色のものが動いたのです。ふたりは、それを見つめていました。

「なにを見ているんだね。庭になにかいるのかね。」

ふりむくと、そこにおとうさんの銀之助さんが立っていて、ニコニコ笑っていました。いうまでもなく、このおとうさんも、にせものなのです。

「木の下に金色のものが見えたんです。」

銀一くんがこたえました。

「えっ、金色のものだって?」

「ええ、きっとあいつですよ。ね、あの金色のトラですよ。」

そのとき、家の横から、人の姿があらわれ、庭のむこうのほうへ、歩いていくのが見えました。洋服をきた女の姿です。

「あっ、おかあさんだわ。どうして庭へ出ていらっしゃったのでしょう。」

光子さんが、ふしぎそうに、つぶやきました。

「あっ、庭のへいの戸がひらいた。だれかはいってくる。おかあさんはきっと、あの人にあいにいったんだよ。」

銀一くんが大きな声でいいました。

おかあさんのあき子さんは、夕やみの中を、急ぎ足で、うら口のほうへ、すすんでいきます。そこから、はいってきた男に、約束でもしてあったのでしょう。

あき子さんの歩いていく左がわに、大きな木のしげったところがあり、その中はまっくらです。

「あっ！」

光子さんも、銀一くんも、おとうさんも、おなじように、おどろきの声をたてました。木のしげみの中に、ピカッと光ったものがあるからです。

やがて、そのものが全身をあらわしたのを見ると、やっぱりあのおそろしい金色のトラでした。

そいつは、ノソノソと木のしげみから、はいだしてきて、ウオーッと、ものすごいうなり声をたてるのでした。

おかあさんのあき子さんは、ハッとして、そのほうを見ましたが、見たかと思うと、クナクナと、くずれるように、その場にたおれてしまいました。

それを窓からながめた、おとうさんも、光子、銀一のきょうだいも、ふつうならば、なんとかしておかあさんをたすけようと、とびだしていったのでしょうが、三人ともにせものですから、おかあさんがたおれたって、へいきです。

おとうさんと、ふたりのこどもは、顔を見あわせて、ニンマリと笑いました。ああ、なんという、無慈悲な笑い顔だったでしょう。

庭のむこうでは、うら口から、さっきの男のほかに、もうひとり、はいってくるのが見えました。

男たちは、たおれているあき子さんのそばによると、そのからだをふたりでかかえて、うら口のそとへ出ていきます。

あの金色のトラは、あき子さんをきぜつさせてしまえば、もう用事はないのでしょう。また、木のしげみの、くらやみの中に、姿をかくしてしまいました。

窓の三人は、もういちど、顔を見あわせて、ニンマリと笑いました。三人とも、あき子さんが、どんなめにあうのか、ちゃんと知っているらしいのです。

うら口のへいの外には、一台の自動車がとまっていました。ふたりの男は、その車のドアをひらいて、はこびだしてきたあき子さんのからだを、中にいれました。

すると、それといれちがいに、車の中から、あき子さんが、とびだしてきました。気をうしなっていたあき子さんが、きゅうに、正気《しょうき》づいて、いまはいったばかりの車から、出てきたのでしょうか。

いや、そうではありません。車の中をのぞいてみますと、そこのシートに、あき子さんが目をつむって、たおれているではありませんか。

車から出てきたのは、あき子さんとソックリの顔をした、べつの女なのです。ニコラ博士の魔法が、またしても、にせものをつくりだしたのです。

ふたりの男が、車の中にはいると、自動車はしずかに、すべりだし、どこともしれず、走りさってしまいました。

あき子さんとおなじ顔をして、おなじ服をきた女は、うら口をはいると、そこの戸をしめて、ゆっくり、こちらへちかづいてきました。

じつによくにています。男たちに、かつぎだされたあき子さんが、そのまま、もどってきたとしか思われません。

あき子さんは、窓の下までくると、そこからのぞいている三人を見あげて、ニッコリと笑いました。

「あき子、話があるから、あがっていらっしゃい。」

玉村さんが、声をかけました。これで玉村家の家族はぜんぶにせものにかわってしまったのです。しかし、四人とも、おたがいにそれを知りながら、まるでほんもののように、はなしあっているのでした。

日本中の宝石

それからしばらくすると、玉村さんと、玉村夫人と、光子さんと、銀一くんの四人は、玉村さんの書斎にあつまっていました。

そのへやの一方のかべに、大きな金庫がはめこんであります。にせの玉村さんは、ダイヤルの暗号を、ちゃんと知っていて、それをまわして、金庫をひらきました。

金庫の中には、たくさんのひきだしがついていて、それに宝石がいっぱいはいっているのです。

銀座の店においてあるのは、ありふれた宝石ばかりで、ほんとうにたいせつな宝石は、みんなこの金庫にしまってあるのです。店にある宝石でも、ひとつ百万円以上のものは、まい日《にち》かばんにいれてもちかえり、この金庫にしまっておくことになっていました。

「このひきだしには、何百という宝石がはいっている。十億円をこすわしの財産だ。どこへもっていこうと、わしの自由な財産だ。わかったかね。

この宝石のために、われわれは、こうしてはたらいているのだ。いや、ここにある宝石だけではない。宝石王玉村銀之助の信用を利用して、日本全国のめぼしい宝石を、すっかりあつめてしまおうというのが、ニコラ博士の計画だ。」

「どうして、あつめるのでしょうか。」

にせのあき子夫人が、ききかえしました。

「それには、こういう方法がある。まず、わしが主催者になって、全国の宝石商や、有名な宝石をもっているお金持ちによびかけて、宝石展覧会をひらくのだ。そして、日本のめぼしい宝石を、一カ所にあつめてしまうのだ。

展覧会をひらいているあいだに、出品されたぜんぶの宝石のにせものをつくるのだ。人間のにせものさえこしらえるニコラ博士のことだ、宝石のにせものぐらい、朝めし前だよ。

そのにせものと、ほんものと、すりかえてしまう。わしは展覧会の主催者だから、すりかえるのは、わけもないことだからね。」

「フーン、うまい考えですね。そうして展覧会の宝石をすりかえたあとは、わたしたちは、この世から消えうせてしまうのでしょうね。」

「そうだよ。そこで、われわれにせものの役目は、おわるのだ。」

にせの玉村さんは、金庫のとびらをしめると、ベルをおして、女中さんをよび、ばんごはんの用意をするように、いいつけました。玉村家にはコックのおばさんがいて、毎日おいしいごちそうをつくっているのです。

しばらくすると、四人は食堂のテーブルにむかって、食事をしていました。おいしい洋食のおさらが、つぎつぎとはこばれます。

玉村家の書生さんも、女中さんも、コックのおばさんも、玉村さんたち四人が、ぜんぶにせものとは、すこしも気がつきません。いつものご主人たちと信じきって、いいつけに、そむかないようにしていました。

「もうこれで、すっかり安心ですね。そのせいか、こんやのごちそうは、たいへん、おいしゅうございますわ。」

玉村夫人あき子さんが、ホークで肉を口にはこびながら、たのしそうにいいました。

「ウン、そうだね。わしも、このブドウ酒が、いつもよりもうまいようだ。それにしても宝石展覧会を、はやくひらきたいものだね。」

「ぼくたちも、その展覧会が、はやく見たいよ。ねえ、ねえさん。」

「ええ、日本中の有名な宝石が、ぜんぶあつまったら、どんなにきれいでしょうね。」

そのとき、女中さんがはいってきて、明智探偵の助手の小林少年が、たずねてきたことを知らせました。

「ああ、それはちょうどいい。ここにおとおししなさい。」

小林少年のニコニコ顔があらわれ、テーブルにすわりますと、そこに新しい料理のさらがはこばれ、小林くんも食事のなかまにくわわりました。

「玉村さん、銀一くんの友だちの松井くんが、へんなことをいってきたので、ぼくもいちどは光子さんや銀一くんをうたがいましたが、みんな松井くんのひとりがてんだとわかりました。同じ顔の人間が、この世にふたりいるなんて考えられないことですからね。」

「そうですよ、小林さん。そんなばかなこと、あるはずがないやね。おかげで、わしもすっかり安心しましたよ。」

玉村さんはそういって、さっきの宝石展覧会の話をしました。

「そりゃすばらしいですね。日本中の名だかい宝石を、ぜんぶあつめる展覧会なんて、これまでいちどもなかったでしょう。ぼくも見にいきますよ。どんなに美しいことでしょうね。」

もちろん、この小林少年もにせものです。五人のにせものが、同じテーブルをかこんで、さもほんものらしく、たのしげに語りあっているのです。

空飛ぶ超人

お話かわって、やはりそのころの、ある夜《よ》のことでした。

少年探偵団のおもな少年たち十人が、芝《しば》公園の森の中にあつまっていました。

その十人のなかには、小林団長と、中学二年の白井保くんもまじっていました。白井くんは銀座の白井美術店のこどもなのです。読者諸君はこの白井保くんの名を、どこかで読まれたはずです。ひとつ思いだしてみてください。

少年たちは小林団長のまわりを、まるくとりかこんでいました。空には満月にちかい月がさえて、みんなの顔を青白くてらしています。

「こんやここにあつまったのは、この森の中におこる、ふしぎなできごとを見るためです。きみたちは、映画やテレビで、アメリカのスーパーマンが空を飛ぶのを見たことがあるでしょう。あれとよくにたスーパーマンが、日本にもあらわれたのです。

ここにいる白井保くんが、そのスーパーマンの空を飛ぶところを見たのです。そして、その人と話をしました。その人は、超人ニコラ博士と名のったそうです。」

「あ、超人ニコラ……。」

「ニコラ博士……。」

少年たちが、口々に、つぶやきました。超人ニコラ博士の名は、いつとはなく、少年探偵団員たちに知れわたっていたのです。

「ニコラ博士は白井くんに約束しました。こんや八時に、芝公園のこの森の中に飛んでくるから、少年探偵団の友だちとさそって見にくるがいいといったそうです。

ぼくも、べつのときに、ニコラ博士にあったことがあります。そのとき、博士は長い白ひげを胸にたれた老人でした。しかし、博士のほんとうの姿はわかりません。自由に顔かたちをかえることができるからです。あるときは人形のような顔をしていたといいます。白井くんがあったときには、どんな顔をしていたのですか。」

「まっかな顔をしていました。かみの毛も、まゆ毛も白くて白いひげをはやしていました。むかしの絵にあるテングにそっくりでした。」

「そうだ、日本のテングも空を飛ぶことができた。だから、博士はテングの姿になって、飛んでみせるのだよ。」

ニコラ博士が、どういう悪事をはたらいているか、少年たちには、まだよくわかりません。ですから、これを警察に知らせて、博士をつかまえるということは、考えてもみないのでした。それよりも、スーパーマンが空を飛ぶのを、見たくてたまらなかったのです。

「いま七時五十分だ。森の中にはいって、まつことにしよう。月の光であかるいから、空飛ぶ博士が、よく見えるだろう。」

十人の少年たちは、ゾロゾロと森の中にはいっていきました。高い木が立ちならんでいるあいだに、まるいあき地があります。

「約束の場所は、ここだよ。」

白井くんがそういって、みんなの歩くのをとめました。

十人はあき地の一方のすみに、ひとかたまりになって、ボソボソと、ささやきあっています。

「八時五分前だよ。」

小林団長が、腕時計を月の光にすかして見ながら、いいました。

もうあと四分、……三分、……二分、……一分。八時はまたたくまに、ちかづいてきました。

「あっ、飛んでくる。ホラ……。」

ひとりの少年が、空を指さして、さけびました。

ああ、ごらんなさい。むこうの空から、一直線に飛んでくるのです。黒いマントを、コウモリのはねのようにひるがえし、フサフサとした白ひげを、風になびかせながら、両手をまっすぐ前につきだして、水の中をおよぐように、こちらへ、ちかづいてくるのです。

「あっ、赤い顔してる。でっかい鼻がついている。テングさまそっくりだ。」

もう、そこまで見わけられるのです。

空飛ぶ超人は、一本の高いスギの木のてっぺんにちかづくと、そのこずえの枝に、こしかけました。

「あなたは、ニコラ博士ですか。」

白井くんが、大きな声でたずねました。

「そうだよ。きみたちは少年探偵団だね。」

「そうです。ここへおりてきませんか。」

こんどは、小林団長がさけびました。

「きみは、小林くんだね。」

「そうです。」

「じゃあ、そこへいくよ。」

ニコラ博士は、サルのように、木の枝をつたいながら、少年たちのそばにおりてきました。

ほんとうに、まっかなテングさまの顔です。頭には、針金のような白いかみの毛が、モジャモジャとみだれています。

肩から黒いマントをヒラヒラさせて、その下には、ピッタリ身についた黒いシャツとズボンをはいているようです。

少年たちは、そのぶきみな姿に、思わず、あとじさりをしました。

「わしは、きみたちのような少年がすきだ。なにもしないから、こわがることはない。さあ、わしについて、こちらへくるがいい。きみたちに、おもしろいものを見せてやるよ。」

こわい顔をしていますが、いうことはやさしいので、少年たちは、だんだんニコラ博士のほうへ、ちかよっていきました。

すると、博士は、「さあ、わしについてくるのだ。」といいながら、森のおくへと、はいっていきます。

十人の少年たちは、そのあとにつづきました。枝がしげりあっているので、月の光もささず、そのへんはもうまっくらです。

ニコラ博士は、フワフワと、宙にうくように、歩いていきます。やみのなかでも、博士の姿だけは、クッキリと見えるのです。

「アッ！」

びっくりするようなさけび声が、ひびきわたりました。ひとりや、ふたりの声ではありません。十人の少年が、いちどにさけんだような、おそろしい声でした。

少年たちの足の下の地面が、消えてしまったのです。アッというまに、十人のからだが、下へおちていきました。

ドシンと、しりもちをついたところは、木《き》の葉がいっぱいたまっていて、それほどいたくはありませんでした。

しかし、それはふかい穴の底で、とても、はいあがることはできません。

「ワハハハハ……、ざまあみろ。少年探偵団は、なまいきにも、わしの正体を探偵しようとした。わしにはそれがちゃんとわかっていたので、ちょっと、おかえしをしたんだよ。ワハハハハ……、いいきみだ。いつまでも、その穴の中でくるしむがいい。」

ニコラ博士の笑い声は、だんだん、上のほうへ、とおざかっていきました。さっきのスギの木にのぼっていったのでしょう。

それからしばらくすると、スギの木のてっぺんから、大きなコウモリのようなものが、月夜の空へ飛びたっていくのが、ながめられました。むろん超人ニコラ博士の飛行姿です。

十人の少年がおちこんだのは、ニコラ博士が、まえもってこしらえておいた、おとし穴でした。大きな穴の上に、かれ枝をならべ、その上に木の葉をつみかさねて、穴とわからないようにしてあったのです。

少年たちは、なかまのせなかにのって、やっと穴の外にはいだし、こんどは、その上から手をのばして、なかまの少年たちを、ひっぱりあげるというやりかたで、とうとう、みんなが穴の外に出ることができました。

それにしても、少年たちを、ここにつれだしたのは小林団長と白井保くんでした。このふたりが、とっくににせものにかわっていることは、読者諸君がよくごぞんじです。にせものは、つまり博士のてしたですから、少年たちをくるしめる手びきをしたのは、あたりまえです。

一本の針金

にせものの小林少年は、玉村宝石店の社長さんを、大時計の箱にとじこめて、人間いれかえをやるのを、てつだったり、少年探偵団員をあつめて、空とぶニコラ博士を見せ、みんなといっしょに、おとし穴におちこんで、団員をおどろかせたりしていましたが、ほんものの小林少年は、どこに、どうしていたのでしょうか。じつは、このほうにも、おもしろいお話があるのです。

ほんものの小林少年は、金色のトラにおびきよせられて、ニコラ博士のふしぎな洋館にいりこみ、ろうかのてんじょうからおちてきた鉄ごうしにかこまれて、とらわれの身となってしまいました。そこまでは、読者諸君もごぞんじです。さて、それから、どんなことがおこったのでしょうか。

しばらくすると、小林くんは、ニコラ博士のてしたの、ふたりの男につれられて、地下室の牢屋の中へいれられてしまいました。

そのおなじ地下室には、玉村銀一くんや、白井美術店のこどもの白井保くんなども、とじこめられていたのですが、小林くんのいれられた牢屋は、銀一くんたちの牢屋とは、すこしはなれていましたので、小林くんは、まだなにもしりません。

ふたりの男が、小林くんを牢屋にいれて、鉄ごうしにかぎをかけて、いってしまいますと、それといれかわるように、鉄ごうしの外へ、白ひげの老人が、あらわれました。さっきまでトラにばけていたニコラ博士が、こんどは老人に、姿をかえているのです。

「小林くん、少年名探偵も、いくじがないねえ。まんまと、つかまってしまったじゃないか。しばらく、ここにいてもらうよ。ひもじいおもいなんかさせないから、ゆっくり、とまっていくがいい。」

「なぜ、ぼくをとじこめたのですか。」

小林くんは、鉄ごうしに顔をくっつけるようにして、ききただしました。

「きみが、じゃまだからさ。わしが、おもうぞんぶんのことをやるのには、きみはじゃまものだ。いや、きみばかりじゃない。きみの先生の明智小五郎も、むろん、じゃまものだ。だから明智が北海道から、かえってきたら、やっぱり、ここに、とじこめてしまうつもりだよ。」

「えっ、明智先生を?」

小林くんは、おもわず、大きな声をたてました。

「そうとも、わしは日本にきて、まもないが、明智小五郎のことは、よくしっている。日本で、なにかわるいことをするためには、まず、明智をやっつけなければならない。そうしなければ、こっちが、あいつにやられてしまうのだからね。ウフフフフ……。」

「明智先生が、きみなんかに、つかまるもんか。」

小林くんは、顔をまっかにして、どなりました。

「ハハハハハ……、きみにとっちゃあ、神さまみたいな明智先生だからね。オールマイティーだからね。だが、このニコラ博士はそれ以上の力をもっているのだ。スーパーマンだ。ワハハハハ……、スーパーマンとオールマイティーの戦いだ。ゆかい、ゆかい、かんがえただけでも、胸がおどるよ。」

「ハハハハハ……。」

小林くんも、まけないで、笑いとばしました。

「きみは明智先生をしらないのだ。きみみたいなおいぼれに、まけるような先生じゃない。いまに、びっくりするときがくるよ。」

「ウフフフフ……、小林くん、なかなか、いせいがいいね。なあに、どちらが、びっくりするか、そのときになってみれば、わかることだ。それよりも、小林くん、きみがここにとじこめられているあいだに、もうひとりのきみが、なにをしているか、しっているかね。」

「えっ、もうひとりのぼくだって？」

「そうとも、顔もからだも、きみとそっくりのやつが、もうひとりいるんだ。そして、きみのかわりに、だいじなしごとをやっているのだ。」

それをきくと、小林くんは「しまった。」とおもいました。小林くんがこの事件にかかりあったのは、玉村銀一くんが、にせものといれかわっているらしいことからでした。ニコラ博士は、なんかの魔力によって、ほんものと、寸分ちがわない、にせの人間を、つくりだすことができるのかもしれません。そして、こんどは、小林くんが、その魔力にかかったのです。小林くんとそっくりの少年が、どこかに、もうひとり、いるらしいのです。

「ウフフフフ……、顔色がかわったね。おどろいたか。ニコラ博士の魔法が、こわくなったか。もうひとりのきみは、いま、あるところで、わしの命令のままに、はたらいているのだ。

え、わかるかね。きみがよびだせば、少年探偵団員は、みんな、あつまってくる。そして、きみのいうことには、なんでも、したがうのだ。

にせの小林は、なにを命令するかわからない。だから、少年探偵団員は、どんなひどいめにあうかも、わからない。

いや、そんなことよりも、にせの小林は、もっともっと、おそろしい悪事をはたらいているかもしれないよ。

オールマイティーの明智先生だって、きみとそっくりの少年のいうことなら、信用するにちがいない。そうすると、どんなことがおこるだろうね。え、小林くん。にせの小林という武器をつかえば、オールマイティーが、オールマイティーでなくなってしまうのだよ。ハハハハハ……。」

ニコラ博士は、その笑い声をのこして、鉄ごうしの前から、むこうへ立ちさっていきました。

小林くんは、すっかり、まいってしまいました。

じぶんとそっくりのにせものが、どっかで悪事をはたらいているのかとおもうと、気が気ではありません。しかも、その悪事が、どんなことだかわからないのですから、いよいよ心配です。

明智先生が北海道から、かえられる日も、ちかづいています。もし、にせものが先生を出むかえて、うそをついたら、どんな危険なことがおこるかしれません。

かんがえれば、かんがえるほど、心配でしかたがありません。

いっこくも早く、ここからにげだし、にせもののばけのかわをはいで、わるいことのおこるのを、ふせがなければなりません。

どうしたら、ここをにげだすことができるでしょう。小林くんは、しばらくのあいだ、しんけんな顔で、かんがえていましたが、やがて、なにをおもいついたのか、ニッコリと笑いました。

「あっ、そうだ。こういうときに、あれをつかうのだ。」

そんなひとりごとをいいながら、ポケットから、筒のようにまるめた、レザーのシースをとりだし、鉄ごうしの外から、のぞかれやしないかと、注意しながら、そのシースをひらきました。

それは電気工事をやる人が、腰にさげている皮のシースを小さくしたようなもので、小型のナイフ、ペンチ、ヤットコなどがさしてあり、また、ふといのや、ほそいのや、十センチあまりの針金が、何本もいれてあるのでした。少年探偵団の七つ道具のほかに、小林団長だけは、いつもこのシースを、用意しているのです。

小林くんは、鉄ごうしのとびらの外がわの錠前の穴をしらべて、それに合う太さの針金をえらびだし、ヤットコを片手に、針金ざいくをはじめました。

針金を、錠前の穴にいれて、なにかコチコチやっていたかとおもうと、それをとりだして、さきのところを、ヤットコでキュッとまげ、また穴にはめて、コチコチやってから、とりだして、キュッとまげ、それをなんども、くりかえして、針金を、ふくざつな、かぎのような形に、まげてしまいました。

こうして、とっさのあいかぎができあがったのです。もとは、錠前やぶりのどろぼうが、かんがえだしたのですが、明智探偵はそれのつくりかたをしっていて、助手の小林少年におしえておいたのです。

この針金のあいかぎをつくるのには、いろいろなコツがあって、ひじょうにむずかしいのですが、小林くんは、練習をかさねて、いまでは、それができるようになっていました。

玉村さんのへいの外で、金色のトラにであったのは午後八時ごろでしたから、いまはもう、ま夜中です。ニコラ博士や、そのてしたのやつらは、もうねてしまったのでしょう。耳をすますと、シーンとしずまりかえっていて、なんのもの音もありません。小林くんは、にげるのは、いまだとおもいました。

かぎのようになった針金を、錠前の穴にいれて、しずかにまわしますと、カチッと音がして、錠がはずれました。

ソッと鉄ごうしのとびらをひらいて、外に出ると、もとのとおりにしめて、針金で、かぎをかけました。

あとで、小林くんがいないことがわかっても、錠前はもとのとおりに、しまっているのですから、どうして出ていったかわからないので、びっくりするにちがいありません。こんどは、小林くんのほうが魔法つかいになったわけです。

ろうかのところどころに、小さな電灯がついているばかりなので、ひどくうすぐらいのです。どちらへいけば、外に出られるのか、まるで、けんとうもつきません。

小林くんは、まず右のほうへいってみることにして、壁をつたうようにして、しずかに歩いていきました。

もしこのとき、小林くんが、右ではなくて左のほうへいったならば、そこに、じぶんがいれられていたのとおなじような、鉄ごうしの牢屋が、いくつもならんでいて、その中に、玉村銀一くんなどが、とじこめられているのを、みつけだしたでしょうが、そのときは、はんたいの方角へ、歩いていったのです。

そして、そのかわりに、もっともっとおそろしいことに、ぶつかってしまったのです。

三重の秘密室

そこは、秘密の地下室ですから、コンクリートをながしこんだばかりの、ザラザラの灰色の壁がつづいています。

小林くんは、足音をしのばせながら、その壁をつたって、おくへおくへと、すすんでいきました。

うすぐらいろうかには、ところどころに、ドアがしまっています。ドアにでくわすたびに、そこに耳をつけるようにして、中のもの音を、きこうとしましたが、人がいるのか、いないのか、なにもきこえません。

音のしないドアを三つすぎて、四つめにちかづきますと、ボソボソと、だれかの話し声がもれてくるではありませんか。

かぎ穴に目をあててみると、中には、あかあかと電灯がついていて、いすにかけた人の、後ろすがたが見えます。ひとりではありません。二、三人の人間が、テーブルにむかいあって、話をしているらしいのです。

「ぼくたちは、みょうなことから、先生の弟子になりましたが、先生の魔法の力には、まったくおどろいてしまいました。そっくりおなじ人間を、いくらでも、こしらえることができるなんて、人間の知恵ではありません。神さまか、悪魔の知恵です。あの三重の秘密室の中には、いったい、どんなしかけがあるのですか。」

てしたの男の声です。「三重の秘密室」とは、なにをさすのでしょう。

読者諸君は、この地下の牢屋が、二重の秘密室であることを、ごぞんじです。玉村銀一くんがニコラ博士にかどわかされたとき、まず地下室の物置きにはいり、そこの壁のボタンをおして、二重の秘密室にはいったのでした。そこまではわかっています。しかし、「三重の秘密室」が、どこにあるかは、まだわかりません。たぶん、二重の秘密室の、もうひとつおくの、秘密室なのでしょう。

その「三重の秘密室」には、てしたの男たちも、はいったことがないらしく、その中に、どんな秘密があるのかと、きいているのです。

「それは、まだいえない。いつかは、きみたちにもおしえるときがくるだろうが、いまはいえない。そこには、わしの魔法のたねが、かくしてあるのだ。

ともかく、そこから、ほんものとそっくりのにせものが、うまれてくる。いくらでも、うまれてくるのだ。」

「では、先生は、ほんものと、にせものと、人間のいれかえをやって、なにをしようというのですか。」

「それは、きみたちも、しっているじゃないか。まず宝石展覧会をひらくのだよ。にせの玉村銀之助にひらかせるのだ。玉村の信用で、日本全国の宝石があつまってくる。それをひとばんのうちに、にせ宝石といれかえて、ほんものはぜんぶ、わしがちょうだいするのだよ。」

ニコラ博士の声です。この宝石展覧会のたくらみも、読者諸君は、とっくに、ごぞんじのはずです。

「宝石を手にいれたら、そのつぎには美術品ですか。」

また、べつの声がたずねます。

「そのとおり。だが、これは宝石みたいに、ぜんぶ一カ所にあつめるというわけにはいかん。まず美術商のもっているものからはじめて、それから、各地の博物館や、お寺の宝物《ほうもつ》などに手をのばしていく。

美術商の主人を、わしのつくったにせものといれかえ、博物館の館長や館員を、にせものといれかえ、お寺の坊さんを、にせものといれかえれば、美術品をぬすみだすなど、わけもないことだよ、ウフフフフ……。」

ニコラ博士が、うすきみわるく、笑いました。

「それでおしまいですか。先生の魔法でなら、どんなことだって、できないことはないようにおもわれますが。」

「たとえば？」

ニコラ博士は、弟子たちの知恵を、ためしでもするかのように、ききかえしました。

「たとえば、ある国を、のっとることも、かんたんにできるでしょうし、また、ある国をほろぼすこともできるでしょう。」

「フーン、きみは大きなことを、かんがえているね。では、ある国をのっとるには、どうすればいいんだね。」

ニコラ博士は、自分はよくしっているけれども、あいてに、しゃべらせてみようというようなちょうしで、たずねます。

「それは、その国の総理大臣や、政党の首領などを、にせものといれかえればいいのです。そうすれば、その国のことは、いっさい、にせものの、おもうがままになるじゃありませんか。

ある国をほろぼすのも、おなじことです。にせものの総理大臣や、政党の首領や、軍隊の長官が、めちゃくちゃをやれば、その国は、たちまち、ほろんでしまいます。」

「なるほど、だれでもかんがえることだね。わしの魔法の力によれば、どんな大きなことだって、できないことはない。わしは世界をかえてしまうことができる。世界をてんぷくさせることができる。また、ナポレオンのように、世界を征服することもできる。もっとおそろしいことをいうならば、にせものの力で、原水爆の秘密をぬすむこともできるし、また、にせものによって、ふいに原水爆を爆発させることだってできるのだ。人間のにせものを、自由に、うみだす力をもっているわしの字引きには、〝できない〟ということばはないのだ。

わしはいま、日本の宝石と美術品を、わがものとするために、この魔力をつかおうとしているが、そのつぎには、日本そのものを、ぬすむかもしれない。いや、世界をてんぷくし、世界をぬすむかもしれない。もっとちがったいいかたをすれば、地球全体を、わしのものにしてしまうかもしれない。」

ニコラ博士は、うちょうてんになって、じぶんの魔力をじまんするのでした。

小林くんは、この会話を立ちぎきして、心の底からおどろいてしまいました。

いかにも、だれのにせものでも、自由につくりだす力があれば、全世界をぬすむことだって、できないことはありません。ああ、なんというおそろしいことでしょう。

それにしても、その魔法のたねのかくされている「三重の秘密室」というのは、いったい、どこにあるのでしょうか。

小林くんは、なんとかして、その「三重の秘密室」にはいりたいとおもいました。こんきよく、ニコラ博士をつけまわしていれば、いつかは、その秘密室にはいるにちがいありません。小林くんは、あいてにさとられぬように、ニコラ博士を見はってやろうとかんがえました。

それには、ゆっくりことをはこぶほかはありません。このまま牢屋をからっぽにしておいては、にげだしたことを気づかれ、あいてを用心させてしまいますから、ひとまず、牢屋にもどらなければなりません。

小林くんは、針金のかぎで錠をひらいて、もとの牢屋の中にはいりました。

地下室には、夜も昼もありませんが、ニコラ博士のてしたが食事をはこんでくるので、だいたいの時間がわかります。三どの食事がすめば、夜になり、見まわりも、とだえますので、それをまって、こっそり牢屋をぬけだし、ニコラ博士をみはることにしました。

小林くんは、ニコラ博士の寝室をみつけたいとおもいました。なんとなく、寝室のどこかに、「三重の秘密室」への通路が、かくされているようにおもわれたからです。

やっと博士の寝室がみつかりました。おなじ地下室の一方のすみにある、小さなへやで、ベッドと、つくえと、たんすがおいてあり、ニコラ博士は、そのへやで、ひとりで寝ることがわかりました。

ところが、この寝室に、ふしぎなことがおこったのです。

小林くんがとらえられてから三日めの夜《よ》のことでした。ニコラ博士の寝室がわかったので、ろうかのまがりかどにかくれて、そのほうを見はっていますと、ニコラ博士が寝室へはいっていくのが見えました。

あとから、だれかくるといけないので、しばらく、ようすを見てから、寝室の前にいき、ドアのかぎ穴から、ソッとのぞいてみますと、寝室の中には、人のけはいもありません。

ベッドの半分と、つくえと、いすが見えていますが、そこにはだれもいないのです。かぎ穴から、部屋のぜんぶが見えるわけではありませんけれど、なんとなく、からっぽのかんじがするのです。

小林くんは、おもいきって、ソッとドアをひらいてみました。だれもいません。部屋の中へはいって、ベッドの下、つくえの下、たんすの後ろなどを、のぞいてみました。やっぱり、だれもいません。

ふしぎです。ニコラ博士が、この寝室にはいって、ドアをしめてから、ずっとドアを見ていました。博士が出ていけば、気がつかぬはずはありません。

壁か床に、秘密のぬけ穴でもあるのではないかと、さがしまわっていますと、どこからか、ドドドド……と、地ひびきのような音がきこえ、寝室ぜんたいが、かすかに、ふるえているようなかんじがします。

地震かとおもいましたが、どうもそうではなさそうです。

そのうちに、ギョッとするようなことに気がつきました。

しまっている入り口のドアが、グングン下へさがっていくのです。というのは、つまり、へやの床が、上へ上へと、あがっていくことなのです。

そのうちに、下へさがっていったドアが、すっかり見えなくなったかとおもうと、こんどは、上のほうから、べつのドアがさがってくるではありませんか。ドアだけではなく、壁もいっしょに、さがってくるのです。

ああ、わかりました。このニコラ博士の寝室は、へやぜんたいが、エレベーターのしかけになっているのです。ドアがさがったのではなくて、へやそのものが上にあがり、一階上のドアと、ピッタリ合うところで、とまったのです。

みなさん、ここが「三重の秘密室」への入り口だったのです。それはいったい、どんなふうの入り口なのでしょうか。そして、その入り口のおくには、なにがあったのでしょうか。

箱の中

超人ニコラ博士のすみかは、ふつうの地下室のおくに第二の秘密の地下室があり、そのまたおくに、第三の秘密の地下室があるという、ふしぎなしかけになっていました。

第二の地下室には、ニコラ博士の寝室や、いろいろな秘密室があるほかに、鉄棒のはまった牢屋のようなへやが、いくつもあって、そこに玉村銀一くんや、玉村光子さんなどが、とじこめられているのですが、明智探偵の助手の小林少年も、その牢屋の一つにいれられていました。

しかし、小林少年は、針金一本で錠をひらく術をこころえていましたので、その術で牢屋からぬけだし、ニコラ博士の寝室にしのびこみました。

すると、その寝室全体が、エレベーターになっていて、スーッと上へあがっていったではありませんか。

小林くんは、へやそのものが、エレベーターになっているという、大きなしかけに、おどろいてしまいましたが、よく考えてみると、これが第三の秘密の地下室への出入り口であることがわかりました。

さっき、ニコラ博士は、たしかに、この寝室にはいりました。ところが、あとから小林くんがはいってみると、そこにはだれもいなかったのです。怪人ニコラ博士は、煙のように、きえてしまったのです。

小林くんは、いまこそ、そのふしぎのわけがわかりました。この寝室は、まったくおなじへやが、上と下に二重にくっついているのです。

ニコラ博士がはいったのは、下のへやでした。それがエレベーターのしかけで、下へおりていって、小林くんがしのびこんだときには、いつのまにか、上のへやとかわっていたのです。

ですから、そこに博士の姿が見えなかったのは、なんのふしぎもありません。そのとき、博士のいる寝室は、地下室のもう一つ下の地下室、つまり地下二階へおりていって、小林くんがしのびこんだのは、それとそっくりおなじにできている、上のほうのへやだったのです。

ニコラ博士は、寝室全体のエレベーターを、下におろして、地下二階へおりていったのにちがいありません。しかし、そこには、いったい、なにがかくされているのでしょうか。

これほど大じかけな、秘密の出入り口をつくって、だれもはいれないようにしてあるところをみると、この地下二階には、よほどの秘密が、かくされているのにちがいありません。

小林くんは、それを考えると、なんだか、からだじゅうの、うぶ毛が、ゾーッとさかだってくるような、いうにいわれないおそろしさをかんじました。

小林くんのはいったへやは、地下一階から、一つ上にあがったのですから、いまいるところは、一階にちがいありません。

小林くんは気がつきました。このへやは、エレベーターじかけで、下におりても、地下一階までしかおりないのですから、いつまでこのへやにいても、地下二階の秘密をさぐることはできないと、気がついたのです。

ですから、いま、このへやのドアをひらいて、一階に出て、ふつうの地下室におり、あのかべのボタンをおして、秘密の出入り口から、第二の地下室にはいり、ニコラ博士の寝室にしのびこむほかはありません。つまり、このへやのま下にある、そっくりおなじ、もう一つのへやにいくのには、そうするほかはないのです。

そのみちで、ニコラ博士の部下にみつかってはたいへんです。小林くんは、用心のうえにも用心をして、ろうかから、ろうかへと、しのび歩き、地下室の入り口をみつけて、そこにおり、がらくたものがおいてある、つきあたりのへやのかべのボタンをおして、第二の秘密の地下室にはいり、ニコラ博士の寝室へ、たどりつきました。

上下《うえした》に二つつながっている、おなじへやの上のほうを出て、大まわりをして、下のほうのへやまできたわけです。

かぎ穴からのぞいてみますと、だれもいません。ニコラ博士は、地下二階におりて、用事をすませ、地下一階にもどって、へやを出ていったのでしょう。ドアにはかぎがかかっていました。

小林くんは、また、針金をいろいろにまげて、錠前やぶりをしなければなりませんでした。

五分ほどかかって、やっとドアがひらきました。へやにはいってドアをしめ、ベッドの下や、たんすの後ろなどを、よくしらべましたが、どこにも人間がかくれているようすはありません。

小林くんは、もういちど、このへやを地下二階におろして、そこの秘密をさぐりたいと思いましたが、どうすれば、下におりるのかわかりません。どこかに、スイッチか、おしボタンがあるのでしょうが、それをさがすのがたいへんです。

しかし、少年探偵の小林くんは、こういうことになれていました。かくしボタンなどは、どういう場所をさがせばいいか、いままでのたくさんの経験で、だいたいわかっているのです。

それでも、かくしボタンをみつけるのに、八分ほどかかりました。入り口のドアには、中から針金で、かぎをかけておいて、さがしまわったのですが、ふいに、だれかがやってきやしないかと、気が気ではありません。

でも、うまいぐあいに、かくしボタンがみつかりました。ベッドの下のジュウタンの一カ所が、プクッと小さくふくれているのに気づいて、足でふんでみますと、それがかくしボタンでした。やにわに、へや全体が、ブルブルふるえだしたのです。つまり、エレベーターがおりはじめたのです。

やがて、エレベーターがとまるのをまって、小林くんは、針金のかぎで、ドアをひらき、ソッと地下二階のろうかへふみだしました。

どこかに電灯はついているのですが、ひじょうにうすぐらくて、あたりのようすが、よくわかりません。

どこからか、つめたい風が、スーッとふいてきました。幽霊の手で顔をなでられたような気もちです。小林くんは、ブルブルッと、身ぶるいして、そこに立ちすくんでしまいました。

なんともいえないぶきみさです。人間界をはなれて死の国にはいってきたような、ふしぎなおそろしさです。

ここには、いったい、どんな秘密が、かくされているのでしょう。それを考えただけでも、心臓がドキドキしてきます。

そのうちに、目がなれてきて、あたりが見えるようになりました。

コンクリートのかべ、コンクリートの床、なんのかざりもない灰色のろうかが、つづいていきます。おっかなびっくりで、そのろうかを、たどっていきますと、やがて、両がわに、たてにながいロッカー(オーバーなどをかけるドアのついた箱)が、ズラッとならんでいるところにきました。

ロッカーににているけれども、ふつうのロッカーよりは、幅が広く、人間ひとり、じゅうぶんはいれるほどの大きさで、なんだか、きみの悪いかっこうをしています。まるで、かんおけをたてにして、ならべたようなかんじです。

このふしぎなロッカーは、両がわに、あわせて三十個ほどならんでいましたが、そのとびらには、小さいネーム・プレートがついていて、エナメルで、ローマ字と数字とが、T1、T2、S1、S2、A1、A2などと書いてあるのです。

小林くんは、すぐ目の前のT1のとびらをひっぱってみましたが、かぎがかかっているとみえて、ひらきません。かぎがかけてあるからには、中になにかだいじなものがいれてあるのでしょう。

それはなんでしょうか。こんなところに、ふつうのロッカーがあるはずはありません。その中にオーバーなんかがはいっているとは考えられないのです。

では、なにがはいっているのでしょうか？

小林くんは、なぜか、ゾーッと、からだがさむくなるような気がしました。針金を使えば、とびらをひらくのは、わけはありません。しかし、とびらをひらくのが、なんかこわいのです。

でも、とうとう決心をして針金のかぎで、そのＴ1と書いてある、ロッカーのような箱のふたをひらきました。

ひらいたかと思うと、

「アッ！」

とさけんで、まっさおになって、ピシャンとふたをしめてしまいました。

そこには、なんだか、へんなものがいたのです。きみの悪いものが立っていたのです。それは人間でした。しかも小林くんのよく知っている少年でした。

玉村銀一。そうです。少年探偵団員の玉村銀一くんとそっくりの少年が立っていたのです。

銀一くんが、どうして、こんな箱の中にとじこめられているのでしょう。こうして立たされていては、足がつかれてしまうでしょうし、ピッタリふたがしめてあるので、息もできないでしょう。じつにおそろしいごうもんです。

しかし、どうもへんです。小林くんと顔を見あわせたとき、銀一くんは、なにもいわないで、じっと立っていました。「小林さん。」とさけんで、とびだしてくるはずではありませんか。それとも、銀一くんは、立ったまま、気をうしなっているのでしょうか。

大秘密

小林くんは、勇気をだして、もういちど箱のふたをあけてみました。

やっぱり、玉村銀一くんです。いつも着ている服を着て、正面をむいたまま、まばたきもしないで、立っています。

「玉村くん、きみは、玉村銀一くんだね。」

声をかけても返事もしません。こちらの顔を見ようともしません。

小林くんは、銀一くんの腕に手をかけてゆすぶってみました。すると、銀一くんのからだが、ユラユラとゆれたのですが、そのゆれかたが、へんでした。

それは人間ではなくて、人形だったのです。プラスチックでできた人形だったのです。じつによくできていました。銀一くんにそっくりです。

気がつくと、人形の立っている足の下にひきだしが一つついていました。それをあけてみますと、中に写真がたくさんはいっているのです。

みんな玉村銀一くんの写真です。顔と全身を、前から、後ろから、横からと、あらゆる角度からとったものです。

ああ、わかりました。これらの写真をもとにして、この人形をつくったのです。これだけたくさんの写真があれば、銀一くんとそっくりの人形をつくることもできるでしょう。

だが、なんのために、こんな人形をつくったのでしょうか。そこがどうもよくわかりません。

小林くんは、ふと、みょうなことを考えました。超人ニコラ博士はにせものをつくったあとで、ほんもののほうは、人形にしてしまったのではないかということです。魔法使いのニコラ博士にとっては、人間を人形にかえてしまうぐらいはわけのないことでしょう。

この、ロッカーみたいな箱の中には、ほかにも、たくさんの人形がはいっているのかもしれません。小林くんは、いよいよ、きみが悪くなってきましたが、勇気をだして、針金のかぎで、つぎのT2のふたをひらいてみました。

その中には、美しい女の子が立っていました。まだあったことはないけれども、銀一くんのねえさんの光子さんかもしれません。光子さんもにせものにかわっているらしいことは、玉村銀之助さんからきいていました。

そのつぎには、T3というふたをひらいてみました。

「オヤッ、銀一くんのおとうさんまで!」

そこに立っているのは、たしかに宝石王の玉村銀之助さんでした。

「すると、このあいだ銀座の店であったのは、にせものだったのかしら。」

小林くんは、小首をかしげました。あれがにせものだったとは、どうにも考えられないのです。

そうです。あのときの玉村さんは、まだほんものでした。読者諸君は、よく知っています。玉村さんが、にせの小林少年のために、大時計の箱にとじこめられたのは、あれよりあとのことでした。

小林くんが、このロッカーのような箱の中を見ているときには、まだにせものとのいれかえは、すんでいませんでしたが、人形のほうは、もうちゃんとできていたのです。

小林くんは、こうなったら、みんな見てやろうと、どきょうをきめました。

そして、つぎにひらいたのは、T4のふたです。そこには、三十五、六才の女の人が立っていました。小林くんはあったことがありませんが、これは銀一くんのおかあさんらしいのです。

「オヤオヤ、おかあさんまで、にせものといれかえるつもりだな。」

小林くんは、思わず、つぶやきました。これで玉村さんの家族はぜんぶです。ニコラ博士は、玉村家の人をみんなにせものといれかえて、玉村家をのっとってしまうのでしょうか。それを考えると、怪博士の、あまりの悪だくみに、小林くんは、心の底から、ふるえあがってしまいました。

こんどはS1のふたです。それをひらくと、銀一くんよりはすこし大きい少年が立っていました。むろん人形です。小林くんはしりませんでしたが、これは白井美術店のこどもの白井保くんです。

つぎのS2の箱には、保くんの兄さんの人形が立っていました。S3、S4と、ひらくにつれて、保くんのおとうさんをはじめ、白井家の人たちが、ズラッとならんでいるのです。小林くんは、その人たちを、ひとりも知りませんが、じつは、白井美術店の主人の家族ぜんぶが、そこに人形にされていたのです。

ニコラ博士は、こうして、玉村宝石店をのっとったのとおなじように、白井美術店ものっとろうとしているのにちがいありません。

そのつぎにはＡ１のふたをあけてみました。針金をカチカチやって、なんの気なしに、そのふたをひらいたのですが、ひらくと同時に、小林くんは、目をまんまるにして、立ちすくんでしまいました。

ああ、なんということでしょう。その箱の中には、もうひとり小林少年が立っていたではありませんか。

顔もおなじ、服もおなじ、まるで鏡にでもうつったように、ふたりの小林くんが、むかいあって立っているのです。

いっぽうは人形ですが、ちょっと見たのでは、とても人形とは思われません。

小林くんは、おったまげてしまいました。じぶんとそっくりのやつが、こっちをにらみつけているのです。

小林くんは、こわい目をして、あいてをにらんでやりました。しかし、人形は、いっこうにへいきです。そしてながいあいだ、小林くんと小林くんとの、ふしぎなにらみあいがつづきました。

小林くんが牢屋にいれられたとき、ニコラ博士がやってきて、

「きみのにせものが、外ではたらいている。そのあいだ、ほんもののきみは、ここにとじこめておくのだ。」

といいました。では、この人形が、そのにせものなのでしょうか。

いや、そうではありますまい。にせものは、どこかで、生きて動いているはずです。

すると、この人形は、なんのために、つくったのでしょうか。

小林くんは、しばらく考えていましたが、やがて、そのわけがわかりかけてきました。

「ああ、そうだ。まずぼくの写真をあつめたにちがいない。ぼくの知らないまに、だれかがとったのだ。」

ねんのために、人形の足の下のひきだしをあけてみますと、小林くんの写真が十何枚もはいっていました。顔だけのもの、全身のもの、前から、後ろから、横からと、あらゆる方角からとった写真がたくさん出てきたのです。

「この写真をもとにして、プラスチックの人形をつくったのだ。この人形が、いわば原型なんだ。そして、なにかの魔法で、原型のとおりの、生きた人間をつくりだすのだ。つまり、ほんとうのぼくと、人形とにせもののぼくと、三人のぼくがいるわけだな。」

小林くんは、そう考えて、ひとり、うなずくのでした。

「じゃあ、つぎのA2の箱には、だれがはいっているのだろう。」

やっぱり、あけてみないではいられません。

小林くんは針金でかぎ穴をカチカチいわせて、そのふたをひらきました。

「アッ、先生！」

とんきょうな声をたてたのも、むりではありません。そこには、名探偵明智小五郎が、にこやかにほほえみながら立っていたのです。

むろん人形です。足の下のひきだしをひらいてみると、やっぱり、明智先生のいろいろな写真が、どっさり、そろっていました。

「すると、あいつは、明智先生のにせものも、つくる気なんだな。」

小林くんは、なんだかこわくなってきました。明智先生は、まだ北海道からおかえりにならないが、ひょっとしたら、旅さきで、とっくに、にせものとかわっているのではないだろうかと思うと、ゾーッとしないではいられませんでした。

小林くんは、それからも、つぎつぎと、箱をひらいてみましたが、あとには、見知らぬ人形が五つほど、はいっていたばかりで、そのほかの箱は、ぜんぶからっぽでした。これから、べつの人形をいれるために、のこしてあるのでしょう。

小林くんは、人形箱を見てしまうと、つぎの秘密が、知りたくなりました。これらの人形をもとにして、どうして、にせの人間をつくるのか、その秘密が、やっぱり、この第三の地下室の中に、かくされているにちがいないのです。

ロッカーのような人形箱のならんだ、せまいろうかを、まっすぐにいきますと、そのつきあたりに、がんじょうなドアが、しまっていました。

ドアに耳をつけてみましたが、なんのもの音もせず、シーンと、しずまりかえっています。

かぎ穴からのぞいてみました。

アッ、なんというあかるさ！　まるで、まっぴるまの原っぱのようです。しかし、そこは地下二階ですから、太陽の光がさしているはずはありません。やっぱり電灯でしょう。おそろしくあかるい電灯が、へやじゅういっぱいに、かがやいているのです。

小林くんは、また針金のかぎを、使いました。すこしてまどりましたが、とうとうドアがひらき、小林くんは、広いへやの中に、ふみこみました。

そして、おどろきのあまり、アッと、たちすくんでしまいました。

そこは、絵でも写真でも、いちども見たことのないような、ふしぎな機械のへやでした。あらゆる形の機械が、へやじゅうに、みちあふれているのです。

いっぽうには、手術台のようなものがあり、そのそばのガラス戸棚には、ドキドキひかるメスやハサミや、そのほかさまざまのおそろしい道具が、いっぱいにならんでいます。

いっぽうには、歯科医の治療台のようなものが、いくつもならび、また、べつのすみには、大きな化学の実験台があって、その上に、あらゆる形のガラスの道具がならび、ガラスの炎の上の、まるいガラスビンの中には、血のような液体がフツフツとあわだっているのです。

あっ先生っ!!

ニコラ博士の洋館にとじこめられた小林少年は、針金をつかって、地底の牢屋の錠をひらき、ニコラ博士の秘密をさぐりました。

そして、地下二階のふしぎな機械室へ、しのびこみました。

そこには、いちども見たことのないような、ふくざつな機械がゴチャゴチャとならんでいました。

小林くんは、びっくりして、たちすくんでいましたが、すると、むこうの機械のあいだから、みょうな人間が、あらわれてきました。

頭は、かみそりできれいにそった、まるぼうずです。顔はしわだらけで、ひろいひたいの下に、まんまるな目がギョロッと、ひかっています。

まゆ毛は、ひどくうすいので、あるのかないのかわかりません。ひらべったくて、ペシャンコの鼻、その下に、大きな赤いくちびるが、まるで虫のように、モグモグうごいています。

服は青いもめんの労働服で、その上にまっ白な手術着のようなものを、はおっています。

子供のように背がひくくて、その胴体の上に、じいさんの首がのっているという、ふしぎな人間です。一寸法師という、かたわものなのでしょう。

そいつは、ニヤニヤわらいながら、こちらへちかづいてきました。そして、まっ赤なくちびるを、大きくひらいて、こんなことをいいました。

「おお、よくきた。おまえは、わしのつくったA1号だな。」

そして、つくづく小林くんの顔を、ながめながら、

「ウン、よくできた。A1号の写真とそっくりじゃ。だれも、おまえを見やぶるものはあるまいて。ウフフフフ、おまえは、わしの傑作じゃよ。」

小林くんは、しばらくかんがえていましたが、やがて、一寸法師のいっていることが、わかってきました。

A1号というのは、あの小林くんとそっくりの人形が、はいっていたロッカーの番号です。

まず小林くんのいろいろな写真をあつめ、それによってあの人形をつくり、その原型

から、小林くんとそっくりの生きた人間を、つくりだしたのに、ちがいありません。しかし、どうして、そんなことができるのでしょう。このぶきみな一寸法師は、魔法つかいなのでしょうか。

超人ニコラ博士は、どんな人間にも、ばけることができます。では、この一寸法師も、やはりニコラ博士の、べつの姿ではないのでしょうか。

「あなたはニコラ博士ですか。」

小林くんは、そうたずねてみました。

「わしはニコラではない。」

一寸法師がこたえました。

「では、あなたはだれです?」

「さあ、だれじゃったか。わしはわすれたよ。」

なんだかへんです。

この一寸法師は、じぶんがだれだったか、わすれてしまったといっているのです。

「あなたは、ぼくをつくったといいましたね。どうして、そっくりおなじ人間が、つくれるのですか。あなたは魔法つかいですか。」

小林くんは、そのことをたずねないではいられませんでした。すると、一寸法師は、大きな口をあいて、歯のない歯ぐきを見せて、うすきみわるく、わらいました。

「ウフフフフ、魔法つかいか。そうじゃ、魔法つかいといってもいい。だが、わしは医者だよ。魔法のような医術をつかうのじゃ。医術によって人間をつくりかえるのじゃ。つまり、わしは世界にたったひとりしかいない魔法医者なのじゃ。」

小林くんは、そんなばかなことができるものかとおもいました。この一寸法師は、とんでもないホラふきか、きちがいか、どちらかにちがいありません。

「ウフフフフ、みょうな顔をしているね。きみは、わしの手術をうけたことを、わすれてしまったのか。よろしい。それじゃあ、きみにあわせる人がある。きみはたしか、名探偵明智小五郎の助手じゃったね。ちょうどいい。まあ、こちらへきて見るがいい。」

一寸法師のみじかい手が、小林くんの手をにぎって、グングンむこうへ、ひっぱっていくのです。

ゴチャゴチャした機械のあいだをとおっていきますと、白い手術台のならんだところへ出ました。

一つの手術台に、だれかがよこたわっています。モジャモジャにみだれた髪の毛が見えています。

「もう麻酔がさめたころだ。きみ、気分はどうだね。」

一寸法師が、ねている人の顔を、のぞきこんで、はなしかけました。

すると、その人はパッチリ目をひらいて、ふしぎそうに、あたりを見まわしています。

「アッ、先生！」

小林少年は、とんきょうな声をたてて、手術台にかけよりました。

そこにねていたのは、名探偵明智小五郎だったのです。いや、明智探偵とそっくりの人間だったのです。

ほんとうの明智探偵は、まだ北海道からかえりません。こんなところにねているはずはないのです。

これは、A2という番号のロッカーの中にあった、明智とそっくりの人形をもとにして、一寸法師の魔法医者が、つくりだした人間にちがいありません。

そこにねている明智探偵は、小林くんが「先生っ。」とさけんで、ちかづいても、べつにおどろくようすもなく、しらん顔をしています。にせものですから、まだ小林くんを知らないのです。

「A2号ですね。」

小林くんが、ニヤッとわらっていいました。すると一寸法師は、

「そうじゃよ。つまり、明智探偵がふたりになったというわけさ。」

と、こたえました。

「人形もいれると三人ですね。」

「ウフフフ、そうじゃ、そうじゃ。おまえ、なかなか、かしこいのう。」

そういって、一寸法師は、みじかい手で、背のびをしながら、小林くんの頭をなでるのでした。

一寸法師は、からだのかっこうが、へんなばかりでなく、いうことも、なんだかおかしいのです。気ちがいかもしれません。しかし、気ちがいに、どうして、こんな人間製造ができるのでしょう。じつに、ふしぎというほかはありません。

小林くんが、なおも質問しようとしていますと、そのとき、部屋の入り口のほうに、人の足音がして、だれかが、こちらへやってくるようです。

小林くんは、びっくりして、機械のかげに身をかくして、そのほうをながめますと、白ひげのニコラ博士が、こちらへやってくるのが見えました。

みつかっては、たいへんです。小林くんは、あわてて、機械と機械のすきまを、おくふかく、にげこむのでした。

さて、それから、どんなことがあったか。小林くんは、ニコラ博士にみつかることもなく、ながいあいだ、その機械室にいて、一寸法師の魔法医者の秘密を、すっかりききだしてしまいました。

それから三日のあいだに、小林くんは、ニコラ博士の洋館のすみずみまで、のこるところなく、しらべあげました。

地下一階の牢屋のような鉄格子の中にとじこめられた、玉村宝石王一家、白井美術店一家の人たちとも、こっそり話をして、すべての事情を知ることができました。

それだけでなく、小林くんは、いかにも明智探偵の弟子らしい、おもしろいトリックを考えついて、それをやってみることにしました。

そのトリックとは、いったい、どんなことだったのでしょうか。

いや、それよりも、一寸法師の魔法医者は、どのような方法によって、同じ人間をつくりだすことができたのでしょうか。

それらの秘密は、やがて読者諸君のまえに、あきらかになるのですが、それまでしばらくのあいだ、みなさんのご想像にまかせるほかはありません。

三ぼうからピストルが

お話かわって、こちらは、ほんものの明智探偵です。小林くんがニコラ博士にとらえられてから、一週間ほどのち、明智探偵は北海道の事件をしゅびよく解決して、その日の午後、羽田《はねだ》空港につきました。

電報がうってあったので、小林くんが自動車でむかえにきていました。そして、小林くんと、もうひとり、三十才ぐらいの見知らぬ男が、探偵のそばへよってきました。

「先生、おかえりなさい。事件がうまくかたづいたそうで、おめでとうございます。」

小林くんがあいさつをしますと、明智もニコニコして、

「ウン、ありがとう。……で、その人は？」

と、見知らぬ男を目でさししめして、たずねました。

「こんどたのんだ先生のボディガードです。くわしいことは、あとでおはなしします。先生、こちらにも、ふしぎな事件がおこっているのです。先生のおかえりをまちかねていました。」

「そうだってね。おもしろい事件らしいじゃないか。」

「ええ、これまでいちども手がけたことのない、ふしぎな事件です。事務所へかえってから、ご報告します。」

そして、三人はまたせてあった自動車にのりこみました。小林くんが右がわに、見知らぬ男が左がわに、明智探偵を中にはさんで、こしかけたのです。

運転手も見かけたことのない男です。明智はちょっと、へんに思いましたが、車は事

務所専用の「アケチ一号」ですし、小林くんがついているので、べつに、ふかくもうたがいませんでした。

車は京浜《けいひん》国道を三十分もはしったかとおもうと、さびしい横町《よこちょう》へまがりました。

「道がちがうじゃないか。」

明智探偵が、そういって、思わず、腰をうかそうとしました。ハッと危険をかんじたからです。それにしても、小林くんがいるのに、こんなみょうなことがおこるのはなぜだろうと、ふしぎに思いました。

ところが、明智が腰をうかしたときには、右手は小林くんに、左手は見知らぬ男に、かたくにぎられて、うごきがとれなくなっていました。

「ぼくをどうしようというのだ。小林くん、きみまでが……。」

と、さけんで、小林少年の顔をにらみつけますと、おどろいたことには、その小林くんが、ふてぶてしくわらいながら、こんなことをいうではありませんか。

「ウフフフ、よくにているだろう。だが、おれは小林じゃないのさ。小林とそっくりの別の人間なのさ。ほんとうのことをいうとね、おれたちはみんな、超人ニコラ博士の手下なのさ。おっと、明智先生が、いくらつよくってもだめだよ。こちらには、これがあるんだからね。」

と、いうかと思うと、小林くんによくにた少年と、見知らぬ男とが、左右からピストルをつきつけ、運転手も車をとめて、うしろをふりむくと、右手をグッとこちらに出して、やっぱりピストルを、さしむけるのでした。

こうして、明智探偵は、目かくしをされ、さるぐつわをはめられ、両手をうしろにしばられて、もう、身うごきもできなくなってしまいました。

それから、また四、五十分もはしって、車がついたのはニコラ博士の怪洋館でした。明智探偵は三人につれられて、地下室から、第二の秘密室へ、そこの鉄格子の牢屋の中へ、ほうりこまれてしまいました。

替え玉の替え玉

明智探偵が牢屋へいれられて、しばらくすると、白ひげのニコラ博士が、ゆうぜんと、地下室の見まわりにやってきました。そのうしろから、さっきの小林くんによくにた少年がしたがっています。

玉村宝石店の親子四人がとじこめられている鉄格子のまえを、とおりすぎました。かわいそうに、四人のものは、へやのすみにうずくまって、だまって、うなだれています。

そのむかいがわには、白井美術店の家族が、とじこめられ、おなじようにうなだれていました。

それから十メートルほどむこうに、小林少年のいる牢屋があります。ニコラ博士とにせの小林くんが、そのまえをとおりかかると、鉄格子の中から、おそろしい声がひびいてきました。

「ニコラ先生、おれをここから出してください。おれはにせもののほうだ。そこにいるのが、ほんものの小林だ。小林がおれをここへとじこめて、じぶんはにげだしてしまったのだ。そして、にせものになりすましているのだ。」

ニコラ博士は、それをきいても、べつにおどろきません。小林くんから、わけを知らされているからです。

「ね、そうでしょう。さすがは小林の知恵です。うまいことを考えました。ほんとうの小林が、どうかして鉄格子をあけて、にせものを引きいれ、替え玉の入れかえをやったというのです。だから、じぶんを牢から出して、かわりに、ぼくを入れようというのですよ。しかし、あいつはうそをついているにきまってます。なぜといって、ほんものの小林は、あいかぎを持っていないので、牢から出られっこないのですからね。かぎは、このにせの小林が、ちゃんとこうして、もっているのですからね。」

牢屋のそとの小林は、そういって、ポケットからかぎたばをとりだし、チャラチャラと音をさせてみせました。

へんなことになってきました。ニコラ博士は知りませんが、読者諸君は知っています。小林くんは、針金をつかって、じゆうじざいに、鉄格子の錠をあけることができるのです。それを、牢屋のそとにいる小林くんは、あいかぎがなければ、あけられないなどと、うそをついているではありませんか。

牢屋の中にいる小林よりも、そとにいる小林のほうが、あやしいのではないでしょうか。つまり、中の小林が、じつはにせもので、そとの小林がほんものではないのでしょうか。なんだかややこしいことになってきました。

しかし、もし、そとにいる小林がほんものだとすると、明智探偵を自動車にのせて、とりこにし、この地下室の牢屋へ入れたのは、どういうわけでしょうか。ほんものの小林くんなら、あくまで明智探偵のみかたをするはずではありませんか。

なんだかわけがわからなくなってきました。もうすこし、ようすを見ることにしましょう。そうすれば、やがてハッキリしたことがわかるでしょう。

さて、ニコラ博士と小林くんとは、牢屋の見まわりをすませて、一階へあがっていきましたが、しばらくすると、こんどは、小林くんだけが、コッソリ地下室へおりてきました。そして、あの小林の牢屋の前をとおりかかると、またしても、中から、どなり声がきこえてきました。

「やい、そこへいくほんものの小林。うまく博士をごまかしたな。だが、きさまのうそが、いつまでもつづくはずはない。きっとそのうちに、見やぶられる。そのときは、どんなひどいめにあうか、かくごしているがいい。おれはきっと、きさまといれかわってみせるぞっ。」

中の小林は、鉄格子にすがりついて、ガタガタいわせながら、しきりに、どく口《ぐち》をたたいています。

そとの小林くんは、それをあいてにしないで、牢屋の前を通りすぎ、ニコラ博士の寝室へしのびこみました。ここのかぎだけは、ニコラ博士がはなしませんので、小林くんは、やっぱり、針金をつかってドアをひらかなければなりませんでした。

その博士の寝室は、へやぜんたいがエレベーターになっていて、地下二階へ通じていることは、読者諸君のごぞんじのとおりです。

小林くんは、エレベーターのかくしボタンをおして、地下二階へおり、A2のロッカーから、明智探偵とそっくりの人形をとりだし、それをこわきにかかえて、もとの地下一階にもどり、さっき明智探偵をとじこめた牢屋へといそぎました。

エレベーターから、明智の牢屋へ行くのには、ほかの牢屋のまえをとおらなくてもよいので、人形をだいているのを、気づかれる心配はありません。

その鉄格子のまえへいくと、明智探偵はへやのまんなかにすわって、おそろしい顔で、こちらをにらみつけていました。

小林くんは、鉄格子に顔をくっつけて、ささやきました。

「先生、ぼくはほんとうの小林です。ぼくはいちど牢屋へいれられたのですが、そこをぬけだし、うまくだまして、にせものと入れかわったのです。そして、ぼくは、ニコラ博士のみかたのにせものになりすましたのです。つまり替え玉の替え玉になったわけです。

さっきは、先生にピストルなどむけて、ごめんなさい。ああして、にせもののように見せておかないと先生をおたすけすることができないからです。

ニコラ博士は、ぼくをにせものと信じていますから、ぼくに牢屋のかぎをあずけました。ですから、この鉄格子をひらくのは、わけもないのです。」

小林くんは、そういいながら、かぎたばをとりだして、鉄格子のドアをひらき、中へはいって、へやのおくにしいてあるござの上に、いまもってきた明智探偵とそっくりの人形をよこたえ、もう一枚のござを、むねのへんまでかけました。こうしておけば、そとから見たのでは、明智探偵がねているとしか思えませんから、ほんとうの明智がにげだしてしまっても、しばらくは、だいじょうぶです。

「さあ、先生、にげましょう。とちゅうで、だれかに見つかるとたいへんですから、そういうときには、いそいで、ろうかのくらいところへ、かくれなければなりません。しかし、ぼくは、じゅうぶん、にげ道をしらべておきましたから、まず、だいじょうぶだと思います。」

明智探偵といっしょに、そとに出ると、小林くんは、鉄格子のドアをしめて、かぎをかけました。そして、うすぐらい廊下の、かべをつたうようにして、秘密の地下室から、ふつうの地下室へ、それから一階へと、足音をしのばせて、いそぐのでした。

さいわい、だれにも見つからず、洋館のそとに出ることができました。それから、さびしいやしき町を、はしるようにして大通りに出ると、タクシーをひろって、こういうときに、いつもつかう、渋谷駅ちかくの目だたない旅館へといそぎました。

旅館の一へやへおちつくと、小林くんは、これまでの、いっさいのことを、明智先生に話しました。

「いま午後四時半ですね。じつは今夜、おそろしいことがおこるのです。まだじゅうぶんまにあいます。それをふせがなければなりません。一寸法師の魔法医者は、先生とそっくりの人間をつくりました。そいつが明智探偵としてはたらくのです。

ぼくはニコラ博士のみかたの、にせ小林だとおもわれていたので、かれらの秘密のたくらみは、みんなきいてしまいました。ですから、今夜のことも知っているのです。」

そして、小林くんは、そのおそろしいたくらみというのを、くわしく話してきかせるのでした。

青い炎

小林少年が、ニコラ博士のとりことなった明智探偵をたすけだして、ニコラ博士のおそろしいたくらみを話してきかせた、あの日の夕方のことです。

お話かわって、世田谷区の屋敷町《やしきまち》に、広い邸宅をもっている、園田大造《そのだだいぞう》というお金持ちから、明智探偵事務所へ電話がかかってきました。

「明智先生ですか、ひじょうに重大な事件で、ご相談したいのですが、すぐ、わたしのうちまでおいでねがえませんでしょうか。」

園田さん自身が電話口に出て、声をふるわせてたのんでいるのです。

「重大な事件というのは、いったい、どんなふうな事件でしょうか。」

明智がたずねますと、

「いや、電話では話せません。ぜひ、お目にかかってお話ししたいのです。おそろしい事件です。先生のお力をかりなくては、どうにもならないのです。先生のことは、友人の菅原《すがはら》くんの宝石事件で、よくぞんじております。どうか、わたしを助けてください。」

そうまでいわれては、たのみをきかないわけにはいきません。明智探偵は、すぐおうかがいするといって、電話をきりました。

それから一時間ほどして、園田さんの大きな屋敷の洋風応接間に、主人の園田さんと、明智探偵と、助手の小林少年がテーブルをはさんで話しあっていました。

「すると、あいては、ニコラ博士ですね。」

明智が、しんけんな顔で、ききかえしました。

「そうです。わたしはまい朝、五時におきて、庭を散歩するのですが、けさ、庭を歩いていますと、木の間にあいつが立っていたのです。長いひげをはやした、七十才ぐらいのじいさんです。そいつのからだは、青く光っていました。まだうすぐらい木のしげみの中ですから、幽霊のように、青く光っているのが、よくわかるのです。

わたしは、びっくりして、にげだそうとしましたが、催眠術でもかけられたように、足が動かなくなって、にげることができません。

そいつは、じっと、わたしの顔を見つめながら、地の底からひびくような、きみのわるい声で、こんなことをいいました。

「わしは、おまえのだいじにしているダイヤモンド「青い炎」がほしいのだ。こん夜、かならずもらいにくるから、用心するがいい。だが、おまえが、どんなに用心しても、わしは魔法使いだから、かならず、とってみせるよ。」

そういって、ウフフフと笑ったかとおもうと、そこのヒノキの幹に、つかまって、まるでサルのように、スルスルとのぼっていき、木の葉の間に、姿が見えなくなってしまいました。先生、それから、おそろしいことがおこったのです。」

園田さんは、そこでちょっと、ことばをきって、おびえたような目で、窓の外の空をながめました。

「ヒノキのてっぺんから、あいつが、空へとびたったのです。そして、朝やけの空を、アメリカのスーパーマンのように、両手を前につきだして、マントをヒラヒラさせて、ひじょうな速さで空中をとびさってしまったのです。」

園田さんは、まっさおな顔になっていました。

「ニコラ博士が、空をとぶことは、ぼくもきいております。それについて、ぼくはある考えをもっているのですが……。ところで、そのあなたのダイヤモンドというのは、どこにおいてあるのですか。」

明智がたずねますと、園田さんは、なぜかニヤリと笑って、

「それはだれも知りません。わたしのほかには、だれも知らないのです。しかし、あいつはスーパーマンみたいなやつですから、宝石のかくし場所を、知っているかもしれません。

このダイヤモンドには「青い炎」という名がついているのです。インドの仏像のひたいに、はめこんであったのを、あるイギリス人が手にいれて、それがまわりまわって、わたしのものになったのです。青い炎がもえるように、かがやいているので、そういう名がついたのです。二十五カラットもある大きなもので、日本では最大、最高のダイヤです。

ですから、わたしは、これを、あるぜったいにわからない場所にかくし、うちのものにも見せないようにしているのです。まして、他人にはいちども見せたことがありません。

じつは、二、三日前に、ある有名な宝石商が、日本じゅうの宝石をあつめて、宝石展覧会をひらきたいから、「青い炎」を出品してくれないかといってきたのですが、わたしは、ぜったいに人に見せるつもりはないといって、かたくことわったほどです。」

「そうですか。それほどのたからものでしたら、ぼくも、全力をつくして、おまもり

しますが、そのダイヤモンドは、いったい、どこにかくしてあるのでしょうか。それをうかがっておかないと、まもるにもまもれないのですが。」

明智のことばに、園田さんはうなずいて、

「ごもっともです。先生にだけは、かくし場所を、おおしえするほかありません。いま、そこへごあんないしますから、どうかこちらへおいでください。」

と、いって、いすから立ちあがりました。

園田さんは、女中さんをよんで、明智探偵と小林少年のくつを、庭のほうへ、まわすようにいいつけておいて、ろうかを、さきに立ってあるいていきました。

ろうかを二つほどまがると、そとに、庭へおりるドアがひらいていて、三人はそこからおりていきました。

池や林のある、広い庭です。林の中を通りすぎると、ちょっとした広っぱがあり、そこにお寺のお堂のようなものが立っていました。

「わたしの持仏堂《じぶつどう》ですよ。この中に、平安朝時代の黄金仏《おうごんぶつ》が安置してあるのです。」

園田さんはそういって、お堂のとびらをひらき、ふたりを中にあんないしました。

うすぐらいお堂の中には、まん中に大きな台があって、その上に、人間の倍もあるような、金色の仏像が立っていました。その台のまわりはクルッと石だたみでかこまれ、仏像を横からでも、後ろからでも見られるようになっているのです。

「うまいかくし場所でしょう。この仏像は国宝です。だれも国宝にきずをつけるなんて、考えもしないでしょう。ところが、わたしは傷をつけたのです。この仏像のせなかに、十センチ四方ほどの、小さなきりくわせをつくって、それを宝石箱にしたのです。外から見たのでは、ちっともわかりません。こちらへきてごらんなさい。」

園田さんは仏像の後ろへまわりました。明智探偵と小林少年も、そのあとについていきましたが、仏像のせなかのどこに、秘密のかくし場所があるのか、すこしもわかりません。

「このボタンをおせばいいのです。」

園田さんは、仏像の右のももにある、ちょっと見たのでは、わからないほどの、イボのようなものを、グッとおしました。すると、カタンと音がして、仏像のせなかの四角いふたがひらいて十センチ四方ほどの穴があきました。

「この中に宝石がはいっているのです。だが、まってください。むやみに手を入れてはあぶない。どろぼうの用心がしてあるのです。宝石をとろうとして、手をいれると、穴の四方から、するどい鉄のつめが、サッととびだして、手にささり、どろぼうは動けなくなってしまうのです。

それをふせぐのには、もうひとつのかくしボタンをおせばよろしい。」

園田さんは、こんどは仏像の左のものの、やはり小さなイボのようなものをおしました。

「さあ、これで、もうだいじょうぶ。」

いいながら、穴の中へ手をいれて、ダイヤモンド「青い炎」をとりだし、明智探偵に見せるのでした。

ああ、なんというみごとな宝石でしょう。虹のように七色にかがやいているのですが、青の色がいちばんつよく、ほんとうに、青い炎がもえているようです。

「ぼくも、いろいろな宝石を見ましたが、こんなりっぱなのは、はじめてです。なるほど日本一のダイヤモンドですね。」

明智探偵も、思わず、ほめたたえないではいられませんでした。

「だから、ニコラ博士が目をつけたのですよ。だいじょうぶでしょうか。あいてはおそろしい魔法使いですからね。」

園田さんは、しんぱいそうです。

「ぼくがおひきうけしたら、だいじょうぶです。ぼくは魔法使いというやつには、たびたび出あったことがありますが、いちども、やぶれたことはありません。あいてが魔法を使えば、こちらも、それ以上の魔法を使うからです。」

　明智探偵の力づよい返事に、園田さんは、安心したようすで、宝石を穴の中にもどし、ボタンをおして、そのふたをしめました。

「ぼくは、いまから、夜にかけて、ずっと見はりをつづけましょう。しかし、このお堂の中にいたのでは、ダイヤはここにかくしてありますと、敵にしらせるようなものですから、ぼくと小林はお堂のそばの庭にかくれて、見はりをつづけます。もしニコラ博士がやってきたら、かならず、つかまえてお目にかけます。ここはぼくたちにまかせて、あなたは、うちにおもどりになっているほうがよろしいでしょう。」

　園田さんが、うちの中へもどるのをまって、小林少年は、明智探偵になにかささやいたうえ、電話をかけるために、おもやへはいっていきましたが、それは、少年探偵団のおもな団員を、よびあつめるためでした。

　それから一時間もしますと、十人の団員が、園田さんの庭へ、つぎつぎと、あつまってきて、あちらこちらの木《こ》かげに身をかくして、ニコラ博士のやってくるのをまちうけました。この少年たちは、このあいだ芝公園で、ニコラ博士にひどいめにあっているので、きょうは、そのしかえしをしてやろうと、はりきっているのです。

ふたりの明智小五郎

そして、日がくれ、だんだん夜《よ》がふけていきました。

夜の十時に、園田さんに電話がかかってきました。

「わしがだれだか、いわなくても、わかっているじゃろう。ウン、そのとおり、わしはニコラ博士じゃ。きみのダイヤモンドは、明智小五郎が見はりをしているね。いい人をたのんだものじゃ。なにしろ日本一の名探偵じゃからなあ。

だが、だいじょうぶかね。わしは魔法使いじゃよ。もうとっくにダイヤモンドを、ぬすんでしまったかもしれないぜ。え、どうだね、しんぱいではないかね。ウフフフフ、ほうら、見たまえ、きみは声がふるえている。しんぱいになってきた。

ダイヤモンドは、かくし場所にあるだろうか。いや、ないのだ。あのかくし場所は、からっぽだ。うそだと思うなら、いますぐ、あそこへいって、しらべてみるがいい。ウフフフ……。」

そして、ガチャンと電話がきれました。

園田さんは、受話器をおいたまま、まっさおになって、その場に立ちすくんでいましたが、庭の持仏堂へいってみないでは、どうにも安心ができません。

懐中電灯をもって、えんがわから、庭げたをはいて、あの黄金仏のお堂の前にかけつけました。

「明智先生、明智先生はいませんか。」

大きな声でよびますと、お堂のそばのしげみの中から明智探偵と小林少年が出てきました。ちょうど月夜で、そのへんは昼のようにあかるいのです。

「どうなすったのです。なにかあったのですか。こちらは、べつにかわったこともありませんが。」

明智ののんきなことばに、園田さんははらだたしげに、どなりつけました。

「ニコラ博士が電話をかけてきたのです。そして、ダイヤは、とっくにぬすんでしまったというのです。明智さん、しらべてください。ダイヤがかくし場所にあるかないか、しらべてみてください。」

「そんなばかなことがあるものですか。ぼくはお堂の入り口をずっと見はっていました。お堂のとびらは、いちどもひらかなかったのです。だから、ダイヤをぬすみだせるはずがありません。」

「ともかく、しらべてみましょう。いっしょにきてください。」

園田さんは、いいすてて、お堂のとびらをひらくと、その中へとびこんでいきます。

しかたがないので、明智探偵と小林少年も、そのあとからついていきました。

園田さんは仏像の後ろへまわると、かくしボタンをおして、秘密のふたをひらき、もうひとつのボタンをおして、鉄のつめがとびださないようにしておいて、穴の中へ手をいれました。

「あっ、ない。なくなっている。明智さん、この中はからっぽですよ。」

明智探偵をしかりつけるように、さけびました。

「おかしいですね。ニコラ博士は、このかくし場所を、知らないはずじゃありませんか。それをどうして……。」

「だから、はじめから、もうしあげておきました。あいつは魔法使いです。どんなことだってできるのです。それをふせいでくださるのが、あなたのやくめではありませんか。」

しかも、あんなにかたく、おひきうけになったではありませんか。」

園田さんに、つめよられて、明智探偵はタジタジとあとじさりをしていました。

そのときです。じつにふしぎなことがおこりました。とびらをひらいたままになっているお堂の入り口に、みょうな人間が立っていたのです。

銀色の月の光が、横のほうから、その人の顔の半分を、てらしていました。

園田さんも、明智探偵も、その顔を見ると、アッとさけんだまま、立ちすくんでしまいました。

その人は懐中電灯を持っていました。その光をこちらにむけながら、ゆっくりとお堂の中へはいってきます。

こちらの三人は、思わずあとじさりをしながら、園田さんの懐中電灯は、しぜんに、そのふしぎな人間の顔をてらしました。

あいての懐中電灯は、明智探偵の顔をてらしています。

人間の倍もある金色の仏像の前に、おたがいに懐中電灯でてらされた二つの顔が、まっ正面にむきあっていました。

おお、ごらんなさい。その二つの顔は、まるで鏡にうつしたように、そっくりおなじではありませんか。

そうです。明智探偵がふたりになったのです。どちらかが、ほんもので、どちらかが、にせものにちがいありませんが、その見わけが、まったくつかないのです。

「ワハハハハ……、にせものの明智くん、うまくばけたね。しかし、きみはニコラ博士のてしただ。ダイヤモンドをまもるのではなくて、それをぬすむためにやってきたのだ。そして、きみはもうぬすんでしまったのだ。」

あとからきたほうの明智が、そういって、カラカラと笑いました。

しかし、前からいる明智も、けっしてまけてはいません。

「なにをばかな。きみこそにせものだ。いまごろになって、ノコノコやってきたのが、にせもののしょうこじゃないか。

だが、うたがうなら、ぼくのからだをさがしてみるがいい。あんな大きなダイヤだから、ぼくが持っていれば、すぐにわかるはずだ。」

それをきくと、小林少年が、お堂の入り口へかけていって、用意していた、よびこの笛をとりだすと、ピリピリピリリリリリリ……と、はげしくふきならしました。

この小林少年は、ほんものなのでしょうか、それとも、にせものなのでしょうか。読者諸君は、もうおわかりになっているでしょうね。

それはともかく、よびこの音に、庭のあちこちにかくれていた十人の少年探偵団員が、大いそぎでかけつけてきました。

少年たちはお堂の入り口にむらがって、中をのぞきこみましたが、明智先生がふたりいるのを見ると、ギョッとして、ものもいえなくなってしまいました。

「やあ、少年探偵団の諸君だね。ここにいるぼくとソックリのやつは、にせものだ。こいつは大きなダイヤモンドをぬすんだのだ。きみたちみんなで、こいつのからだをしらべてくれたまえ。どこかにかくしているにちがいないのだから。」

あとからきた明智がいいますと、さきにきていた明智もまけないで、少年たちに声をかけました。

「やあ、きみたち、ゆだんをしてはいけないぞ。いましゃべったやつが、にせもので、ニコラ博士のてしただよ。

しかし、ぼくのからだをさがすなら、さがしてもよろしい。ぼくはぬすみなんか、ぜったいにしていないのだから。」

すると、小林少年が、さきにたって、その明智のポケットなどを、さがしはじめましたので、少年たちも、四方から明智のからだにとりついて、上着とズボンをさがしたあとで、その上着とズボンを、よってたかって、ぬがせたうえ、シャツとズボン下だけになった明智を、とうとうその場にころがしてしまいました。

いくら子どもでも、小林くんをまぜて十一人ですから、どんな力のつよいおとなだって、どうすることもできません。十一人にとりつかれては、まるでアリにたかられたコオロギのようなもので、されるままになっているほかはないのです。

「ないねえ。」

「ないよ。」

「先生、どこにもダイヤなんて、かくしていません。」

あらゆる場所をさがしたあげく、少年たちは、とうとう、かくしていないときめてしまいました。

「そうらみろ。ぼくがぬすみなんかするはずはない。なぜといって、ぼくこそほんとうの明智小五郎だからだ。そこにいるやつが、にせものだよ。」

シャツ一枚にされた明智が、それみろといわぬばかりに、とくいらしくいいました。

それをきくと、小林くんが、ハッとなにかを、思いだしたようすで、大声にどなりました。

「そうじゃない。まださがさないところが、一カ所だけある。きみたち、そいつの顔を、動かないように、つよくおさえていてくれたまえ。ぼくは、そいつの左の目をえぐってやるのだ。」

小林くんが、おそろしいことをいいました。

しかし、少年たちは、小林団長の命令にしたがって、みんなで、たおれた明智の上にのしかかり、頭を地面におさえつけて、顔を動かさないようにしました。

「懐中電灯で顔をてらしてください。」

小林くんはそういいながら、人さしゆびをグッとのばして、いきなり、明智の左の目にちかづけました。

ああ、なんというざんこく！　小林くんの指は、あいての左の目の中へ、グーッと、つきささっていきました。そして、目の玉をくりぬいてしまったではありませんか。

「みなさん、こいつの左の目は義眼なのです。義眼がもののかくし場所になっているのです。ごらんなさい、これが園田さんのダイヤです。」

小林くんはそういって、大きな宝石を、高くかざして見せました。懐中電灯の光をうけて、それは青い炎のようにもえています。

怪獣の最期

「青い炎」という日本一のダイヤモンドをまもるために、明智探偵と小林少年が、園田さんのうちにやってきましたが、明智探偵はニコラ博士のてしたの、にせものでしたから、黄金仏のせなかから、ダイヤモンドをぬすみとって、左の目の義眼の後ろに、かくしてしまいました。

小林少年は、にせ明智をゆだんさせるために、じぶんもにせもののように見せかけていましたが、じつは、ほんとうの小林くんだったのです。

小林くんは、ニコラ博士の地下室のふしぎな一寸法師の老人から、にせ明智の左の目は、ものをかくすために、義眼にしてあるのだということをきいていました。

そこで、十人の少年探偵団員に、にせ明智をおさえつけさせておいて、左の目の義眼をくりぬき、そこにかくしてあったダイヤモンドを、とりかえしてしまいました。

「やっ、さては、きさま、ほんとうの小林だな。いつのまに、いれかわったのだ。」

にせ明智は、おさえつけられたまま、わめきました。

「ハハハハハ、はじめから、いれかわっていたのさ。にせの小林は、ぼくのかわりに、地下室の牢屋にはいっているよ。ぼくが、ほんとうの明智先生をとらえる手だすけをしたのは、きみたちを、ゆだんさせるためだったのさ。」

小林くんは、笑いながら、たねあかしをしました。

「ちくしょうめ、こわっぱめに、はかられたのかっ。」

にせ明智は、さもくやしそうに、つぶやきましたが、そのあとから、かれの顔に、うすきみのわるい笑いがうかんできました。

「ウフフフフ、きみたち、それで、勝ったつもりでいるのかね。ウフフフフ、そうはいくまいぜ。こっちには、おくの手があるんだからね。

おい、おれのはらを、おさえているぼうや、右のポケットにさわってごらん。写真機みたいなものが、はいっているだろう。

それを、なんだと思うね。世界でいちばん小さい無電機だよ。さっきからスイッチはいれたままになっているから、ここで、みんなのしゃべったことは、すっかりニコラ博士の無電機にはいっている。

さあ、そうすると、どういうことになるだろうね。いまに、おそろしいことがおこるだろうから、用心するがいいぜ。」

ただのおどかしではなさそうです。小林くんは、にせ明智のポケットから、写真機のようなものを、とりだしました。たしかに小型無電機のようです。スイッチをはずして、音がつたわらないようにして、じぶんのポケットにいれました。

「きみたち、そいつの手と足を、グルグルまきにしばって、身動きできないようにするんだ。みんな、ほそびきを、腰にまいているだろう。それでしばるんだ。」

小林くんの命令で、十人の少年のうちの三人が、腰のほそびきをといて、にせ明智を、げんじゅうに、しばりあげてしまいました。

そのとき、持仏堂の入り口から、ほんものの明智探偵が、はいってきました。いつのまにか、外へ出て、どこかへ行ってきたらしいのです。

「いや、感心、感心、さすがに小林くんだ。よくやった。」

明智探偵はニコニコしながら、小林少年をほめたたえるのでした。

「ウフフフ……。」

しばられて、お堂の入り口にころがっている、にせの明智が、また、うすきみわるく笑いました。

「ニコラ博士は、あんがい、近くにいるのだ。もうやってくるじぶんだぜ。どんなすがたで、やってくるか、きもをつぶさぬ用心をするがいい、ウフフフ……。」

そのときです。お堂の外から「ウオーッ。」という、ものすごいうなり声が、ひびいてきました。

明智探偵と小林少年は、お堂の外に、とびだしてみました。

月がてりかがやいて、そのへんは、昼のように明るいのです。

広い庭には、森のように木のしげったところがあります。

その中は、月がさしこまないので、まっくらです。

森の中に、チカッと金色に光るものが見えました。

そしてまた、「ウオーッ。」という、おそろしい、うなり声です。

「先生、さっき、お話しした金色のトラです……。今夜は、きっと、あらわれるだろうと、思っていました。」

小林くんが、そういっているうちに黄金のトラは、全身をあらわして、こちらへノソノソ歩いてきます。

人間が四つんばいになったほどの、でっかいトラです。そして、そのからだは、金色にピカピカ光っているのです。

「ウオーッ。」

こちらをむいて、大きな口をガッとひらきました。白いするどいきばがニュッとつきだし、口の中はもえるように、まっかです。二つのまんまるな目はリンのように青く光っています。

さすがの明智探偵も、小林少年も、それを見ると、思わず、たちすくんでしまいました。

すると、黄金のトラは、ゆうゆうと、森の外に出てきました。月の光をあびて、全身が美しく光りかがやいています。

小林くんの後ろにいた十人の少年たちは、「ワーッ。」といって、にげだしました。

トラは少年たちには目もくれず、パッとひととびで、お堂の入り口にちかづきました。その速さ！　まるで金色のにじが立ったように見えました。

トラはお堂の中にはいると、そこにころがされている、にせ明智のそばによって口と前足をつかって、ほそびきを、ほどこうとしました。

それを見ると、明智探偵が、小林くんの耳に、なにかささやきました。

小林くんは、うなずいて、ポケットからピストルをとりだしました。にせ小林になりすまして、自動車の中で、明智にさしむけた、あのピストルが、まだポケットにはいっていたのです。

「こらっ、やめろっ。でないと、ピストルをぶっぱなすぞ。」

小林くんは、まるで、あいてが人間でもあるように、どなりつけました。

すると、ふしぎなことが、おこったのです。トラが、人間のように、前足を上にあげて、「かんべんしてください。」といわぬばかりに、あとじさりをはじめたではありませんか。

「あっ、そいつもにせものだ。ほんとうのトラでなくて、人間がトラの皮をかぶっているのだ。みんな、こいつをやっつけてしまえ。皮をはいでしまえっ。」

小林くんがさけびますと、にげだしていた少年たちが、もどってきました。

「ソレッ、やっつけるんだ。」

小林くんが、まっさきに、トラにとびついていきました。十人の少年たちも、四方からトラのからだに、くみつき、「エイ、エイ。」とかけ声をして、とうとう、トラをそこにたおしてしまいました。

「あっ、やっぱりそうだっ。ここにチャックがある。」

小林くんが、それをグーッとひっぱりますと、トラのはらがさけて、中に人間がはいっていることがわかりました。黒いシャツをきた大きな男です。

「みんな、こいつもしばってしまえ。」

十人の少年たちは、すっかりトラの皮をはいで、黒シャツの男を、グルグルまきに、しばってしまいました。

トラ男は、小林くんのさしむけるピストルを見て、うっかり手をあげたのが、しっぱいでした。それで人間だということがわかってしまったのです。

そのときです。またしても、むこうの木のしげみの中から、「ウオーッ、ウオーッ。」というおそろしいうなり声が、ひびいてきました。そして、チラッ、チラッと金色のものが、見えたりかくれたりしています。

トラは一ぴきではなかったのです。

木の間から、二ひきの大トラが、ノソノソとあらわれてきました。

こんどは、ほんもののトラかもしれません。ピストルをさしむけても、いっこうに、ひるむようすがないのです。

「先生、足をうちますよっ。」

小林くんは、明智探偵に、そうさけんでおいて、ピストルをうちました。致命傷をあたえないように、足をねらったのです。

みごとに命中しました。明智探偵事務所では、ピストルなんか、めったに使いませんが、明智探偵はピストルの名手ですし、小林くんも、まんいちのばあいのために、ひごろ射撃の練習をしていますので、それが、こういうときに、役にたつのです。

あと足をうたれたトラは、そこにころがって、前足で傷口をおさえています。ほんとうのトラならば、口で傷口をなめるはずではありませんか。

「あっ、やっぱり人間だっ。そいつもしばってしまえっ。」

小林くんの命令に、少年たちはゆうかんに、二ひきのトラに、とびかかっていきました。

傷つかないほうのトラも、一ぴきがうたれたので、にげだそうか、どうしようかと、まよっていましたが、少年たちが、とびかかってきたので、もうにげることはできません。死にものぐるいの戦いがはじまりました。

傷ついたトラも、こうなっては、じっとしているわけにいきません。いたさをこらえて、おきあがり、少年たちにむかってきました。

こんどは、あいてが二ひきですから、少年たちは、二組《ふたくみ》にわかれなければならないので、なかなかの苦戦です。

二ひきの黄金の怪獣が、あちらにとび、こちらにとび、少年たちを、けちらして、あばれまわり、月光にてらされた黄金のにじが、縦横《じゅうおう》にいりみだれました。

しかし、こちらは小林少年をいれて十一人の少年探偵団員です。それに、明智探偵と園田さんも、てつだってくれるのです。いくら強くても、ほんとうのトラではないのですから、とてもかなうものではありません。二十分ほどもかかった大格闘のすえ、トラは二ひきとも、その場に、くみふせられてしまいました。

まだあとから、べつのトラが出てくるのではないかと、しばらくまっていましたが、そのようすもありません。トラはぜんぶで三びきしかいなかったのです。

そのときです。少年のひとりが、大きな声でさけびました。

「あっ、スーパーマンだっ!」

ニコラ博士の秘密

ああ、ごらんなさい。はれわたった月光の空を、黒いマントをひるがえした、スーパーマンが、とんでくるのです。

これこそニコラ博士にちがいありません。博士のほかに、空をとべるやつがあろうとは思えないからです。

両手をグッと前につきだして、風をきってとぶスーパーマンは、お堂の上までくると、その屋根のまわりを、グルグルと、まわりはじめました。地上五十メートルほどの高さです。ニコラ博士は、そこから、下界のようすを、見とどけようとしているのです。

敵は、高い空中にいるのですから、どうすることもできません。ピストルをうとうにも、あまり高いので、もしあいてを、ころしてしまうようなことがあっては、たいへんですから、それもできないのです。

ニコラ博士は、こちらをばかにしたように、いつまでも、お堂の上を、グルグル、グルグル、まわっていましたが、やがて、むこうの森のような木だちの上へとんでいって、姿が、見えなくなってしまいました。

「森の中におりたのかもしれないぞ。」

少年のひとりが、大きな声でいいました。

いまに、こちらに出てくるだろうと、みんな、ゆだんなく、まちうけました。小林くんはピストルをかまえることをわすれませんでした。

しかし、いくらまっても、ニコラ博士は出てくるようすがありません。どこかへ、とびさってしまったのでしょうか。それとも、森の中におりて、なにかたくらんでいるのではないでしょうか。

みんなはもう、まちきれなくなりました。

「森の中にはいって、ようすを見ることにしよう。」

小林くんは、とうとう、しびれをきらして、森の中にはいってみる決心をしました。明智探偵もいっしょにいってくれることになりました。

少年探偵団員たちは、みな小型の懐中電灯をもっていますので、てんでに、それをふりてらしながら、まっくらな森の中にはいっていくのです。小林団長はピストルをにぎって、先に立っています。

ひとかかえも、ふたかかえもあるような、大きなヒノキなどが、たちならんでいます。懐中電灯はたくさんあっても、みな万年筆型の小さいのですから、たいして明るくはありません。いやにチロチロして、なんだか、そのへんに、あやしいやつがかくれているような気がします。

木のみきから、木のみきを、グルグルまわって、すすんでいきましたが、森のまんなかへんにきたとき、とつぜん、ガサガサという音がしたかと思うと、先に立っていた小林くんの頭の上から、なにか大きなものが、サーッとおちてきました。

アッというまに、小林くんは、そこにたおれていました。

「だれだっ。きさま、ニコラ博士だなっ。」

小林くんは、大声にさけびましたが、ふと気がつくと、右手ににぎっていたピストルが、ありません。

「ワハハハハハ、いかにも、おれはニコラ博士だ。小林くん、きみのピストルは、いまもらったよ。こっちのは、おれのピストルだ。つまり二丁拳銃さ。きみたちは、だれももうピストルはもっていない。こうなったら、おれの命令にしたがうほかはないね。さあ、そこをのくんだ。ニコラさまのお通りだ。」

少年たちは、みんな、あとじさりをして、道をあけました。コウモリのようなマントをきた、白ひげのニコラ博士は、ゆうゆうとその間をとおって、森の外に出ていきました。

だれもてむかうものはありません。少年たちがおそれをなしたのは、むりがないとしても、名探偵明智小五郎は、いったい、どうしたのでしょう。ふしぎなことに、そのへんに、すがたが見えません。まさかにげだしてしまったわけではないでしょう。いや、にげだすどころか、そのとき、明智探偵は、ニコラ博士に気づかれぬよう、ある場所で、ひじょうにだいじな仕事をしていたのです。

森を出たニコラ博士は、お堂の前に立っていた園田さんのそばへ、両手にピストルをかまえながら、近づいていきました。

「おい、さっき小林からうけとった、ダイヤモンドを、おれにわたせ。おれはニコラ博士だ。いうことをきかなければ、きみの命がないぞ。」

地の底からひびいてくるような、いやな声です。二丁のピストルをつきつけられては、命令にしたがうほかはありません。園田さんは、ポケットから「青い炎」をとりだして、博士の前に、さしだしました。博士はそれをうけとって、

「よし、よし、これでおれも、約束をはたしたわけだね。ワハハハハハ、じゃあ、あばよ。」

と、いいすてて、また森の中へはいっていきました。

少年たちは、まだ森の中にいましたが、だれもこの怪人にてむかうものはありません。やがて、さっき小林くんの上から、とびおりた、大きなヒノキのそばへくると、二丁のピストルを、両方のポケットにいれ、いきなり、そのみきにすがりついて、木のぼりをはじめました。まるでサルのように、木のぼりがうまいのです。たちまち、枝や葉のしげった中に、すがたが見えなくなってしまいました。

小林少年は、べつの木のみきにかくれて、そっとそのようすを見ていました。懐中電灯はつけなくても、やみに目がなれて、ボンヤリと、そのへんが見えるのです。

小林くんは、いまに木の上で、どんなことがおこるかを、あらかたさっしていましたので、それをたのしみにして、まちかまえているのです。

ここで、お話は、そのヒノキの上の枝葉のしげった中にうつります。

ニコラ博士は、二丁のピストルをポケットにいれて、両手で木のみきをかかえながら、第一の横枝から、第二の横枝へと、だんだん上のほうへ、のぼっていきました。

そして、第三の横枝にのぼりついたときです。ハッと気がつくと、両方のポケットが、かるくなっていました。

びっくりして、足でからだをささえ、両手でポケットをさぐってみますと、ピストルがありません。二丁ともなくなっているのです。

ふしぎです。おとしたはずはありません。ひょっとしたら、この木にはサルかなんかがいて、ピストルを、よこどりしたのではないでしょうか。

「ウフフフフ、ニコラ博士、びっくりしているね。ぼくだよ、明智小五郎だよ。ピストルは、ぼくがちょうだいして、下へなげおとしてしまったのだよ。これで、きみもぼくも、武器がなくなったのだから、ごかくの戦いができるというものだ。」

ああ、名探偵はここにかくれて、ニコラ博士のかえってくるのを、まっていたのです。博士はスーパーマンのように、空をとぶためには、どうしても、この木のてっぺんに、かえってこなければならないわけがあったのです。明智探偵は、そのことを、ちゃんと知っていました。

明智は、さらに、ことばをつづけます。

「ぼくがどうしてこんなところにいるか、わけは、きみもう、さっしているだろうね。

いうまでもなく、きみの空とぶはねを、こわしてしまうためさ。きみがどうして、スーパーマンのように、空をとぶか、その秘密を、ぼくは知っているのだ。数年前、あるフランス人が、人間がせなかにつけてとべる、ヘリコプターを小さくしたような機械を発明した。日本にたったひとり、その機械を買いいれたやつがいる。きみはそれを使ってスーパーマンのまねをしていたのだ。夜や、うすぐらい日には、プロペラが見えないので、いかにもスーパーマンがとんでいるように思うのだ。

きみは、その機械を、この木のてっぺんに、かくしておいて、ダイヤモンドをうばうために、おりていったが、それが手にはいったので、またプロペラをせなかにつけて、空へとびたつために、ここにもどってきた。だが、もうだめだよ。あの機械は、きみが下におりているうちに、ぼくがこわしてしまった。きみはもうとべないのだ。スーパーマンが飛行の術をうしなってしまったのだ。」

そのとき、パッと、二つのまるい光がいれちがって、まっくらな木の葉の中に、二つの人間の顔が、明るくてらしだされました。

明智探偵と、ニコラ博士とが、それぞれ懐中電灯をとりだして、あいての顔をてらしたのです。

怪人二十面相

ニコラ博士は、二丁拳銃をかまえて、少年探偵団員たちを、追いちらし、園田さんをおどかして、ダイヤモンド「青い炎」をとりもどし、庭の木立ちの中の、高いヒノキにのぼって、そのてっぺんにかくしてあった、豆ヘリコプターで、にげだそうとしましたが、そのヒノキのてっぺんには、ほんものの明智探偵が、さきにのぼって、まちかまえていました。

名探偵とニコラ博士は、ヒノキの枝の上で、にらみあいました。

「きみは、この木のてっぺんから、スーパーマンのように、とびたつつもりだったろうが、そのとび道具のプロペラは、ぼくがこわしてしまった。きみはもう超人の力をうしなったのだ。」

明智が一段上の木の枝から、ニコラ博士を見おろして、とどめをさすように、いいました。

ニコラ博士は、ポケットにいれていた二丁のピストルも、さっき明智にとりあげられてしまったので、もうどうすることもできません。上の枝には明智がいるのですから、にげるなら、下におりるほかはないのです。

博士は、いきなり、木をすべりおちるように、下へにげます。明智はそのあとをおいながら、大声にさけびました。

「オーイ、小林くん、少年探偵団の諸君。ニコラ博士は、木をおりていく。ピストルはぼくがとりあげてしまったから、だいじょうぶだ。みんなで、つかまえてくれたまえ。」

すると、下にまちかまえていた小林少年が、ポケットから、呼び子の笛をとりだして、ピリピリピリ……とふきならしました。

それをきくと、四方ににげちっていた少年たちが、小林くんのそばに、かけもどってきました。

「ニコラ博士は、もうピストルを持っていない。みんなで、つかまえるんだっ。」

そうさけんでいるところに、すぐ目の前のヒノキの幹を、サーッとすべりおりてくるニコラ博士の姿が見えました。

「ソレッ。」というので、少年たちはとびかかっていきます。

おそろしい格闘がはじまりました。ニコラ博士は、若者のような力があります。くみついていく少年たちは、かたっぱしから、投げとばされました。

しかし、投げられても、投げられても、またくみついていく少年たち。こちらは小林少年をいれて十一人です。いくら博士が強くても、だんだん、旗色がわるくなってきました。

しかし、ニコラ博士にはおくの手があったのです。

博士は、少年たちのうちで、いちばんよわそうなひとりを、いきなり、後ろから、だきかかえると、少年の首に、腕をまきつけて、のどをしめました。

「やい、こわっぱども。おれにてむかいすると、このこどもを、しめ殺してしまうぞっ。さあ、どうだ。これでもか。」

小林くんの懐中電灯が、そのありさまを照らしだしました。

つかまっている少年は、息がつまって、まっかな顔をして、目を白黒させています。このまま、ほうっておいたら殺されてしまうかもしれません。

小林くんはポケットをさぐりました。そこには二丁のピストルがはいっています。さっき、木の上から、明智探偵が投げおとしたニコラ博士のピストルを、ひろっておいたのです。

「ニコラ博士、その手をはなせっ。でないと、これだぞっ。」

小林くんは、右手で一丁のピストルをかまえて、左手の懐中電灯の光を、それにあてみせました。

そのとき、くらやみの中から、明智探偵の力強い声がひびいてきました。探偵もヒノキからおりて、さっきから、格闘のようすをながめていたのです。

「二十面相くん、きみは人殺しはしないはずだったね。」

ふいをつかれて、ニコラ博士は、おもわず、少年をつかまえていた手をはなしました。

そして、おどろきのために、とびだすほど、見ひらいた目で、やみの中をみつめました。ニコラ博士の顔は、明智の懐中電灯で照らされていましたが、明智の姿は、やみにかくれて、すこしも見えないのです。

「ハハハハハ……、とうとう白状したな。いまのようすで、きみが二十面相であることは、もうまちがいない。背中につけて、空をとぶ豆へリコプターを持っているのは、二十面相のほかにはない。ぼくはそれを、まえに見たことがあるので、よく知っているのだ。このヒノキのてっぺんに、かくしてあったのは、それとおなじものだった。

ぼくはさいしょから、ニコラ博士は二十面相にちがいないと思っていた。宝石や美術品ばかりねらうのは、いかにも二十面相らしいし、小林くんや少年探偵団員を、ひどいめにあわせて、よろこんでいるのは、二十面相の復しゅうとしか考えられないからね。そこへもってきて、小林くんが、にせ小林になりすまして、きみの秘密を、みんなきいてしまったのだよ。ハハハハハ……、二十面相くん、しばらくだったねえ。」

「ワハハハハ……。」

ニコラ博士は、明智よりも、もっと大きな声で笑いとばしました。

「明智くん、きみももうろくしたな。てごわいあいてにでくわすと、みんな二十面相にしてしまう。わしはドイツ生まれの百十四才のニコラ博士だ。人ちがいをしてもらってはこまるよ。」

そのとき、やみの中から、パッととびだしてきたものがあります。明智探偵です。探偵は、いきなり、ニコラ博士にちかづくと、博士の長い白ひげと、しらがのかつらを、力まかせに、はぎとってしまいました。その下からあらわれたのは、黒いかみの毛の、わかわかしい顔でした。

こうなっては、もう百十四才の老人などといいはることはできません。

「ハハハハ……、さすがは明智くんだ。とうとうニコラ博士の魔法をやぶってしまったねえ。だが、おれはまだまけたわけではないぜ。いつもいうように、おれはどんなときでも、最後のおくの手が、のこしてあるのだ。」

そういったかと思うと、ポケットから小さな写真機のようなものをとりだして、口の前に持っていきました。

「こちらニコラ。こちらニコラ。最後の手段だっ。わかったか。よしよし、わかったね。」

それは小型の無線電話機でした。はなしかけたあいては、ニコラ博士の、れいのすみかに、るす番をしている部下のものにちがいありません。

二十面相は、にくにくしげな笑い顔で、明智探偵にむきなおりました。

「わかるかね。最後の手段とは、なんだと思う。爆発だっ。なにもかも、こなみじんになって、ふっとんでしまうのだ。おれの地下室の牢屋には、宝石王玉村一家のものと、白井美術店の人たちが、とじこめてある。おれに自由をあたえなければ、それらの人たちが、みな殺しになってしまうのだ。おれは人殺しは大きらいだ。しかし、おれの自由にはかえられない。おれに人殺しをさせるのも、明智くん、みんなきみのせいだぞっ。」

「アハハハハ……。」

とつぜん、べつの方角から、笑い声がひびきました。小林少年です。小林くんが、さもおかしそうに、笑っているのです。

「アハハハハ……、二十面相くん、きみは地下室においてある爆薬のたるのことをいっているのだろう。あのたるの導火線に火をつけて、みんながにげだすという、ふるくさいやりかただろう。ところが、あの爆薬は、ぼくがだめにしておいたよ。たるの中は水びたしだし、導火線は外から見たのではわからぬように、きりはなしてあるのだ。それに火をつけたって、爆発などおこりっこないよ。アハハハハ……。」

それをきくと、二十面相は、無電機を地上に投げつけて、じだんだをふみました。

「ちくしょうめ、小林のやつ、よくもそこまで、手をまわしたなっ。おぼえていろ。このしかえしは、きっとしてやるからな。」

そのとき、くらやみのかなたから、懐中電灯の強い光が三つ、グングンこちらへちかづいてきました。

「明智くん、中村だ。」

それは警視庁の中村警部が数名の刑事たちをつれてやってきたのでした。

「中村くん、ここだ。二十面相はここにいる。つかまえてくれたまえ。」

刑事たちが、二十面相にかけよって、たちまち手錠をはめてしまいました。

さっき持仏堂の中で、小林くんがにせ明智の義眼をくりぬいて、ダイヤモンドをとりかえしたとき、ほんものの明智探偵が、しばらく、どこかに姿を消していましたが、そのとき、探偵は、中村警部に電話をかけて、いそいでここにきてくれるように、たのんだのでした。

「中村くん、これからすぐに、こいつのすみかにのりこもう。二十面相もいっしょにつれていく。ぼくは警視庁の留置場にとじこめるまで、こいつのそばをはなれないつもりだ。でないと、こいつ、どんなおくの手を、用意しているか、わからないからね。」

二十面相の両手に手錠をはめ、右、左にひとりずつ刑事がつきそい、手錠のかたほうを刑事の手にもはめて、ぜったいににげられないようにして、自動車にのりこみました。

二十面相は、もうかんねんしたのか、にが笑いをうかべて、だまりこんでいます。

警視庁の自動車のほかに、数台のハイヤーをよんで、中村警部、その部下たち、明智探偵、手錠をはめられたにせ明智、小林少年、それから、今夜のとりものの功労者である十人の少年探偵団員もみんな自動車にのりこんで、怪人のすみかへといそぐのでした。

人間改造術

ニコラ博士のすみかにつくと、中村警部とその部下たちは、うらおもてから建物にふみこみ、そこにいた賊の手下どもを、すっかりとらえてしまいました。

それから、二十面相を、地下室の牢屋の一つに、とじこめ、見はりの刑事をつけておいて、べつの牢屋にいれられていた、玉村家と白井家の人たちをたすけだし、牢屋にのこっていた、にせの小林少年は、ひきだして、手錠をはめてしまいました。

「これで、二十面相とその部下のしまつはついたが、まだ一つだけ、のこっていることがある。それは、この地下室のいちばんおくにかくれている、一寸法師の医学者の尋問だ。まったくおなじ人間を、いくらでもつくりだす、あの医学者の秘密を、あきらかにしなければならない。小林くん、そこに案内してくれたまえ。」

みんなは小林少年のあとについて、へやぜんたいのエレベーターで地下二階におり、ロッカーのような人形箱のならんでいるろうかを、とおりすぎて、あの、まぶしいほどあかるい機械室にはいっていきました。

すると、たちならぶ、めずらしい機械のおくから、まるでビックリ箱をとびだすように、あの頭をまるぼうずにした一寸法師が、ピョコンと、姿をあらわしました。

小林少年は、ツカツカとそのそばにちかづいて、

「先生、ぼくをおぼえていらっしゃるでしょう?」

と、声をかけました。

「おお、おぼえているとも、わしのかわいいむすこじゃもんなあ。」

一寸法師はニヤニヤ笑っています。

「えっ、むすこですって?」

「おお、むすこじゃとも、わしのつくった人間は千人、万人、十万人、みんなわしのかわいいむすこじゃよ。

ところで、きみたち、おおぜいで、きょうは、なにかあるのかね。あっ、そうだ。お祝いのパーティーだったね。シャンパンをぬくんだね。オーイ、ボーイども、シャンパンだ。十本、二十本、いや、まだたりない。五十本、百本、いくらでも持ってこい。そして、けいきよくポンポンぬくんだ。オーイ、ボーイどもはいないのか。ボーイ、ボーイ……。」

こんなところにボーイなどいるはずがありません。シャンパンなどあるはずがないのです。一寸法師は、このまえ、小林くんがあったときから、きちがいめいていましたが、今夜はもっとひどいようです。

「先生、そんなことよりも、このあいだ、ぼくにおしえてくださったように、そっくりおなじ人間をつくりだす方法を、みなさんに話してあげてください。このかたは警視庁捜査課の中村警部さんです。それから、こちらは、ぼくの先生の明智探偵です。今夜はみんなで、あなたのお話をききにきたのですよ。」

「おお、きみが名探偵明智小五郎くんか。わしは、いちどあいたいと思っていたよ。ちょうどいい。さあ、シャンパンをぬいて乾杯しよう。そして、きみとおどろう。バンド・マスター、うまくたのむぜ。」

そういったかと思うと、おどろいたことには、一寸法師は、いきなり、ひとりでダンスをはじめて、機械のあいだを、あちらこちらと、はねまわるのでした。

それを見て、明智探偵は、みんなに話しかけました。

「この人は、とうとう気がちがったようです。この人には、まえに小林くんがあったことがあるのです。そのときから、すこしおかしかったそうですが、それでも、人間改造術について、ながながと、小林くんに演説してきかせたそうです。

ぼくはそれを、小林くんからくわしくきいていますから、ここで、ごくかんたんに、その術についてお話しすることにしましょう。人間の顔をかえることは、眼科や耳鼻科で、今でも、あるていどは、やっているのです。

眼科では、ひとえまぶたを、ふたえまぶたにする手術は、てがるにできます。顔を美しくしたい若い女の人などが、よくその手術をうけています。

耳鼻科では、ゾウゲやそのほかの材料を、鼻の中に入れる手術で、鼻を高くすることができます。これも、おしゃれの男や女が、さかんにやってもらっているのです。

いまはやっているのは、目と鼻の手術ぐらいですが、やろうと思えば、人間のからだは、どこでも、そういう整形手術をほどこすことができるはずです。たとえば肩のはった人を、なで肩にするのには、肩の骨をけずればいいのだし、あごの形をかえるのにも、やはりあごの骨をけずればいいのです。そういう手術は、わけなくできるけれども、だれもそんなものずきなまねをしないだけのことです。それから、歯を総いれ歯にすれば、そのいれ歯のつくりかたで、口やほおの形を、どんなにでもかえることができます。また、やせたほおをふっくらさせるのには、薬品をほおに注射するというやりかたもあります。かみの毛のはえぎわや、まゆの形をかえるのには、脱毛術、植毛術があり、毛の色をかえるのも、ぞうさないことです。

それから、コンタクトレンズを、すこし大きくつくって、義眼のように黒目の絵をかけば、黒目を大きくも小さくもできるし、目の色をかえることだってわけはないのです。

この一寸法師の医学者は、医科大学にいるころに、人間改造術ということを考えつき、だれもやらないその術のために、一生をささげようと決心したのだそうです。

そして、眼科、歯科、耳鼻科、整形外科、皮膚科、美容術と、あらゆる方面にわたって研究をつづけ、ついに人間改造術というものをつくりあげてしまったのです。ところが、ふつうの人間は、顔かたちをかえることなど、考えるものではありません。もしそういうことを考えるものがあるとすれば、それは犯罪者です。警察に追われている犯罪者ならば、じぶんの顔を、まったくちがった顔にかえたくなるでしょう。

ですから、この一寸法師のお医者さんは、しぜんと、悪人とつきあうようになり、さいごには、怪人二十面相の手下になってしまったのです。めざす宝石や美術品をもっている人の一家を、みんな、にせものにかえてしまうという思いきったやりかたは、おそらく二十面相が考えついたのでしょう。

まず、その人によくにた人間をさがしだして、人間改造術のふしぎを見せて、ときつけるのです。有名な宝石商や美術店の主人や家族になれるのですから、すこしでも悪い心のあるやつなら、だれもいやとはいわないでしょう。手術にとりかかるまえに、まず、あらゆる角度からとった、ほんものの人間の写真をあつめ、それによってロウ人形をつくり、ほんものをよく知っている人に見てもらって、なおすところは、なおしたうえ、いよいよ人間改造術にとりかかるのです。もともと、からだや顔のにた人間に手術をほどこすのですから、できあがった人が、そっくりおなじに見えるのも、ふしぎではありません。二十面相は美術愛好家です。ですから、さいわいにも、宝石や美術品をぬすむためだけに、人間改造術を使ったので、ひじょうに大きな害はなかったのですが、この術は、使いかたによっては、世界を一大動乱にみちびき、核戦争をおっぱじめさせることだって、できないことはないのです。たとえば、ある国の最高の地位の人や、大臣高官たちを、人間改造術によって、悪人の手下と入れかえてしまったら、どんなことになるでしょうか。それを一つの国だけでなく、いくつもの大国にほどこしたら、どんなことになるでしょうか。世界を一大動乱にまきこむことは、わけはないのです。核戦争は、その持ち場についている、たったひとりの人間の、ちょっとした思いちがいや、ボタンのおしまちがいからでも、おこりうるといいます。そうだとすれば、たったひとりの改造人間をつくれば、核戦争をおこし、地球上の人類を滅亡させることだってできないことではありません。考えただけでも、身ぶるいが出ます。二十面相が、そこまでの悪人でなかったことは、なによりのことでした。さいわいなことに、この一寸法師は気がくるったようです。もう手術をする力もないかもしれません。天ばつです。天が人間改造術などという、おそろしい罪をゆるさなかったのです。この男は気ちがいです。しかし、ねんのために、一生がい牢獄にとじこめておかなければなりません。」

明智探偵は長い話をおわって、中村警部に目であいずをしました。すると、警部はそばにいたふたりの刑事に、なにかささやきました。

ふたりの刑事はツカツカと、前にすすみました。そして、まだニヤニヤ笑っている一寸法師にちかづくと、いきなりカチンと手錠をはめてしまいました。一寸法師はそれでも、べつにおどろくようすはありません。

「わしをどこへつれていくのだ。ああ、わかった。王様の御殿につれていくのだな。そして、王様はわしに勲章をくださるのだ。ありがたい、ありがたい。」

と、みょうなたわごとを口ばしるのでした。これで超人ニコラ博士の事件はめでたくおわりました。ニコラ博士にばけていた怪人二十面相と、その手下たちはとらえられ、一寸法師の気ちがい医師も刑務所に送られ、宝石王玉村さん一家、美術店白井さん一家は、ぶじすくいだされ、盗まれた宝石などは、みな持ち主の手にかえりました。

「こんどの事件で、いちばんの働きをしたのは、小林くんだな。そして、それをたすけたのは、少年探偵団の諸君だ。」

中村警部が笑いながらいいました。

「いや、日ごろの明智先生の教えがなければ、なにもできなかったでしょう。やっぱり先生のおかげですよ。」

小林少年が、けんそんしていいました。それをきくと、十人の少年探偵団員が、口をそろえてさけびました。

「明智先生、ばんざあい……。」

「小林団長、ばんざあい……。」

そして、

「少年探偵団、ばんざあい……。」

解説

小中千昭

小学校の図書室には必ずや、ポプラ社の「少年探偵団」シリーズの単行本があり、日本全児童の一定の割合に対して原体験的な影響力を維持し続けてきた事実は極めて大きい。

そこから更に、春陽堂文庫などで大人向け、というより本来の乱歩世界に進めば、生涯その影響力から逃れられなくなってしまう。

私は脚本家として乱歩作品を脚色した事もある。ＴＢＳのドラマ『乱歩――妖しき女たち』（一九九四年）（今もＴＢＳオンデマンドで観られる）は、『人間椅子』などの短編をアンソロジーにしたドラマだ。映画として『人でなしの恋』を脚色してもいるが、これは企画実現に至らなかった。

『屋根裏の散歩者』をビデオ監視時代に翻案したＶシネマ『スキャンドール』（一九九六

年)というスリラーも書いている。

しかし、乱歩作品の洗礼を受けた私が最も自分自身「見たい」と思って書いたのは何かというと、『ウルトラマンティガ』(一九九六年)の十九話「GUTSよ宙《そら》へ(前編)」である。エピソード冒頭、深夜のビル街に無気味な金属音を響かせ、奇怪な動きをしながら徘徊《はいかい》する鋼鉄のロボットが現れる。警官が捕らえようとすると、機械人形はバラバラになって地面に散らばる。その中身は空洞だった——。

言うまでもなく、「少年探偵団」の『青銅の魔人』や『電人M』の冒頭場面をオマージュしていた。

「少年探偵団」というモチーフは、乱歩的な(つまり変態的な人間の闇嗜好《しこう》を抉《えぐ》りだす)作風に馴染めない人にとっても魅力的であり、松竹の実写映画に始まり近年のアニメに至るまで、幾度も映像化されてきた。そう言えば、私も駆け出しの頃に企画書を書かされた事を思いだした。依頼主は、一九七五年に放送された『少年探偵団』(BD7)を手掛けた元・円谷プロの鈴木清プロデューサーであった。

派生して創案されたものも含めれば、相当な作品数がある「少年探偵団」物であるが、原典のテイストを映像化しようとした作品は殆《ほとん》どない。

発表時に近い年代に作られた松竹の映画群は、時代背景がリアルタイムに近く、最も雰囲気を再現しているとは言えるだろう。しかし話法は乱歩的ではない。

山手《やまのて》の品の良い少年達による奇抜な探偵捜査というフォーマットこそが、少年探偵団のオリジン、ベイカーストリート・イレギュラーズ（ホームズ物に登場する不良少年探偵団）と異なる個性であり（少年探偵団にも戦災孤児によるチンピラ別働隊が後に登場するが）、このフォーマットには普遍的な魅力がある。それ故に映像化作品が多いのだ。


しかし、繰り返すのだが、原典のテイストを再現出来たものはほぼない。

原典の特徴は何よりもまずは文体である。

地の文章は丁寧で、話し聞かせるような口調だ。ここぞというところでは煽《あお》るが、決して講談調になるではなく、極めて冷静なトーンである。


「諸君、このような事が想像出来ますでしょうか。」

「ああ、何という事でしょう。」

尋常ではない出来事を優しく話し聞かせる文体はとっつき易い。「物語」を読み解く事に慣れていない年少者にとって、美しい日本語文体は何よりも魅惑的な読書体験の入り口となってきた。

ぞくぞくするような各巻のモチーフ、ネーミングも、私世代の作家に多大な影響を与えている。

しかし——、「少年探偵団」シリーズが推理小説(ミステリ)としても見事か、という観点から振り返ると、「う〜〜ん」と呻《うめ》きを上げるしかない。

青銅の魔人も電人Mも、実は着ぐるみに過ぎずその正体は怪人二十面相。この展開が一種の様式美として愛でられるようになるには、一旦乱歩世界を卒業して他の作家の作品を周知してくる必要があった。

伏線が張られる時には必ずや「読者諸君はこの事をよく覚えておいてください」と釘《くぎ》を刺されるのだが、実際その事柄がプロットで大きなイヴェントになっている事もほぼない。

そもそも二十面相は、盗賊として狙う標的こそ途方もない価値のものばかりだが、その天才的な犯罪の為には巨額の予算を掛けており、なおかつ明智小五郎と小林少年らによって大方の事件は阻止されてしまうのだから、収支利益は悲惨だったのではないかと今になっては同情的にすらなる。

そうした非効率的な二十面相の芸術的な犯罪も、本書に収められた「超人ニコラ」事件で事実上の幕が下りる事となった。

『怪人二十面相』からスピンオフした「少年探偵団」シリーズは、決して古びる事がない、児童娯楽文学の最高峰であり続けるだろう。その時代その時代に沿った装丁・挿画へと衣替えしながらも、タイム・カプセルのように昭和中期の空気が永久に封じ込まれている。

現在の新宿・戸山公園の箱根山を登って見回せば、そこには現代的な住宅が建ち並んでいるのが見えるばかりでも、かつてその辺りが戸山ケ原と呼ばれる寂《さび》れたエリアで、二十面相のアジトがあった時もあるのだと思い返せば感慨深くなる。

更に遡れば、戦中・戦前だとその辺りは陸軍研究所などがあって昭和史上重要な場所でもあるのだが。

乱歩ファンであるならば、D坂こと団子坂を歩くのは必定《ひつじょう》で、実際歩いてみれば、平塚らいてうの青鞜社《せいとうしゃ》跡だとか夏目漱石旧居跡などもすぐに目につく。今で言う「聖地巡礼」だ。

浅草を舞台とした作品は短編が多かった。しかし乱歩が作品を書く時期、大正期の華やかさは既に過ぎ去っており、乱歩はその頃のノスタルジアを書いていたのだった。

今の浅草を歩いてみても、今はなき凌雲閣《りょううんかく》や瓢箪《ひょうたん》池、建ち並んでいた活動小屋を幻視しようとするのは困難だけれど、乱歩や永井荷風《かふう》、室生《むろう》犀星《さいせい》らが小説に描写した「浅草」に浸った経験があるのなら、人淋《さび》しくなった夕闇の中で見上げれば「十二階」こと凌雲閣が聳《そび》えているのが見えるだろう。

戦中の別名で発表された少年向け小説「智恵の一太郎ものがたり」は今回初めて読んだ。時代状況が自分に向いていない時期でも書き続けるのだ、という乱歩の作家的立場は容易に図るべきではないと思うが、単に物語を書くのではなく、物語を伝えるという事を大事にした江戸川乱歩の背中を、我々は忘れてはならないと考えている。

解題

吉田司雄

『少年探偵団』は大日本雄弁会講談社発行の月刊誌「少年倶楽部」に昭和十二年（一九三七）一月号から十二月号まで掲載（三月号休載）ののち、加筆修正が行われ昭和十三年三月に大日本雄弁会講談社より刊行された。本書はこの大日本雄弁会講談社版を底本としており、表紙カバーも梁川剛一《やながわごういち》による『少年探偵団』の表紙画が用いられている。

「怪人二十面相」（「少年倶楽部」昭和十一年一月号―十二月号、七月号休載）に続く江戸川乱歩の少年向けシリーズの第二作であり、「少年倶楽部」には続けて「妖怪博士」（昭和十三年一月号―十二月号）、「大金塊」（昭和十四年一月号―十五年二月号）が連載され、いずれも大日本雄弁会講談社から単行本化された。戦後は光文社から再刊され（『少年探偵団』は昭和二十二年七月刊）、同社の「痛快文庫」に組み込まれ、さらに「少年探偵」という角書《つのがき》をつけて『少年探偵 江戸川乱歩全集』に収録される形となった。戦後第一作である「青銅の魔人」(「少年」昭和二十四年一月号—十二月号)以降の作品も、この『少年探偵 江戸川乱歩全集』に順次収録されてゆき、全集は全二十三巻に及ぶこととなる。さらに光文社は『少年探偵団全集』全二十六巻を企画する(第二巻『少年探偵団』は昭和三十六年十二月刊)が、売れ行きが伸びず五巻までで打ち切りとなり、昭和三十九年ポプラ社にシリーズごと譲渡される(ポプラ社版『少年探偵団』は昭和三十九年八月刊)。昭和二十二年光文社版の段階で社会情勢の変化にあわせた修正が加えられ、ポプラ社版でも継承されていくが、特に呪いの宝石の因縁話《いんねん》に絡んで「イギリス」という語が「ヨーロッパ」等に書き替えられている。

しかし、宝石にまつわる因縁話がイギリス人から聞いたものであるという設定は重要である。イギリス軍の士官がインド奥地の仏像の額《ひたい》にはめ込まれていた宝石を奪い、さらにインド人の殿様の娘である少女を殺してしまったことから、宝石のあるところには必ず復讐《ふくしゅう》のために謎のインド人が姿を現わすという因縁話は、イギリスの作家ウィルキー・コリンズ(一八二四—八九)の『月長石』(一八六八年)を間違いなく踏まえているからだ。ホームズものに先立つ推理小説の古典として名高い『月長石』は、日本では明治二十二年(一八八九)六月二十八日から十一月十日まで「郵便報知新聞」に連載された省庵居士(森田思軒《しけん》)訳「月珠」が初紹介(未完)であり、明治二十四年四月五日から十一月二十二日まで「郵便報知新聞」の日曜付録「報知叢話」に後を継いだ原抱一庵《はらほういっあん》訳「月珠」が掲載されている。大正十二年(一九二三)十二月には博文館の『探偵傑作叢書』第十八編として森下雨村《うそん》訳『呪の宝石』が刊行されており、以後ジュベナイル本では『呪われた宝石』という題が使われることも多い。乱歩は第一次世界大戦以前の古典長編ベスト・テンにも『月長石』を挙げている(『随筆探偵小説』、清流社、昭和二十二年八月)が、少年向けの作品とはいえ、約七十年前に発表された作品の趣向を取り入れた背景には、当時の社会情勢が反映していたかも知れない。

戦前の日本とイギリス、そしてインドとの関係は錯綜《さくそう》的であった。日清戦争後の明治三十五年(一九〇二)に締結された日英同盟は、第一次世界大戦後のワシントン会議(一九二一年)の結果、米英仏日の四カ国条約が調印されたことで大正十二年(一九二三)に拡大解消するが、長くイギリスは西洋諸国の中で最も関係の深い国であった。一方、イギリスの統治下にあったインドでは日露戦争での日本の勝利に鼓舞《こぶ》されて独立運動が高揚、多くの活動家がイギリスの統治を逃れて日本に渡り、汎アジア主義者の頭山満《とうやまみつる》や大川周明《しゅうめい》らの支援を受けていた。同盟国イギリスから見ればインド独立運動の指導者を匿うことは黙認できないことだが、日本にはむしろインドにシンパシーを抱く向きも少なくなかったのである。「少年探偵団」が連載されていた昭和十二年の七月七日に盧溝橋事件が起こり、日中戦争が開始されると、翌年日本政府は「東亜新秩序」声明を出して汎アジア主義を戦争の大義として明確に掲げるに至る。一九三九年第二次世界大戦が始まると、当然ながらインドは宗主国イギリスと共に連合国側に組みすることになるが、一九四一年十二月日本がイギリスに開戦すると、むしろ日本と共に戦って独立を勝ち取ろうとする動きも現われ、日本軍の支援によってインド国民軍が結成される。昭和十二年時点で乱歩がそこまで未来を見通していたとは思わないが、「お化《ばけ》のような変幻自在の黒怪物《こくかいぶつ》」の出現が「実に異常な犯罪事件のいとぐち」となり、「それに関係している人物は、日本人ばかりではなく、いわば国際的な犯罪事件」へと発展するという当初の構想は、緊迫する国際情勢を意識したものだったと言えるだろう。

残念ながらと言うべきか、おそらく執筆開始時点では二十面相に代わる国際的な謀略組織と明智探偵との対決を考えていたであろう「少年探偵団」は、やがて「稀代《きだい》の宝石泥棒」二十面相の再登場となり、軽気球の追走というスリリングな場面を経て、大鳥時計店の黄金塔を盗むという犯行予告へと話はつながっていく。「国際的な犯罪事件」ではなく、世間に知られた「念入《ねんい》りな防備装置」を二十面相がいかに突破するかに焦点化されていくのである。

しかしそれも、小林少年ら少年探偵団の活躍を前景化しようとする以上、必然であったのかも知れない。複雑な国際関係は子どもたちの手に余る。神隠しにあったかのように子どもが誘拐されていくような事件でこそ、少年探偵団は本領を発揮する。小林少年が考案したＢ・Ｄバッジが少年捜索隊への効果的な連絡手段として使われることにもなる。少年探偵団の七つ道具が魅力的なのは、それが子どもたちの日常世界でも十分効力を持ち得るものだったからである。

ところで、「少年探偵団」という言葉は江戸川乱歩のオリジナルのように思われがちだが、実は「怪人二十面相」発表以前の昭和九年(一九三四)五月、『少年探偵団』というドイツ映画が日本公開されている。原作はドイツの作家エーリッヒ・ケストナー(一八九九―一九七四)が一九二八年に発表した『エミールと探偵たち』で、ゲルハルト・ランプレヒト監督、ギュンター・シュタペンホルスト製作の一九三一年ウーファ社映画だが、脚本を書いたユダヤ人ビリー・ワイルダーはナチスドイツが台頭してくるとフランス経由でアメリカに亡命、戦後はハリウッドで『サンセット大通り』(一九五〇年)、『お熱いのがお好き』(一九五九年)、『アパートの鍵貸します』(一九六〇年)といったヒット作を監督したことで知られている。ケストナーもナチス政権下で執筆を禁止されるが、一方で主役のエミールを演じた子役俳優ロルフ・ヴェンクハウスはナチス最初のプロパガンダ映画『突撃隊員ブラント』(一九三三年)に出演する。一九三三年、ヒトラーが政権を握ると、ヒトラーユーゲントと呼ばれる青年団組織が半ば公式なものとなり、一九三六年法律によって正式の青年団体となって十歳から十八歳までの青少年全員の加入が義務づけられた。同年(昭和十一年)の日独防共協定締結による同盟強化もあり、昭和十三年(『少年探偵団』刊行年)にはヒトラーユーゲントが来日、熱烈な歓迎を受けた。

もとより『怪人二十面相』でロマノフ王朝ゆかりのダイヤモンドを狙われた大実業家羽柴壮太郎の息子の羽柴荘二少年が発案し小学校上級生の仲間十人で結成、小林少年を団長と仰ぐことで出発した少年探偵団を、ヒトラーユーゲントと重ねることはできない。しかし、戦争へと向かって風雲急を告げる時局のなかで生まれた少年たちの固い結びつきが、時代の荒波の中で翻弄される物語の可能性を乱歩が考えていたことだけは、忘れてはならないことのように思う。

「智恵の一太郎ものがたり」は大日本雄弁会講談社発行の月刊誌「少年倶楽部」に昭和十七年(一九四二)一月号から小松龍之介名義で掲載された。本書では「少年倶楽部」掲載本文を底本とし、「象の鼻」(昭和十七年一月号)「消えた足あと」(同二月号)「智恵の火」(同三月号)「名探偵」(同四月号)までの四編を収録している。「少年倶楽部」での連載は「空中曲藝師《きょくげいし》」(昭和十七年五月号)「針の穴」(同六月号)「お雛様《ひなさま》の花瓶」(同七月号)「幼虫の曲藝」(同八月号)「冷たい火」(同九月号)「魔法眼鏡」(同十月号)「月とゴム風船」(同十一月号)「兎《うさぎ》とカタツムリ」(同十二月号)「白と黒」(昭和十八年一月号)「風のふしぎ」(同四月号)と続き、昭和十八年八月号には「飛行機を生み出すたのもしい力　ちゑの一太郎君の工場見学記」が掲載されるが、これはアルミニウム工場や足尾銅山、精機工場の見学記という形式を採った、言わば番外編である。

昭和二十二年(一九四七)十二月、京橋書房から「象の鼻」から「幼虫の曲藝」までの八話が『智恵の一太郎』として、「冷たい水」から「風のふしぎ」までの六話に未発表の「ゴムマリとミシン針」を加えた七話が『魔法の眼鏡』として刊行されるが、その際、「消えた足あと」は「消えた足跡」に、「お雛様の花瓶」は「お雛様の花びん」に改題された。この十五話を一冊にまとめる形で、昭和二十四年(一九四九)一月、出雲書房から『少年名探偵』として刊行された。さらに光文社文庫版『江戸川乱歩全集』第十四巻『新宝島』(二〇〇四年一月)には十五話に加え「飛行機を生み出すたのもしい力」も収録されるが、京橋書房刊の『智恵の一太郎』『魔法の眼鏡』を底本としているため、「飛行機を生み出すたのもしい力」以外は戦後の社会状況に合わせた表現に改められている。例えば、「一太郎君はまだ国民学校の六年生」(「象の鼻」)とあった箇所は「小学校の六年生」となり、「その頃は支那事変の最中でしたし、こんどの大東亜戦争も、いつかははじまるものと、誰しも感じて」いて、それで「雪の手榴弾《てりゅうだん》を投げあいました」(「消えた足あと」)といったくだりは削除改稿されている。「戦争というものは、ただ力くらべをするだけじゃない。智恵くらべもしなければならないのだ。戦争をやるのに、参謀部というものが、どんなに大切かということは、君たちもよく知っているだろう。もっと小さいことでいえば、斥候兵《せきこうへい》ね、あれがやっぱり力よりは智恵の仕事なんだよ」と、近所の大学生の高橋さんが語りかける箇所が「探偵」の仕事に書き改められることで、科学的な探究の動機が曖昧化されてしまっている。

しかし、初出本文の記述をもって、乱歩がいかに戦争に協力的であったかを即断すべきではない。昭和十二年(一九三七)七月に日中戦争が始まった頃から、時局にそぐわない不健全な娯楽読物として探偵小説への風当たりが強くなり、乱歩は昭和十四年(一九三九)三月、警視庁検閲課から「芋虫」の作品集からの削除を命じられる。執筆機会も激減し、翌年には「新宝島」(「少年倶楽部」昭和十五年四月号—十六年三月号)が唯一の連載作となる。さらに翌々年(昭和十六年)には「僅かにお目こぼしに預かっていた私の文庫本や少年ものの本が、全部絶版にされ、印税収入皆無になっていた」乱歩は、「いくらかでも収入を得ようとして、とうとう妥協し」、「「筆名を変えて、健全な教育的な読みものを書いて見ませんか」という「少年倶楽部」の勧めに応じた」(『探偵小説四十年』、桃源社、昭和三十六年七月）。そして小松龍之介の筆名で連載したのが、「智恵の一太郎ものがたり」だったのだ。「むずかしい謎をとくのもとくい」な明石一太郎君というキャラクターによって、「すじみちを立てて、よく考えてとく」ことの面白さを語ったこの作品は、乱歩なりの時局への抵抗とも見て取れるのである。

なぜなら、乱歩は「探偵小説の範囲と種類」（「ぷろふいる」昭和十年十一月号）という文章で、「探偵小説とは難解な秘密が多かれ少なかれ論理的に徐々に解かれて行く経路の面白さを主眼とする文学である」という定義を発表していた。この定義は戦後の「探偵小説の定義と類別」（『幻影城』、岩谷書店、昭和二十六年五月）という文章でも、「探偵小説とは、主として犯罪に関する難解な秘密が、論理的に、徐々に解かれて行く経路の面白さを主眼とする文学である」という形で踏襲されるが、その際には「十五年以前に書いた定義に、「主として犯罪に関する」といふ十字を加へたのみで、他は少しも変つてゐない」との注記がわざわざ付されている。「犯罪に関する」探偵小説が禁止された戦時下の時代、「難解な秘密が多かれ少なかれ論理的に徐々に解かれて行く経路の面白さを主眼とする文学」を子供向けの作品という意匠を借りてなんとか実践しようとしていたと考えられるからである。

しかし、「智恵の一太郎ものがたり」のような科学読物は、当時の少年雑誌には欠かせないアイテムではあったが、これまでほとんど注目されてこなかった。明治二十四年（一八九一）一月博文館から『少年文学叢書』第一編として刊行された巌谷小波《いわやさざなみ》『こがね丸』を起点とし、大正七年（一九一八）七月鈴木三重吉《みえきち》によって創刊された「赤い鳥」を経て、戦後の長編児童文学へと至る流れを主軸とする従来の日本児童文学史から、科学読物という存在は抜け落ちて来た。けれども、鳥越信《とりごえしん》『はじめて学ぶ日本児童文学史』（ミネルヴァ書房、二〇〇一年四月）が一八六八年、明治維新の年に刊行された福澤諭吉『訓蒙　窮理図解』を近代日本児童文学史の起点とし、「日本の近代化と科学読み物」という章を設けるなど、科学読物を再評価しようとする動きも見られる。明治期の科学読物で画期をなしたと評されるのは、木村小舟《しょうしゅう》『少年文学史　明治篇　上巻』（童話春秋社、昭和十七年七月）が明治期少年文学史の起点に据えたバックレー原著・山縣悌三郎《やまがたていざぶろう》訳補『理科仙郷』全十冊である。明治十九年（一八八六）に普及舎から刊行された『理科仙郷』の原書はイギリスのヴィクトリア朝を代表する科学読物（一八七九年刊）であり、空気中の水蒸気が長大な時間をかけて作りあげた自然景観や蜜蜂の社会生活に関する記述を読み進めながら、読者は自然の「驚異」を目の当たりにするような感覚へと導かれていく。それに対し、明治三十五年（一九〇二）二月から三十七年十一月にかけて博文館から出版された石井研堂『少年工芸文庫』全二十四編は、同じ科学読物でもだいぶ趣向が異なる。

第一編『鉄道の巻』には日野力太郎、第二編『水道の巻』には水野準平といった、今日で言えば鉄道オタク、水道オタクの小学生が各巻の主人公となり、友人や先生との会話の中で知識を披露したり、施設や工場見学が行われたりするのだが、「智恵の一太郎ものがたり」の明石一太郎少年はまさに『少年工芸文庫』の主人公たちの末裔《まつえい》であり、少年が主体となって科学的な観察や実験に取り組む大切さを伝える存在だった。

けれども、「智恵の一太郎ものがたり」は連載が進むにつれて、だんだんと傾向が変わってゆく。一太郎少年は農学博士の伯父《おじ》さんから「空中曲藝師」では蜘蛛《くも》、「お雛様の花瓶」と「幼虫の曲藝」ではトックリバチの話を聴き(「幼虫の曲藝」に言及がある『ファーブル昆虫記』の影響が明らかに見て取れる)、大学生の高橋さんからも理科実験の手ほどきを受けることがメインとなる。「兎とカタツムリ」で伯父さんから光と音の早さの違いの説明を聴いた一太郎少年は「何ともいえぬふしぎな、科学のなつかしさというような気持が、からだ中にみちあふれて来るのが感じられる」と思うのだが、そうした感慨を読者に与えるのはむしろ科学者の努めであろう。乱歩が目指した「すじみちを立てて、よく考えてとく」探偵小説風の面白さからは乖離《かいり》し、戦後乱歩が再び科学読物に手を染めることもなかった。

「超人ニコラ」は江戸川乱歩の最後の創作であり、光文社発行の雑誌「少年」に昭和三十七年(一九六二)一月号から十二月号まで連載された。乱歩は昭和四十年(一九六五)七月二十八日、クモ膜下出血のため七十歳で亡くなる。光文社版『少年探偵 江戸川乱歩全集』全二十三巻に新たに『電人M』『妖星人R』『超人ニコラ』を加えた『少年探偵団全集』全二十六巻の刊行が企画されたが、『怪人二十面相』『少年探偵団』『妖怪博士』『大金塊』『青銅の魔人』の五冊を昭和三十六年十二月までに刊行したに止まった。昭和三十九年ポプラ社にシリーズごと譲渡されることで、『電人M』が『少年探偵 江戸川乱歩全集』第九巻として刊行されるが、残り二作品は生前には単行本化されなかった。昭和四十五年(一九七〇)十一月になってようやく「超人ニコラ」は『黄金の怪獣』と改題され、ポプラ社の『少年探偵 江戸川乱歩全集』第二十五巻として刊行されたが、乱歩の他の作品同様に連載時には前号の内容を踏まえる形での重複がみられ、整理されている。しかし、没後五年経っての出版であり、手を加えたのが乱歩本人でないことは明らかだと思われるので、本書では初出雑誌「少年」の本文を底本とした。なお、光文社文庫版『江戸川乱歩全集』第二十三巻『怪人と少年探偵』(二〇〇五年七月)所収の「超人ニコラ」は連載時の本文を底本としつつ『黄金の怪獣』を参考に連載の重複を調整しているが、本書ではそうした重複もあえてそのままにしている。晩年の乱歩はパーキンソン病で手足の自由が利かなくなり一部口述筆記に頼ったとも伝えられているが、その最後の息遣いのようなものを感じてもらえれば幸いである。

ニコラ博士の名は、オーストラリアの作家ガイ・ブースビー(一八六七―一九〇五)の小説「ドクター・ニコラ」シリーズの主人公から採られたものであろう。日本では南陽外《なんようがい》史《し》の翻案『魔法医者』が明治三十二年(一八九九)十月文武堂から刊行されたのをはじめ、『魔法医師ニコラ』の題で香山滋《かやましげる》、木村毅《きむらき》、西條八十《さいじょうやそ》、白木茂《しらき》、菊地秀行による翻訳がある。十九世紀末の上海で催眠術を操る魔法医師ニコラと出会ったイギリス人青年が、不老不死の秘術を探索するチベット奥地への旅に同行する秘境冒険小説であるが、南陽外史『魔法医者』では語り手が日本生まれで中国育ちの三芳野文吾《みよしのぶんご》と名乗る青年に改められ、「魔法医者とて、上海界隈に誰れ一人怖《お》ぢ恐れるもの丶ない、神変不思議の医学博士」であるドイツ人医師ニコラの書記となったいきさつから語り始められている。「超人ニコラ」の博士が「一八四八年」生まれの「百十四才」という設定も『魔法医師ニコラ』を意識したものと思われるが、「わしはドイツ人ではない。世界人じゃ。イギリスにも、フランスにも、ロシアにも、中国にも、アメリカにもいたことがある」と第二次世界大戦の戦勝国である連合国の国名を列挙したりしているのは、エキゾチックな東洋趣味に溢《あふ》れたブースビーの作品とは大きく異なる点である。

「超人ニコラ」はもう一つ、乱歩自身の『猟奇の果《はて》』という作品から筋立ての多くを借用している。『猟奇の果』は博文館発行の月刊誌「文藝倶楽部」に昭和五年(一九三〇)一月から十二月まで連載されたのち、「前篇 猟奇の果」「後篇 白蝙蝠《しろこうもり》」と分け総題を『猟奇の果』とする形で、昭和六年一月博文館より刊行された作品であるが、「超人ニコラ」連載と同じ昭和三十七年(一九六二)の四月十五日に刊行された桃源社版『江戸川乱歩全集』第七巻『猟奇の果・地獄の道化師』の「あとがき」には、「校訂のために三十年ぶりに通読して、こんなことを書いていたのかなあと」「ふしぎな感じがした」とあり、久しぶりに読んで自分でも忘れていた旧作を早速子ども向けの作品にリライトしたことが窺《うかが》われる。もっとも「三十年ぶり」という表現には疑念が持たれている。なぜなら、『猟奇の果』は初刊後も出版社を変えながら何度か刊行されてきたし、特に昭和二十一年十二月に日正書房から刊行された『猟奇の果』は前篇のみをほぼ収録したあと、後篇の「人間改造術」の章を改稿した全く別の結末がついているからである(光文社文庫版『江戸川乱歩全集』第四巻『孤島の鬼』(二〇〇三年八月)で読むことができる)。桃源社版全集「あとがき」で「私はこの小説の校訂をして、三十年ぶりで自作を読み、殊に後半の方はすっかり忘れていた」とあるのは、昭和二十一年時点で前篇にだけ校訂の手を加え、後篇の方はなかったことにしようとした結果なのかも知れない。

しかし、「超人ニコラ」では前篇からも後篇からも使えるところを順番に拘《かかわ》らずどんどん取り込んでいる。玉村銀一くんが映画の中に自分の姿の映り込んでいるのを発見する場面や石垣にスリとった紙入れを空《から》にしてかくす場面は前篇から採ったものだが、オスカー・ワイルド『乞食王子』さながらの光子さんの入れ替えは『猟奇の果』では後篇に出てくる手口である。子ども向けの作品らしくもなく、八幡さまのお祭りの「クマむすめ」という見世物が出てくるのも、「エロ・グロ・ナンセンス」と呼ばれた当時の退廃的な時代相を色濃く感じさせる『猟奇の果』で、いかもの食いの青木愛之助がテント張りの見世物が充満している九段の靖国神社の招魂祭に出掛け、そこで思いがけなくも真面目なはずの品川四郎が見世物の熊娘にひきつけられた体で口上《こうじょう》に聞き惚れているのを見つける場面をそのまま踏襲しようとした結果である。

けれども、『猟奇の果』の犯人たちが企てる、労働争議中の紡績会社の社長を始め首相や警視総監までにせものと入れ替えようとする国家転覆の陰謀と比べれば、宝石展覧会をひらいて日本中の宝石をにせ宝石と入れ替えてしまおうというニコラ博士のたくらみは、いささかスケールダウンしすぎだと言わざるを得ない。ニコラ博士は、弟子たちがある国をのっとるには「その国の総理大臣や、政党の首領などを、にせものといれかえればいい」「ある国をほろぼすのも、おなじこと」だと言うのを聞いて、「わしの魔法の力によれば、どんな大きなことだって、できないことはない。わしは世界をかえてしまうことができる。世界をてんぷくさせることができる。また、ナポレオンのように、世界を征服することもできる」と豪語するのだが、実際ににせものにすり替えようとするのは明智探偵止まりである。

だが、「超人ニコラ」には『猟奇の果』とはまた違った怖さがある。玉村家の家族四人全員がにせものに入れ替わり、「四人とも、おたがいにそれを知りながら、まるでほんもののように、はなしあっている」。そこににせものの小林少年もやってきて「五人のにせものが、同じテーブルをかこんで、さもほんものらしく、たのしげに語りあっている」。思わず背筋が寒くなるような場面ではないだろうか。首相や警視総監といった権力者よりも、家族が一人また一人とにせものに入れ替わっていくという、身近な出来事にこそリアルな恐怖が生まれる。とすれば、乱歩はなぜ『猟奇の果』をそのような方向へと書き替えようとしたのだろうか。

私が思い起こすのは、アメリカのＳＦ作家ジャック・フィニイ（一九一一―一九五）の代表作『盗まれた街』（一九五五年）である。豆の莢《さや》から出現した未知の生命体が付近の人間に成り代わって地球を侵略していく物語は、翌五六年に『ボディ・スナッチャー／恐怖の街』（ドン・シーゲル監督）として映画される。第二次世界大戦後の冷戦下のアメリカで赤狩りの嵐が吹き荒れた時代、共産主義者のスパイがアメリカ社会に深く入り込んでいることに警鐘《けいしょう》を鳴らした反共映画として知られているが、日本では劇場公開されなかった。しかし、原作小説の方は昭和三十二年（一九五七）十二月に早川書房からハヤカワ・ファンタジィ（のちのハヤカワ・SF・シリーズ）の第一冊として、入社間もない福島正実が自ら翻訳プロデュースする形で刊行され、日本SF創成期を飾る記念碑的作品となった。晩年の乱歩がSFにも理解と関心を示していたことはよく知られるが、『盗まれた街』の隣人たちが別の人間のように感じられてゆく恐怖の読書体験が発想の原点にあったとしても不思議ではないと思われる。

「超人ニコラ」の冒頭は、渋谷の大東映画館で日本もののスリラー映画を見ている場面から始まるが、大東映画会社というのは大映株式会社と東宝株式会社という日本を代表する映画会社名を合体したものであろう。あまりに有名になった特撮怪獣映画『ゴジラ』（本多猪四郎《いしろう》監督、一九五四年）を製作したのが東宝であり、日本初の本格カラー空想特撮映画『宇宙人東京に現わる』（島耕二監督、一九五六年）を製作したのが大映である。『ゴジラ』は核実験で恐竜が蘇《よみがえ》るという『原子怪獣現わる』（ユージーン・ルーリー監督、一九五三年）から大きな影響を受け、『宇宙人東京に現わる』は核兵器の廃絶を訴える友好的な宇宙人が地球に来訪する『地球の静止する日』（ロバート・ワイズ監督、一九五一年）を明らかに踏まえているが、原水爆の恐怖が日米のSF映画のパン種に他ならなかった。そう思うとき、ニコラ博士が「にせものの力で、原水爆の秘密をぬすむこともできるし、また、にせものによって、ふいに原水爆を爆発させることだってできるのだ」と語っていたことは興味深い。高度な整形医療技術によって人体そのものをまったく別の人間に替えてしまう「人間改造術」は二十一世紀の今日でこそよりリアルに感じられる発想であるが、原水爆の恐怖を背景に匂わせている点でも「超人ニコラ」は今なお古びない作品なのである。

〔編集附記〕

一　「少年探偵団」は、『少年探偵団』(大日本雄弁会講談社、一九三八年三月刊)、「超人ニコラ」は、「超人ニコラ」(光文社刊「少年」、一九六二年一月—一二月号)を底本とした。「智恵の一太郎ものがたり」からの四篇は、大日本雄弁会講談社刊「少年倶楽部」(一九四二年一月—四月号)を底本とした。詳細は「解題」を参照されたい。

一　原則として漢字は新字体に、仮名づかいは現代仮名づかいに改めた。

一　漢字語のうち、使用頻度の高い語を一定の枠内で平仮名に改めた。原則として平仮名を漢字に変えることは行わなかった。

一　本文中に、今日の人権意識に照らして不適切と思われる記述があるが、作品の歴史性に鑑み、そのままとした。

一　本書には、底本にある挿画を一部掲載致しました。著作権者の御承諾をいただくため努めましたが、ご連絡のとれなかった方がございます。著作権者についてお気づきの方は、ご連絡をいただけますようお願いいたします。

(岩波文庫編集部)

少年《しょうねん》探偵団《たんていだん》・超人《ちょうじん》ニコラ

2017年10月17日　第1刷発行

作　者　江戸川乱歩《えどがわらんぽ》

発行者　岡本　厚

発行所　株式会社　岩波書店
〒101-8002 東京都千代田区一ツ橋 2-5-5
案内 03-5210-4000　営業部 03-5210-4111
文庫編集部 03-5210-4051
http://www.iwanami.co.jp/

印刷・理想社　カバー・精興社　製本・中永製本

ISBN 978-4-00-311813-9　　Printed in Japan

読書子に寄す

――岩波文庫発刊に際して――

岩波茂雄

真理は万人によって求められることを自ら欲し、芸術は万人によって愛されることを自ら望む。かつては民を愚昧ならしめるために学芸が最も狭き堂宇に閉鎖されたことがあった。今や知識と美とを特権階級の独占より奪い返すことはつねに進取的なる民衆の切実なる要求である。岩波文庫はこの要求に応じそれに励まされて生まれた。それは生命ある不朽の書を少数者の書斎と研究室とより解放して街頭にくまなく立たしめ民衆に伍せしめるであろう。近時大量生産予約出版の流行を見る。その広告宣伝の狂態はしばらくおくも、後代にのこすと誇称する全集がその編集に万全の用意をなしたるか。千古の典籍の翻訳企図に敬虔の態度を欠かざりしか。さらに分売を許さず読者を繋縛して数十冊を強うるがごとき、はたしてその揚言する学芸解放のゆえんなりや。吾人は天下の名士の声に和してこれを推挙するに躊躇するものである。このときにあたって、岩波書店は自己の責務のいよいよ重大なるを思い、従来の方針の徹底を期するため、すでに十数年以前より志して来た計画を慎重審議この際断然実行することにした。吾人は範をかのレクラム文庫にとり、古今東西にわたって文芸・哲学・社会科学・自然科学等種類のいかんを問わず、いやしくも万人の必読すべき真に古典的価値ある書をきわめて簡易なる形式において逐次刊行し、あらゆる人間に須要なる生活向上の資料、生活批判の原理を提供せんと欲する。この文庫は予約出版の方法を排したるがゆえに、読者は自己の欲する時に自己の欲する書物を各個に自由に選択することができる。携帯に便にして価格の低きを最主とするがゆえに、外観を顧みざるも内容に至っては厳選最も力を尽くし、従来の岩波出版物の特色をますます発揮せしめようとする。この計画たるや世間の一時の投機的なるものと異なり、永遠の事業として吾人は微力を傾倒し、あらゆる犠牲を忍んで今後永久に継続発展せしめ、もって文庫の使命を遺憾なく果たさしめることを期する。芸術を愛し知識を求むる士の自ら進んでこの挙に参加し、希望と忠言とを寄せられることは吾人の熱望するところである。その性質上経済的には最も困難多きこの事業にあえて当たらんとする吾人の志を諒として、その達成のため世の読書子とのうるわしき共同を期待する。

昭和二年七月

《日本文学（現代）》〔緑〕

怪談 牡丹燈籠	三遊亭円朝
真景累ヶ淵	三遊亭円朝
塩原多助一代記	三遊亭円朝
小説神髄	坪内逍遥
当世書生気質	坪内逍遥
役の行者	坪内逍遥
桐一葉・沓手鳥孤城落月	坪内逍遥
ウィタ・セクスアリス	森鷗外
雁	森鷗外
阿部一族 他二篇	森鷗外
山椒大夫・高瀬舟 他四篇	森鷗外
渋江抽斎	森鷗外
舞姫・うたかたの記 他三篇	森鷗外
ファウスト 全二冊	森林太郎訳
みれん	シュニッツラー 森鷗外訳
うた日記	森鷗外
大塩平八郎・堺事件	森鷗外
鷗外随筆集	千葉俊二編
森鷗外 椋鳥通信 全三冊	池内紀編注
浮雲	二葉亭四迷 十川信介校注
平凡 他六篇	二葉亭四迷
其面影	二葉亭四迷
今戸心中 他二篇	広津柳浪
河内屋・黒蜴蜓 他一篇	広津柳浪
野菊の墓 他四篇	伊藤左千夫
漱石文芸論集	磯田光一編
吾輩は猫である	夏目漱石
坊っちゃん	夏目漱石
草枕	夏目漱石
虞美人草	夏目漱石
三四郎	夏目漱石
それから	夏目漱石
門	夏目漱石
彼岸過迄	夏目漱石
行人	夏目漱石
こころ	夏目漱石
硝子戸の中	夏目漱石
道草	夏目漱石
明暗	夏目漱石
思い出す事など 他七篇	夏目漱石
文学評論 全二冊	夏目漱石
夢十夜 他二篇	夏目漱石
漱石文明論集	三好行雄編
倫敦塔・幻影の盾 他五篇	夏目漱石
漱石日記	平岡敏夫編
漱石書簡集	三好行雄編
漱石俳句集	坪内稔典編
漱石・子規往復書簡集	和田茂樹編
文学論 全二冊	夏目漱石
坑夫	夏目漱石

漱石紀行文集	藤井淑禎編
二百十日・野分	夏目漱石
五重塔	幸田露伴
運命 他一篇	幸田露伴
努力論	幸田露伴
幻談・観画談 他三篇	幸田露伴
連環記 他一篇	幸田露伴
天うつ浪 全二冊	幸田露伴
子規句集	高浜虚子選
病牀六尺	正岡子規
子規歌集	土屋文明編
墨汁一滴	正岡子規
仰臥漫録	正岡子規
歌よみに与ふる書	正岡子規
俳諧大要	正岡子規
獺祭書屋俳話・芭蕉雑談	正岡子規
金色夜叉 全二冊	尾崎紅葉
三人妻	尾崎紅葉
不如帰	徳冨蘆花
自然と人生	徳冨蘆花
謀叛論 他六篇 日記	徳冨健次郎 中野好夫編
武蔵野	国木田独歩
愛弟通信	国木田独歩
蒲団・一兵卒	田山花袋
温泉めぐり	田山花袋
藤村詩抄	島崎藤村自選
破戒	島崎藤村
春	島崎藤村
千曲川のスケッチ	島崎藤村
嵐 他二篇	島崎藤村
夜明け前 全四冊	島崎藤村
藤村文明論集	十川信介編
藤村随筆集	十川信介編
にごりえ・たけくらべ	樋口一葉
大つごもり・十三夜 他五篇	樋口一葉
高野聖・眉かくしの霊	泉鏡花
夜叉ケ池・天守物語	泉鏡花
草迷宮	泉鏡花
春昼・春昼後刻	泉鏡花
鏡花短篇集	川村二郎編
日本橋	泉鏡花
婦系図 全二冊	泉鏡花
外科室・海城発電 他五篇	泉鏡花
鏡花随筆集	吉田昌志編
化鳥・三尺角 他六篇	泉鏡花
鏡花紀行文集	田中励儀編
俳諧師・続俳諧師	高浜虚子
回想 子規・漱石	高浜虚子
泣菫詩抄	薄田泣菫
有明詩抄	蒲原有明
上田敏全訳詩集	山内義雄 矢野峰人編

赤彦歌集　斎藤茂吉・久保田不二子選
小さき者へ・生れ出ずる悩み　有島武郎
一房の葡萄 他四篇　有島武郎
寺田寅彦随筆集 全五冊　小宮豊隆編
柿の種　寺田寅彦
与謝野晶子歌集　与謝野晶子自選
与謝野晶子評論集　鹿野政直・香内信子編
入江のほとり 他一篇　正宗白鳥
長塚節歌集　斎藤茂吉選
つゆのあとさき　永井荷風
濹東綺譚　永井荷風
荷風随筆集 全二冊　野口冨士男編
摘録 断腸亭日乗 全二冊　永井荷風・磯田光一編
すみだ川・新橋夜話 他一篇　永井荷風
あめりか物語　永井荷風
ふらんす物語　永井荷風
荷風俳句集　加藤郁乎編

煤煙　森田草平
斎藤茂吉歌集　山口茂吉・柴生田稔・佐藤佐太郎編
桑の実　鈴木三重吉
小鳥の巣　鈴木三重吉
千鳥 他四篇　鈴木三重吉
小僧の神様 他十篇　志賀直哉
万暦赤絵 他二十二篇　志賀直哉
暗夜行路 全二冊　志賀直哉
高村光太郎詩集　高村光太郎
白秋愛唱歌集　藤田圭雄編
北原白秋歌集　高野公彦編
北原白秋詩集 全二冊　安藤元雄編
友情　武者小路実篤
銀の匙　中勘助
犬 他一篇　中勘助
蜜蜂・余生　中勘助
中勘助詩集　谷川俊太郎編

若山牧水歌集　伊藤一彦編
新編 みなかみ紀行　若山牧水・池内紀編
木下杢太郎詩集　河盛好蔵選
新編 百花譜百選　木下杢太郎画・前川誠郎編
新編 啄木歌集　久保田正文編
啄木詩集　大岡信編
蓼喰う虫　谷崎潤一郎・小出楢重画
春琴抄・盲目物語　谷崎潤一郎
吉野葛・蘆刈　谷崎潤一郎
卍（まんじ）　谷崎潤一郎
幼少時代　谷崎潤一郎
谷崎潤一郎随筆集　篠田一士編
文章の話　里見弴
萩原朔太郎詩集　三好達治選
郷愁の詩人 与謝蕪村　萩原朔太郎
猫町 他十七篇　萩原朔太郎・清岡卓行編
恩讐の彼方に・忠直卿行状記 他八篇　菊池寛

子規を語る　河東碧梧桐
碧梧桐俳句集　栗田靖編
新編 春の海 ―宮城道雄随筆集　千葉潤之介編
放浪記　林芙美子
山の旅 全二冊　近藤信行編
日本近代文学評論選 全二冊　千葉俊二・坪内祐三編
吉田一穂詩集　加藤郁乎編
食道楽 全二冊　村井弦斎
酒道楽　村井弦斎
文楽の研究 全二冊　三宅周太郎
五足の靴　五人づれ
尾崎放哉句集　池内紀編
リルケ詩抄　茅野蕭々訳
ぷえるとりこ日記　有吉佐和子
日本の島々、昔と今。　有吉佐和子
江戸川乱歩短篇集　千葉俊二編
堕落論・日本文化私観 他二十二篇　坂口安吾

桜の森の満開の下・白痴 他十二篇　坂口安吾
風と光と二十の私と・いずこへ 他十六篇　坂口安吾
久生十蘭短篇選　川崎賢子編
墓地展望亭・ハムレット 他六篇　久生十蘭
六白金星・可能性の文学 他十一篇　織田作之助
夫婦善哉 正続 他十二篇　織田作之助
わが町・青春の逆説　織田作之助
歌の話・歌の円寂する時 他一篇　折口信夫
死者の書・口ぶえ　折口信夫
釈迢空歌集　折口信夫・富岡多惠子編
折口信夫古典詩歌論集　藤井貞和編
汗血千里の駒 坂本龍馬君之伝　坂崎紫瀾・林原純生校注
山川登美子歌集　今野寿美編
明石海人歌集　村井紀編
日本近代短篇小説選 全六冊　紅野敏郎・紅野謙介・千葉俊二・宗像和重・山田俊治編
自選 谷川俊太郎詩集
訳詩集 月下の一群　堀口大學訳

訳詩集 白孔雀　西條八十訳
茨木のり子詩集　谷川俊太郎選
第七官界彷徨・琉璃玉の耳輪 他四篇　尾崎翠
大江健三郎自選短篇
M／Tと森のフシギの物語　大江健三郎
辻征夫詩集　谷川俊太郎編
明治詩話　木下彪
石垣りん詩集　伊藤比呂美編
漱石追想　十川信介編
自選 大岡信詩集
日本近代随筆選 全三冊　千葉俊二・長谷川郁夫・宗像和重編
尾崎士郎短篇集　紅野謙介編
山之口貘詩集　高良勉編
原爆詩集　峠三吉
近代はやり唄集　倉田喜弘編
竹久夢二詩画集　石川桂子編

岩波文庫の最新刊

江戸川乱歩
少年探偵団・超人ニコラ

怪人二十面相と明智探偵、少年探偵団の活躍する少年向けシリーズの代表作。黒い魔物の挑戦に明智探偵のなすすべはあるのか。（解説＝小中千昭、解題＝吉田司雄）
〔緑一八一-三〕 本体九五〇円

J・L・ボルヘス／木村榮一訳
語るボルヘス
―書物・不死性・時間ほか―

「書物」「不死性」「エマヌエル・スヴェーデンボリ」「探偵小説」「時間」――。一九七八年六月、ブエノスアイレスの大学で行われた連続講演の記録。
〔赤七九二-九〕 本体五八〇円

ディケンズ／佐々木徹訳
荒涼館（三）

生死の淵から帰還したエスターを待ち構える衝撃の数々。鏡に映る姿、「母」の告白、そして求婚。一九世紀イギリスの全体を描くディケンズの代表作。（全四冊）
〔赤二二九-一三〕 本体一一四〇円

時枝誠記
国語学史

日本語とはいかなる言語か？ 平安～明治期の文人や国学者の探究を跡づけ日本語の本質に迫らんとする、高らかな宣言とその豊饒なる成果。（解説＝藤井貞和）
〔青N一一〇-四〕 本体九〇〇円

……今月の重版再開……

ディケンズ／伊藤弘之・下笠徳次・隈元貞広訳
イタリアのおもかげ
〔赤二二九-八〕 本体一〇四〇円

三木竹二／渡辺保編
観劇偶評
〔緑一七三-一〕 本体一〇六〇円

ド・クインシー／野島秀勝訳
阿片常用者の告白
〔赤二六七-一〕 本体七二〇円

穂積陳重
復讐と法律
〔青一四七-三〕 本体九七〇円